孔书玉

一

孔书玉，北京大学中文系文学学士，比较文学硕士，英属哥伦比亚大学（University of British Columbia）亚洲研究博士。曾在加拿大和澳大利亚多所大学任教，目前是西蒙菲沙大学（Simon Fraser University）人文学系终身教授，该校林思齐国际文化交流中心主任。主要从事亚洲文学、电影和传媒以及海外华文文化的教学与研究。

除了两部英文学术论著 *Consuming Literature: Best Sellers and the Commercialization of Literary Production in Contemporary China* (Stanford University Press, 2005), *Popular Media, Social Emotion and Public Discourse in Contemporary China* (Routledge, 2014) 外， 书玉还与人合译小说集 *Beijing Women: Stories* (MerwinAsia, 2014)。此外还有若干作品发表于《读书》和《书城》等杂志。

作为一位在三块大陆和两种语言之间生活和写作的人文学者，书玉希望能用文学原创语言表达和传播人文精神，做一个世界主义的践行者。

故事照亮旅程

［加］孔书玉 著

生活·讀書·新知 三联书店

图书在版编目（CIP）数据

故事照亮旅程／（加）孔书玉著. —北京：生活·读书·新知三联书店，
2020.10
ISBN 978－7－108－06914－6

Ⅰ．①故…　Ⅱ．①孔…　Ⅲ．①随笔－作品集－加拿大－现代
Ⅳ．① I711.65

中国版本图书馆 CIP 数据核字（2020）第 139122 号

责任编辑　李　佳
装帧设计　康　健
责任校对　张　睿
责任印制　徐　方
出版发行　**生活·讀書·新知**三联书店
　　　　　（北京市东城区美术馆东街 22 号　100010）
网　　址　www.sdxjpc.com
图　　字　01-2020-6285
经　　销　新华书店
印　　刷　北京图文天地制版印刷有限公司
版　　次　2020 年 10 月北京第 1 版
　　　　　2020 年 10 月北京第 1 次印刷
开　　本　880 毫米 × 1230 毫米　1/32　印张 11.25
字　　数　220 千字　图 47 幅
印　　数　0,001－5,000 册
定　　价　69.00 元
（印装查询：01064002715；邮购查询：01084010542）

目 录

序：被故事照亮的世界　1

旅途中的朋友　1

艾丽丝·门罗：把我领到一个更美好的地方　3

重庆的高罗佩　22

文学的炼金术：保罗·科埃略和他的寓言小说　45

黑色加州梦：侦探作家罗斯·麦克唐纳　61

"最不正经的女人"：一位澳大利亚作家的想象与历史感　79

X 一代的画像：温哥华作家道格拉斯·库普兰德　96

沈嘉蔚：作为史者的移民艺术家　112

旅途中的故事　129

流亡者阿连德的世纪家书　131

如何讲述你的人生：少年 Pi 的移民故事　146

西贡的残酷与芳香　161

在什么样的夜晚，我们能看到繁星？　174

想象台湾的方法　189

在途中，读《禅的行囊》　205

性谎言日记：现代女性的情色写作　218

爱的进化论：中年人的情感教育　232

旅途中的风景　247

写在墙上的诗：书城莱顿　249

英伦文学地图　268

达利与《爱丽丝漫游奇境记》　286

西岸的野性：艾米莉·卡的画册　299

台北人文咖啡馆　315

2013 年，途中的书店　327

跋：一个世界主义者的阅读手记　340

序：被故事照亮的世界

吴晓东

2019年一个夏日的午后，书玉在母校未名湖边的人文学苑谈到自己在上世纪90年代初踏上北美的土地，从此把"人在旅途"体验为生命和学术生涯的常态的时候，微微喟叹："新一代人好像缺乏对世界的真正热情。对新人类来说，世界近在眼前，反而对世界失去了兴趣。"

书玉的新著《故事照亮旅程》最令我动容的，正是作者对于世界的兴趣和热情，也许正由于这种兴趣与热情，书玉才能如此富于激情地讲述关于她所游历的世界的故事。而真正照亮旅程的，也恰恰是这种讲述关于"世界"的故事的激情。

对于书玉所隶属的八十年代中期进入中国大学的一代学子来说，当时的"世界"更多是从文学阅读中获致。正如书玉在书的跋语中所说："从整个民族来说，那时的中外文学、电影和电视剧唤醒了整整几代人'到外面的世界去看看'的渴望，成为我们那个时代最重要的与世界接触的途径。"或许正是凝聚着几代人与世界接触的渴望，当书玉终于有机会负笈远行，也就开始了她作为一个世界主义者的漫游生涯。《故事照亮旅程》的跋语就被书玉题为"一个世界主义者的阅读手记"。

当然，书玉所谓的"世界主义者"的自我体认，我更倾向于理解为一种姿态，一种贯穿于她海外生涯的对世界的渴望和热情。而当有心的读者继续追问她所谓的"世界"是"哪个世界"或者是"怎样的世界"的时候，可能会进一步触及这本书最独特的，也最属于书玉的那一部分。

《故事照亮旅程》所讲述的世界，总体上表现出一种与主流的世界主义相区隔的边缘性特点。这些年来，虽然书玉大部分时间旅居北美，但可能是因为长期定居在与美国学界稍有距离的加拿大和澳大利亚，也不知不觉中生成了观照世界的一种"非主流"视角。自居边缘，讲述别样的世界，同时不断跨越边缘世界的边界，成为这本关于阅读以及旅程的著作的一个有趣而且独异的特质。

书玉由此格外关注那些既具有边缘化的质素，同时又具有跨国界、跨文化和跨语际特征的对象。我在阅读这些故事的时候一直下意识地在这些对象身上寻找作者书玉的身影。她所讲述的很多故事的主人公，都堪称与她自己构成了相互映衬的镜像关系，背后也许事关身份和文化认同。

比如《在途中，读〈禅的行囊〉》一文中的主人公比尔·波特（Bill Porter），渴望的就是远离美国本土去寻访他者的大陆。这个在书玉的讲述中颇有些神奇的美国人，即使在中国游历，执着探寻的也是一个有些另类的文化中国。他在迷恋上中国的古诗和佛教经典的同时，痴迷于在中国大陆寻找现实中的隐士，由此成就了他的第一本游记——《空谷幽兰》。

　　但波特却追溯寻找一个不同的中国。在这个意义上，他在帮助中国人整理他们自己都忽略了的文化遗产，并把它们传播向世界。就像当初他在台湾翻译寒山，翻译达摩禅法，那是一种真正的惺惺相惜，一种建立在精神理解与需求上的认同。因为中国，或者更准确地说在那块土地上产生的文化、精神、生活方式和态度帮助他找到了与这个世界相处的方法。也正因此，波特所赞美的中国文化更有说服力。因为当我们心浮气躁，没有耐心去发掘自己的遗产时，当这种遗产与当下的世态人心相距太远时，也许只有一个跨越千山万水的外来者，才能对此如获至宝。

外来者意味着一种别样的观照视角，有助于在地者重拾本土已经边缘化了的存在，并进而寻求把它带回到中心的可能性。

　　书中令我印象深刻的，还有书玉倾情讲述的旅居澳大利亚的华人肖像画家沈嘉蔚的故事。沈嘉蔚被书玉称作"作为史者的移民艺术家"，作为一个曾经以画作《为我们伟大的祖国站岗》而闻名海内外的画家，沈嘉蔚却把相当一部分精力用在关于澳大利亚史上著名的东方冒险家莫里循（George E. Morrison，1862—1920）的史料整理和编写工作上。书玉说："一般人很少会把这个编写莫里循的业余历史学者与在澳大利亚生活多年而且已经功成名就的华人肖像画家联系在一起。"沈嘉蔚所编撰的《莫里循眼里的近代中国》已经由国内一家出版社出版，这三大卷图文集是沈嘉蔚花了好几年的时间，根据新南威尔士州立图书馆的莫里循档案里保留的五百多幅清末民初的老照片，又精选了一些其他来源的文物照片编辑而成，"书中珍贵的历史史料和编辑者的仔细认真使这本书成为图像史书精品"。但读者仍会心生疑问：沈嘉蔚何以对莫里循保留的清末民初老照片陡生兴趣？答案或许在他 1995 年的一幅画作中可以找到，在《与中国的莫里循在一起的自画像》中，沈嘉蔚选取了莫里循最著名的一幅照片作为自己这幅画的构图和细节的蓝本，又以拼贴的形式进行了改造：身穿中式长袍的莫里循站在民国初年的北京街头，占据画的右侧；而一手拿调色板，一手握书籍的沈嘉蔚则伫立在画的左侧，与莫里循形成一个并立、参照和彼此潜对话的关系。画的上缘叠印了两页护照，透露了这相距百年之久，横跨太平洋之遥的两个人之间的联系。他们都是跨越时空的异域迁徙者以及彼此文化的边缘人，构成其共同背景的都是一个陌生的异己环境。而画家沈嘉蔚本人"突兀地出现在以老照片为模本的历史画中，既是沈嘉蔚对自己的海外艺术家身份的一个新的思考，也是一种用后现代的'错置'（displacement）的艺术手法或思维进行的历史画的尝试"。

借助于莫里循，沈嘉蔚与故国历史空间就以这种"错置"的方式重叠在一起，其间或许委婉而形式化地透露出画家本人对故国文化的某种眷恋。在这个意义上，或许可以说，沈嘉蔚在莫里循身上也映照出了自己的镜像。而沈嘉蔚的这幅自画像，也恰是通过莫里循的存在而获得了一种现实感。书玉在书中这样谈及自己访问沈嘉蔚工作室后的感想：

> 在那个阳光灿烂的南半球的午后，对他那间由车库改建的巨大画室的造访，却使我在不经意间瞥见了沈嘉蔚的另一个隐秘的世界，一个更恢宏、更复杂，也更使之殚精竭虑的世界。这个隐秘的世界与他那堆得满满的书架上的历史书、传记书有关，与一幅幅已经展出或者尚未完工的大幅历史油画有关，还与一个艺术家对历史、对他曾以移民的方式逃离但又用创作的方式重新回归的民族的过去有关。

书玉在沈嘉蔚身上捕捉到的是一个移民身份所蕴含的离去和归来的文化漂泊主题。而从出生于台湾的美籍电影导演李安身上，书玉捕捉到的也是移民视角。在书玉看来，李安就是地地道道的移民，"但与很多务实的移民不一样的是，李安似乎在享受跨文化的独特旅程，并不急着认同或归属。他总是在学习新的东西，讲述新的故事。从《推手》到《卧虎藏龙》，从《理性与情感》到《断背山》，他一直在学习成长，不断发现异文化的神奇，并把它们用一种移民独有的视角呈现出来"。李安的意义由此格外特异，他把移民身份所蕴含的可能性，那种跨文化的"际间"位置的独特性，以及没有把认同或归属的难寻视为困境而恰恰看成异禀，都有利于李安"不断发现异文化的神奇"，进而在自己的影像世界中进行美学化的处理。

在书玉所讲述的美国人比尔·波特、移民画家沈嘉蔚、电影导演李安以及澳大利亚女作家琳达（Linda Jaivin）身上，都体现出一种"对另类生活的好奇"："他们从世界的一端漂到另一端，寻找能够让他们有感觉的生活，或者前世似曾相识的家。而因为这些人的存在，你会觉得这座城市的空气会有所不同，充满灵感、想象、激情和冒险。"

在书玉眼里，女作家琳达的存在使书玉旅居多年的澳大利亚悉尼也"充满灵感、想象、激情和冒险"。琳达被书玉称作一个"最不正经的女人"，一个典型的"世界公民"，她是出生在美国的犹太人，祖先是俄国移民，自幼就觉得自己与主流文化格格不入，于是年纪轻轻就跑到东方闯荡，70年代后期在台湾学习中文，然后到香港做《亚洲周刊》的记者，目睹和亲历了七八十年代海峡两岸与香港的许多重大历史时刻。

90年代琳达终于在悉尼落脚，这个边缘世界的中心，这个被墨尔本人所不屑的"肤浅的、享乐主义的悉尼"。这些年，说着一口流利中文的她在主攻小说写作的余暇，也致力于翻译介绍中国的文学艺术，像王朔的小说，《霸王别姬》《英雄》等电影的英文字幕，都出自她手。她还时不时到中国，也许在三里屯的老书虫书店（The Bookworm），你会与她不期而遇。

琳达对异国的激情与她自己的小说创作中对于过去时光的着迷互为表里，从而在文学创作领域独具一格地为"小说"的范畴贡献了某种具有本体论意义的新维度。澳大利亚国立大学著名的年度种族学讲座自 1932 年开设以来就以莫里循命名。在 2011 年 7 月的第七十二次讲座上，琳达受邀成为主讲人。面对台下众多的权威历史学家、人类学家和社会史学家，琳达引用了英国小说家 L. P. 哈特利（L. P. Hartley，1895–1972）1953 年的小说《送信人》（*The Go-between*）中一段经典的开场白："过去犹如异国，在那里人们不寻常地行事。"（The past is a foreign country: they do things differently there.）在关于琳达故事的尾声，书玉不失时机地这样作结："是的，在那片充满异国情调的土地上，小说家可以和历史学家一样成为我们的向导。"

书玉在《故事照亮旅程》的跋语中引述过斯皮瓦克的一句话"文学或许仍有所作为"。书玉对"小说家"和"故事"的信赖甚或依赖，或许也基于对"文学"的这种朴素信念：

我个人的经历也许能帮助我说明我们为什么需要故事，为什么广义上的阅读应该成为我们生活不可或缺的部分。对于国内中文系出身，后来又在北美和澳大利亚的大学人文学院里教授文学和电影的我来说，叙述或讲故事是我多年来一直关注和研究的话题，也是照亮我人生旅程的最直接的光源。

"故事"也由此构成了书玉这部新著的一个主题词。从她为自己的书起的这个精彩的名字上看，书玉也许更为看重的是"故事"的维度，是她所讲述的既与游历有关，更与阅读相关的一个个关于世界的"故事"。因此在某种意义上说，这也是一本关于阅读的书，一本关于如何讲述故事的书，而作者自身的经历就是一个层次丰富的故事。

书玉在跋语中说："二十多年里，我在北美、欧洲、亚洲和澳大利亚很多地方客居、旅行。每去一个地方，我都在借阅介绍那个地方的旅游书籍的同时，找到与当地有关的电影和艺术家的作品，到书店、美术馆和公共图书馆看看，这不仅让我了解当地的历史和风土人情，也让我和这个世界有了充满热情和有想象力的对话。"

现在回头整理这些文字，发现它们实际上记录了我成长为一个世界主义者的某种阅读历程，也因此它们拥有了一个共同的主题，那就是故事可以照亮我们的人生旅程，让我们在黑暗和混乱中的摸索有前辈旅伴的指引，让我们与陌生的世界通过各式各样的人物而相识熟悉，最重要的是，让我们借助想象找到通往美好生活的道路。

书玉讲述的一个个故事，既照亮了自己的旅程，赋予自己的生命以意义，同时也有可能帮助知心的读者"找到通往美好生活的道路"。而对于更有代入感的理想读者来说，好故事甚至可以疗伤止痛。审读过这部书稿的一位编辑曾在朋友圈里写下这样的感想："很久没有看书到后半夜了，值得记录一下。《故事照亮旅程》，久违的文学热情把我抓起来了，舍不得去睡觉。看着一个接一个讲作品，就像追入了坑的剧，只想一篇一篇接着往下翻，永远不要它完。年终偶遇小稿，就这样帮我从一年的伤痛丧里慢慢回血了。真是……天意。"书玉这本书中最打动人的，也许恰是这种"文学热情"。曾几何时，我们都是一干真诚的文学青年，对文学抱有一种宗教般的信仰。但检讨多年来的文学教育，我们也许在学到了一套套的话语和理论之余，那种属于文学本分的感动能力、艺术感受力以及单纯的文学热情甚至本真的天性，却随着人到中年而一起丧失掉了。书玉在讲述她遭遇巴西作家保罗·科埃略（Paulo Coelho）的小说《炼金术士》（中文名《牧羊少年的奇幻之旅》）中关于世界的故事的时候真切地触及了文学和阅读对于她自己的意义："那个夏日，因为《炼金术士》，我重新思考阅读写作对我意味着什么。年轻时，是因为爱好和幻想，我选择了文学专业；后来，我却把它变成一份工作而忽略了文学最初对我的意义。我向学生宣讲故事和叙述所能带来的那份慰藉和沟通，可是我自己却懒于实践，忘记用手中的笔来抵御中年危机，与存在的虚无抗争。"于是，书玉讲述的故事以及写作的历程，既抵御着生命中的危机，也多少镌上了"与存在的虚无抗争"的色彩。

作为一个学院派学者的书玉所讲的一个个故事，当然不是经典意义上的通俗传奇故事，《故事照亮旅程》中讲述的，多是关于文化人的故事、艺术家的故事、电影人的故事以及小说家的故事，同时更有关于故事的故事，关于讲述的讲述，所以其中有值得从小说学和电影叙事学意义上进行总结的关于"元故事"的思考。书玉把电影《少年 Pi 的奇幻漂流》的导演界定为"讲故事的移民李安"，不仅仅因为李安的这部电影中的神奇故事可以进行多重解读，比如"可以把它看成一个成长故事、启悟小说（Bildungsroman），一个关于信仰伦理的宗教故事，一个关于人类永无止境的冒险与征服的航海故事，还可能是关于兽性和神性的人性寓言"；而在此基础上，书玉还把《少年 Pi 的奇幻漂流》视为"一个关于讲故事的故事"，也就是说，这部电影具有"元故事"的属性。据书玉书中所说，美国总统奥巴马在看过李安电影所本的原著小说 Life of Pi 后，给小说作者杨·马特尔（Yann Martel）写信，称赞他的小说"优雅地证实了上帝（存在）和（讲）故事的力量"（elegant proof of God, and the power of storytelling.）。读这样一部小说，读者显然会在故事之外进一步关注作者讲故事的理念。而小说作者杨，作为一个出生在法裔加拿大家庭的边缘人，有着丰富的跨文化体验：他在少年时跟着做外交官的父母在哥斯达黎加、法国和墨西哥等地生活；成年后，他一个人又跑到伊朗、土耳其和印度，在印度的神庙、寺院、教堂和动物园游荡，"曾经是个没有方向感的年轻人"。因此他在创作中也"一直在寻找一个故事，一个能给他方向感的故事，一个能给他的生活以形式的故事，一个大写的故事，那里面可以包容所有故事的'元故事'（meta-fiction）"。因此杨的小说在讲一个神奇的故事的同时，也关涉了一些关于讲故事的问题："比如我们为什么要讲故事，我们讲的故事与我们的生活经历的关系，以及什么样的故事才是一个较好的故事。"书玉对小说和电影的阐释由此涉及的是现代人所面临的困境和终极意义问题：

> 杨和李安并没有粉饰现代人讲故事的窘境，但是他们还说，在我们内心深处，都还执着于寻找一个能赋予我们的生活经历一个终极意义、一个讲述形式的故事。

我还记得多年前，在《读书》杂志上读到书玉写一部越南电影的文字《西贡的残酷与芳香》时的惊艳之感：

> 那年夏初离开温哥华的前一天，我路过大学区外的一家电影院，无意间就看到那张电影海报。那是一个身着白色纱裙的颀长的越南女子，走在两边都是红红的木棉花树的路

上。从她那张仰起的脸上，可以看出她心中的喜悦和感动。被那种喜悦和感动所牵引，我下车去读影院橱窗里的当地报纸娱乐版上的影评。原来是刚刚公映的美国／越南电影《恋恋三季》。读着读着，就想起中国，有一种似曾相识的感觉。虽然我从未去过西贡，但读着影评，却好像在听一个我所熟悉的故事，发生在一个我未曾去过的地方。

　　书玉作为一个中国移民，在加拿大的温哥华，写关于越南电影的故事，读起来竟令我油然而生一种忧伤之感。从这篇影评中我意识到，去国十余年后，我曾经熟悉的那个书玉，已然找到了一种让我难以企及的书写方式，一种很适合她的方式，却是一种让我有陌生感的方式。当时我何以感到陌生，却没有来得及细想。如今读书玉的新著，我似乎明了当年的陌生感其实来自书玉对我所陌生的边缘化世界的书写，也来自她讲故事的方式，那种把切身性、全球性、跨界性与文化性整合在一起的方式。书玉讲的故事，因此意味深长与不同寻常。

　　读书玉的书，给我的印象是作者永远在远行，永远在通往世界的路上，也似乎再一次印证了本雅明在《讲故事的人》中引用过的那句经典的格言："远行的人必有故事。"而那种行远的旅人，那种把跨界旅行体认为生之常态和宿命的学人，更有斑斓璀璨的故事，既照亮了行远之人的旅程，也同时照亮了读者的眼眸，进而照亮了世界。

旅途中的
朋友

艾丽丝·门罗：把我领到一个更美好的地方

也许，女人有种天然倾向，想通过语言解释生活。

小说不像一条道路，它更像一座房子。你走进里面，待一小会儿，这边走走，那边转转，观察房间和走廊间的关联，然后再望向窗外，看看从这个角度看，外面的世界发生了什么变化。而你，这个参观者、读者，因这个封闭的隔离的空间也被改变……你可以一次次回去，这所房子，这个故事总会有比你上次看到的更多的东西。它有自我，为自己存在，而不只是为了庇护或取悦于你。

——艾丽丝·门罗

以短篇小说获诺奖的人

2013年10月10日加拿大全国广播电视台的晚间新闻头条是一则文化新闻。加拿大女作家艾丽丝·门罗（Alice Munro）刚刚获得诺贝尔文学奖。这是加国的第一个诺贝尔奖——如果不算出生在加拿大但入了美籍的索尔·贝娄（Saul Bellow，1915—2005）。新闻里有激动的大学文学教授，门罗的文学经纪和出版商，到书店里抢书的粉丝，甚至还有总理哈珀代表国民的热情祝贺，唯独缺少了女主角。正住在温哥华岛上维多利亚市一家酒店的门罗，是从女儿早上打来的电话中才得知自己得奖——诺贝尔奖委员会凌晨4点给她打电话时，82岁的老人正在酣睡。与以往一样，门罗不喜欢抛头露面，只接受了几个电话采访。电话中的声音清晰、简洁，像她的小说，极简主义的风格，但有种自然的生气与喜悦。她说："这完全在意料之外"，"我还没有从这惊喜中清醒过来"，"这个奖不是给我，而是给短篇小说"。

今年的诺贝尔奖固然是对短篇小说这一文学形式的承认，但也是对半个多世纪以来坚持用这一形式表现生活的门罗的致敬。诺贝尔奖委员会的评审词中给出门罗获奖的理由也很简短、准确，因为她是"当代短篇小说大师"。

星期五下班以后，我决定去书店买几本门罗的小说集送给好友，作为即将到来的感恩节长周末的礼物；也许我还可以给自己留下一本，在家里重温阅读门罗的喜悦。奇怪的是我所期待的门罗作品摆在最显眼的地方的情景并没有出现，女售货员看到我的困惑，向我摊开手说："昨天就都卖光了。"

教文学的我其实一直很犬儒，觉得在互联网和社交媒介横行的今天，不再有人能静下心读文学作品。也许我错了。只是需要有这样一种文字，这样一个讲故事的人，能在十几页的纸中道出几十年甚至几个世纪的沧桑，用最简洁的形式让我们了解人生的意味深长。

家庭主妇的双重生活

无论从个人生活或者写作生涯的哪个方面看，门罗的故事都说不上开始得很精彩。1949年，从加拿大东部安大略省的小镇温厄姆（Wingham）高中毕业的艾丽丝·安·雷德洛（Alice Ann Laidlaw）拿到了奖学金，成为西安大略大学新闻系的新生。这个从养银狐的农庄走出来的女生内向、害羞，功课也不突出，因为她把大部分时间花在写小说上。如果不是发表在西大学生文学期刊《对开》（Folio）上的三篇小说，她的名字很可能早就湮没在一群没有什么特别抱负，受教育只是为了给自己的婚姻找个更好的起点的省里来的女生之中。与中国20世纪70年代末80年代初的大学不无相似，40年代末50年代初的北美大学里，文学还是年轻人深情投入的时髦事业。除了文学杂志，她还参加那时的文学聚会"文学之夜"一类的活动，并开始给加拿大广播公司的文学栏目投稿。

可是她在西大的文学活动只是昙花一现。1951年刚上完二年级的艾丽丝嫁人退学了，并且随夫远迁西岸。她的丈夫也是西大刚毕业的历史系的学生，叫吉姆·门罗，毕业后立刻在加拿大最大的百货公司伊顿（Eaton）找了份工作，结婚娶妻，像"二战"后的那些规矩正派的加拿大青年，为战后社会的经济繁荣、家庭稳定做着贡献。1952年1月，21岁的艾丽丝跟着刚刚结婚的丈夫来到温哥华，开始了长达二十年的家庭主妇的生活。

那时，西岸之于东岸，无论是心理还是地理距离，可能跟今天北美到亚洲一样遥远。在丈夫离家去市中心的百货公司上班的日子里，爱彼特（Arbutus）街公寓里的门罗除了阅读就是写作。文学也许是她让自己与熟识的过去、与东部的家乡相联系，保持一种持续的身份的唯一方式。不久，第一个女儿希拉出生。又过了几年，又迎来了二女儿简妮。他们从温哥华搬到北温哥华、西温哥华更大的房子。在能看到海的人迹稀少的北岸，她成了标准的郊外中产阶级的家庭主妇。日常生活被孩子的喧闹、母亲们的聚会、主妇们的闲聊八卦所填充。但在热闹忙碌的表面之下，门罗是孤独寂寞的。无论是家庭生活还是文学创作，最初的兴奋和灵感被日复一日的常规和隐隐的失望所代替。她与当地的文学圈子的交往也十分有限。当时只有两三个人知道她还写作。她不敢跟别人说自己除了是妻子、母亲之外，还是个作家。

但门罗一直没有放弃写作，也许她隐隐知道写作是把她从平庸与琐屑中拯救出来的唯一途径。她的短篇作品时不时在加拿大广播公司的文学栏目《文选》（*Anthology*）上播出，也在各种不太有名的本土杂志，尤其是女性和生活杂志如 *Mayfair*、*Chatelaine* 上偶尔发表。1961 年温哥华当地杂志 *Citizen* 上有篇关于她的人物专访，标题是"家庭主妇找到时间写短篇小说"。那种表面上赞许的语气下掩藏的实际上是一点怀疑、一点不以为然。连门罗自己也不相信这种双重生活的意义。一次，为了摆脱家庭生活的干扰，集中精力写一部期待中的长篇小说，她试图在西温那栋大房子之外找到"自己的一间屋"。她知道这个空间只能在"家"以外，因为"男人其实是可以在家里工作的。他可以把活儿带回家，而周围的一切并不能干扰它。他可以不接电话，不用找东西放在哪里，不管孩子的啼哭，或给猫喂食。他只要把门一关就行了。可是想象一位母亲把门一关，她坐在里面，眼望别处，一个既不是她丈夫也不是她孩子的领域，这一想法本身就罪不可恕。所以家对女人是不一样的。她不能回来，停驻一会儿，再走出去。她就是家"。

可是当她真的在一家药房的楼上租了四个月的办公室，这个离家不远的办公室只会让她更内疚、更焦虑，她自问："我要一间办公室做什么呢？"反讽的是，在那里，她只写出一篇叫"办公室"的短篇。从 1957 年第二个孩子出生到 60 年代初那段时间，门罗经历着写作低潮期，没有发表任何作品，而且还患上了创作焦虑症和抑郁症。

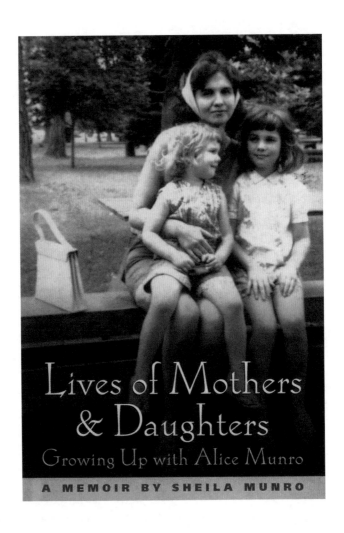

Lives of Mothers & Daughters
Growing Up with Alice Munro
A MEMOIR BY SHEILA MUNRO

门罗女儿的回忆录封面，照片为 1961 年门罗和两个女儿在温哥华的公园

对一个生活在 60 年代中后期发生的女权运动之前的女性，个人的才能天赋和对自己的渴望期许并不一定是种祝福。它把她从一个正常的家庭角色所应有的心满意足中拽了出来，使她在内心渴望和世俗成规之间走来走去，矛盾挣扎。

艺术家世界的孤独黑暗由此给郊外主妇本应是明亮确定的生活笼上一层阴影。1961 年坐在西温公园长椅上的门罗脸上的表情就是这样阴晴莫测、捉摸不定。有一点悲哀、一点自嘲、一点不满足。两个天真烂漫的女儿坐在她的膝上，她的眼睛却望着远处看不到的地方。一个精致的手袋放在旁边，长满高大杉树的公园显得寂寥空旷。

漫长的练习曲

这一时期门罗的挣扎还体现在对小说形式的寻找之中。

门罗的第一部短篇小说集《快乐影子之舞》（*Dance of the Happy Shades*）于 1968 年出版后就获得了加拿大文学最高奖项总督奖。所以很多人误以为门罗很幸运，一下子就找到了适合自己的表现形式。其实，如果从 1950 年发表在西大文学杂志上的第一篇小说《影子的向度》（*Dimensions of a Shadow*），或者1951 年在加拿大广播公司的文学栏目上被朗读的《陌生人》（*The Strangers*）算起，门罗花了近二十年才最终找到自己的声音。

最初，选择写短篇小说是门罗在家庭与写作之间妥协平衡的不得已之计。多年后，她在一部小说集自序中说："我从未选择写短篇小说。我曾经希望写长篇小说。但如果你需要掌管一个家，照顾年幼的孩子，尤其是在一次性尿布和洗衣机发明之前，你很难找到整块的时间。孩子病了，亲戚来你家住，一大堆无法摆脱的家务。所有这一切都可以毁掉进行中的工作，就像如今突然的停电会毁掉电脑里未保存的工作一样……我只能写些几个星期便能完成的东西，最多几个月。"

　　但是，长期的短篇写作慢慢使门罗对这种形式有了深刻而独特的理解。她开始对短篇小说情有独钟，得心应手，然而短篇小说常被认为是作家们在写出第一部长篇小说前的"练笔习作"。尤其在并不景气的加拿大图书市场，短篇小说集几乎是没前途的代用语。事实上，早在1961年，加拿大的瑞尔森出版社（Ryerson Press）就同门罗商洽出版一本短篇小说集的计划。那时，门罗已陆续开始在加拿大重要的文学杂志《塔玛瑞克评论》（*Tamarack Review*，1956—1982）和《蒙特利尔人》（*Montrealer*，1924—1970）上发表了一定数量的作品，加上加拿大广播公司（CBC）的文学栏目，她在加拿大文学圈子中已经有了一定的知名度，甚至开始有了一些耐心阅读并欣赏其短篇小说的文学爱好者。但是出版社出于市场的考虑对出一本短篇小说集并不很积极，一直拖到1967年才付诸实施。门罗自己也很犹豫，很长一段时间在写短篇还是写长篇之间挣扎，不时陷入写作障碍。

　　俄裔法籍犹太艺术家马克·夏加尔（Marc Chagall，1887—

1985）的《我和村庄》（*I and the Village*）是 20 世纪现代派的代表作。这里，画家用野兽派的大胆浓重的色彩、立体主义画派的几何构图，以及象征主义的神秘隐喻，把他童年的家乡用近乎梦境的超现实意象复现出来。例如，母牛温柔的眼，绿脸人手中的挂满果实的树，近乎透明的白山羊和挤奶女，倒挂的拉提琴的人，金黄色的东正教堂的圆拱顶，蓝色、红色以及几何线条交映出来的日月。

门罗是在温哥华艺术馆买到的这幅画的复制品。因为丈夫吉姆不喜欢，她只能把画挂在女儿的卧室，后来，又挂在他们在维多利亚开的那家门罗书店里。在此后的岁月"我和村庄"一直占据着她的想象，提醒她寻找适合自己的艺术语言和叙述形式来同这个世界对话。后来在她的小说《木星的卫星们》（*The Moons of Jupiter*）和《匆匆》（*Soon*）里，门罗一再借用叙述人之口来表达这幅画在她心中唤起的灵感、认同和不安："我躺在床上，看着它。我能感到内心深处那个复杂而痛苦的块垒。我知道我不是空的。我也有街道，有房屋，有很多深藏的对话。但我不知道怎样才能把它们掏出来。没有时间，没有办法。"

这些年里最大的安慰是她遇到的伯乐。最重要的当数当时在加拿大广播公司主持文学栏目的罗伯特·韦沃（Robert Weaver）。多伦多大学毕业的韦沃是战后推进加拿大文学的一位领军人物。1948 年他接手每周 15 分钟的文学栏目《加拿大短篇小说》（*Canadian Short Stories*，后改称《文选》），积极利用电台广播这一平台推广短篇，发现新人。他手中有各种文学资源，

夏迦尔名作《我和村庄》（1911）

随后又创立文学杂志《塔玛瑞克评论》，并旅行到各地，通过聚会，认识大批编辑、批评家和作者，建立了"一个人的全国文学网"。自从 1951 年门罗给电台投稿，与韦沃认识后，他们在此后的几十年间一直保持联系。对习作期的门罗来说，韦沃是她最早的也是最重要的文学导师和领路人。他不仅给门罗直率、内行的评点，而且向她推荐美国和英国的严肃文学杂志，鼓励她申请加拿大艺术委员会的写作基金，甚至积极为她寻找推荐人。

除了韦沃以外，另一位文学评论家、编辑，自己也是作家的约翰·麦特卡夫（John Metcalf）也是门罗最热情的支持者和生活上无话不谈的忠实朋友。他把门罗的小说选进他主编的高中和大学文学读本中，进一步奠定其在加拿大文学中的地位。后来门罗与吉姆分居后，有着相近经历的两个人还曾有过一段浪漫关系。1976 年后门罗作品的推销者和出版人是道格拉斯·吉伯森（Douglas Gibson），那时已经多次获奖的门罗仍觉得，自己若想被视为严肃作家，得写长篇。是吉伯森一直鼓励她坚持写短篇，他说："你是短跑健将，不是马拉松运动员。即使你写一辈子短篇小说，我也保证全部出版。绝不要求你写长篇。"从 1978 年门罗的短篇集《你以为你是谁》（*Who Do You Think You Are*）到 2012 年的《亲爱的生活》（*Dear Life*），吉伯森出版了十四本门罗的短篇小说集。在很大程度上，正是这些真正热爱文学并对这一事业负责任的编辑出版人，帮助门罗辨认出她自己的独特才华，并小心翼翼地保护它、培养它，使它有朝一日幻化成令人目眩的文学景观。

休伦郡的少女与妇人们

门罗的传记作者萨克尔（Robert Thacker）教授把 1974 年作为门罗生活的里程碑。那一年，她彻底结束与吉姆的婚姻，离开多雨的西岸，回到东部，开始在西安大略大学做驻校作家，并连续稳定地发表作品，出版小说集，开始了靠写作谋生的独立生活。重要的是，这标志着她身体上也是精神上的回乡。她终于在文学中找到了"家"。

门罗 1931 年出生，孩童时适逢大萧条时代，战后开始读高中、大学，她的第一本书问世也正逢西方文化的叛逆年代，反越战、嬉皮另类文化和女权运动。可以说她的故事背景就是在这些战争和革命之间的变动年代。但是，在她的作品里看不到历史的宏大事件和时代的电闪雷鸣。忠实于自己的生活与视野的门罗没有选择写史诗。

她的小说写的是加拿大东部休伦郡（Huron County）的小镇和农庄，写日常情境中"少女与妇人们的生活"。在文化和社会习俗发生变化交接的时代，也许正是这些边缘角落的最个人、最私密的瞬间更能反映出外部世界的变化在存在的深层，也就是人性和情感上引发的震动。

门罗唯一被称为长篇小说的《少女与妇人们的生活》（*Lives*

of Girls and Women），的确更像一个短篇系列。由七个关联的故事合成，每个故事有一个焦点人物，也可以说是一个主题。《艾达公主》（*Princess Ida*）写的是一个在保守的小镇抛头露面，行为和思想都有点超前，与环境格格不入的女人"我母亲"，以及叙述人"我"，即德尔（Del）如何注意到周围人的反应，对这种"出格"既认同又觉得难堪的矛盾心理；《信仰的年纪》（*Age of Faith*）则描述一个12岁的少女孤独地在小镇不同教堂之间徘徊，试图寻找一个能帮助她摆脱外部世界的混乱和威胁的上帝。可是，在周围或虚伪或麻木的成年人那里，她没有得到任何有用的帮助，"我想找一个信徒，真正的信徒，在她那里，我的疑问可以安息"；《少女与妇人们的生活》是讲德尔的性幻想和性欲望如何在大人们的压制下扭曲地成长。性的觉醒在小镇里是与秘密、耻辱和畸形的关系联系在一起的。串起这些故事的是在这些人和事之间逐渐长大的少女德尔，或说少女德尔的意识。而小说的"尾声：摄影师"则以一个离开小镇且已经成年的叙述人／小说家的口气讲述德尔是如何把曾经渴望逃离的小镇Jubilee变成她小说的素材，凸显了艺术家和生活之间关系的主题。"那时我根本没有想到，有一天，我会对Jubilee如此贪得无厌。我想写下沿街的大小商店，写下电影院里曾经上映的电影，写下每一个家族的姓，写下刻在墓地里墓碑上的名……即使这些名单也列不下我想要写的，因为我想写每一句话，每一种思想的每一个层次，落在树干和墙壁上的光线，每一种气味，每个壶洞，每一种痛，每一条裂纹，每一

种妄想，它们静静地抱在一起，闪闪发光，永恒不朽。"

休伦郡就这样成了门罗小说中的 Jubilee，在以后的作品中，还可以叫 Walleys、Dalgleishes 或者 Hanrattys。在六十余年的写作中，门罗一次次回到这个表面平静、规矩、保守，内里却掩藏着欲望、暴力与秘密的地方，与同时代的其他作家如罗伯逊·戴维斯（Roberson Davis）、玛格丽特·阿特伍德（Margret Atwood）、托马斯·芬利（Thomas Finley）、简·厄克特（Jane Urquhart）一起，把它塑造成南安大略哥特小说（South Ontario Gothic）的独特背景和世界。在加拿大另一位杰出的女作家阿特伍德看来，门罗的休伦郡，与福克纳（William Faulkner）的约克纳帕塔法郡一样，因为讲故事的人细致精确的审察剖析、考古学者一般的收集挖掘，变成了一块带传奇色彩的土地。

少女德尔的那份敏感和冲动，那份对当下的生活极欲逃离却又无限怀恋的情感矛盾也一直保留在门罗的女主人公身上。从《爱的进程》（*Progress of Love*）到《公开的秘密》（*Open Secrets*）；从《我年轻时的朋友》（*Friend of My Youth*）到《善女人的爱》（*Love of a Good Woman*）（以上为门罗的小说集），女主角们大多已经长成了中年女性，她们自己成了家庭主妇或母亲，也可能是会计教师或图书馆员，但她们的命运和情感，还带着神秘朦胧，会在一个不经意的时刻突然改变方向，充满"逃离"的可能。正是在对这些残存的少女情结的捕捉中，门罗表达了对女性生命的莫测、机缘、欲望和悬念的认识和尊重。"我一直感到需要过一种更为真实的生活。"

但是中年女人的情感更重重叠叠、曲折迂回，她们的"逃离"常常以不彻底和妥协结束，就像小说《逃离》（*Run Away*）的主人公卡拉；她们的道德确定性也常常因为其他人物的存在而变得可疑，像《小说》（*Fictions*）里的主人公乔伊丝；那些看起来浪漫的开始最后却以出人意料的平庸而结束，像"朱丽叶"三章（Triptych）。门罗面对她的女性人物，甚至可能是以她自己为原型的女性人物，没有一般女作家的滥情和感伤。她诚实、冷静、尖锐，写出情感的多种成分，道德的相对性和不确定性，也让我们看到人物的自我羁绊和自我欺骗。这种与人物的距离，就是成熟的小说家的特质，用韦恩·布思（Wayne Booth）的话，也是现代小说应有的伦理价值——"反讽"。

早在 1980 年就曾随加拿大作家代表团造访中国的门罗对中国人有过很简短的观察："他们很友好，也很有礼貌。但是他们似乎不知道有反讽。"（But to them, irony is unknown.）这个观察用在大部分中国作家，尤其是那些常常把人物等同于自己的女作家身上，的确很准确。

短篇里的人生

门罗在《少女与妇人们的生活》结尾，给了我们一个如何看待短篇艺术的线索。跟很多人想当然的看法不同，短篇小说并不是长篇的压缩版。

如果说长篇是一部电影，那么短篇就是一幅快照（snapshot）。不是以情节曲折和人物发展取胜，而是以摄取人生的某个关键的瞬间见长，一个充满故事或戏剧性的瞬间，一个能够给事件以意义的瞬间。而能否捕捉到这个瞬间，并用最精确、深刻的观察，最简洁、丰富的意象把这一瞬间表达出来，就是短篇小说的高下之分。

《纽约客》（New Yorker）的文学栏目一向以挑剔但也以业内权威出名。在 1977 年陆续发表了门罗的两篇短篇小说之后，就与门罗签订了优先发表的协约。这个协约每年被续签。至今，门罗一共有五十余篇小说发表在《纽约客》上。

2004 年 6 月的夏季短篇小说专刊上，《纽约客》一下子刊登了门罗的三篇小说，这在《纽约客》的历史上大概也绝无仅有。这就是后来收集在短篇小说集《逃离》中的"朱丽叶"三章：《机缘》（Chance）、《匆匆》（Soon）和《沉寂》（Silence）。

如果借用上面的快照比喻，"朱丽叶"三章就像艺术品尤其是摄影作品常见的三联形式，每一幅都可以独立，但把它们并列在一起，就可以成为具有新的意义的更宏大的设计。这就是关于朱丽叶这个女人的一生，或准确地说，她一生情感的旅程。

朱丽叶第一次出现在《机缘》中时才 21 岁。在 6 月的一天，动身到北岸去寻找半年前在火车上邂逅的那个男人。在海与森林交接的那个叫琼鱼湾的地方，这个对真实的世界根本没有什么经验的古典学的研究生终于开始在陌生和敌意中看到自己罗曼蒂克幻想的可笑。然而正当她一夜醒来，打算离开这个她无意中闯入的世界时，那个男人却再次出现。

《匆匆》里朱丽叶再次出现已经是四年后，她带着刚满一岁的女儿回到东岸小城探望父母。小说游移在探亲几天的情感变化：热情后的陌生，亲近时的笨拙和难堪，因掩饰而更加大的距离。在朱丽叶对父亲移情别恋的敏感中，对母亲近乎病态的渴望的无情回绝中，以及对时时被女儿提醒的自己与他们之间的无法割断的联系的怨恨和怀念中，我们窥见了亲人之间那种复杂可怕的情感羁绊以及由此带来的伤痛与烦恼。

《沉寂》是前两篇的循环或延续。故事开始时朱丽叶的女儿已经21岁，借一次灵修活动，突然离开家，或说决绝地遗弃了她。小说记录朱丽叶寻找女儿的过程，从小岛失望而归，到把女儿的东西打包，到与密友倾诉，再到绝口不提。十余年后，当从女儿的朋友口中听到女儿的消息时，朱丽叶自己的生活也已经发生很多改变。她的情感也完成了一个旅程，从最初的愤怒怨恨，到不安期待，再到与生活和解的平静与接受。

门罗的短篇小说，在有意无意之间，神秘的事件、人物或意象会出现在很写实的故事中，这就是被批评家们赞誉的门罗的"心理现实主义"，在写实主义的外壳下，揭示着记忆、心理和动机的复杂性。而"心理现实主义"所以深刻或说可信的关键就是它对我们在时光中的位置以及这个位置对我们人生的行为与各种关系的限制或说影响的把握。通过一个女人生命的三个阶段，每一个阶段的一个"启示"（revelation）的瞬间，门罗向我们展现了亲情、爱恋、友谊这些最私密的关系和情感的微妙与复杂的变化以及千回百转之处。这三幅快照所昭示的人生意义只能通过朱丽叶流动的意识或者变化的记忆得以显现。意识或记忆就像摄影中的灯，它照亮的无疑正是时间流逝这一主题。从这个意义上看，英国《新政治家》周刊的评论——"门罗的感觉与思想能力，其深度、敏感度与准确性都达到了普鲁斯特的高度"——并不夸张。

让我再回到开始的疑问，在没有时间也没有心情读书的时代，为什么还有人读门罗？

根据门罗小说《熊从山那边来》（*The Bear Came Over the Mountain*）改编的电影《离她而去》（*Away from Her*）获奥斯卡最佳改编奖的提名。而改编剧本的是加拿大女演员萨拉·波莉（Sarah Polley），这部电影也是她的导演处女作，讲的是一对患了阿尔茨海默病的老年夫妻的故事。

波莉给剧本《离她而去》所写的序是我读过的关于门罗的各种评论和序言中最好的一篇。

21岁的波莉在从冰岛回家的飞机上读到《纽约客》上的这篇小说。当时她的个人生活一塌糊涂，从一段失败的关系走向另一段；而她挚爱的外祖母开始失去独立生活的能力，不再记得眼前的亲人。那天，波莉一翻开小说，就感到"如被一颗子弹击中"，读完掩卷而泣，久久不能平静。她急切地感到，"我自己的某个部分需要活在这部小说里"，于是开始了这部对她个人至关重要的电影创作。在序里，波莉讲了这部小说是如何帮助她重新理解爱，如何度过外祖母离去这一艰难时刻而成熟起来的。"这篇小说于我，不次于我生命中最重要的人，它使我的生活彻底改变。""它抓住了我的手，把我领到一个更美好的地方。"

"它抓住了我的手，把我领到一个更美好的地方。"我想，这就是读门罗的理由。

重庆的高罗佩

知之者不如好之者，好之者不如乐之者。

——孔子《论语》

高罗佩并未尝试将汉学研究作为他的事业，如果他愿意，超凡的天才能使他有很多机会获得教授聘任（在荷兰以外）。但高罗佩宁愿成为一个漫游者而非走一条平坦的路，也即一般经验所倾向的，不用走多遥远但常会有新发现的学术途径。他有非凡的永不知足的头脑，这种个性使他能在某一个时段内聚精会神于一个他碰巧感兴趣的课题。此外，高罗佩还有与其个性一致的对学术边缘领域的好奇心，由此，音乐、绘画、色情艺术、侦探小说或者其他综合性课题被他不断发掘。当然，我们都会在研究中涉及有如音乐、绘画等边缘领域，但高罗佩从一个边缘领域踱到另一个，他总在回避学术焦点及中心领域。因而在汉学研究圈中，他被称为"值得钦佩的业余汉学家"便情有可原了。

——何四维（Anthony Francois Paulus Hulsewé）

雅 集

"2月25日：11点杨少五和杨大钧来了，一起乘车去了杨少五的家，在那儿举办了盛大的午餐会，以庆贺天风琴社成立。下午是弹奏音乐度过的，吃晚餐后欣赏灯笼。"

荷兰人高罗佩（Robert Hans van Gulik，1910—1967）随身记事本上写下的这个天风琴社的成立活动，应该发生在 1945 年的重庆。那时距离"二战"结束、日本人投降，其实还有半年多的时间。荷兰自从 1940 年被纳粹德国占领，荷兰政府和王室逃到战时的伦敦。1941 年日本对荷兰宣战，太平洋战争爆发，荷兰在远东的重要机构——驻日本公使馆被迫撤离。当时在公使馆任译员的高罗佩经非洲和印度，辗转几个月才来到陪都重庆，担任荷兰流亡政府驻重庆使馆的一等秘书。

世界时局是不确定的，但战时的重庆却因国民政府退守西南，成为陪都而显赫一时。这里聚集着各种各样的人生：有利用职权倒买倒卖发国难财的达官贵人；有抛家舍业、救亡图存的仁人志士；还有无数因战争置身水火的苦难百姓、流亡学生；当然还有 20 世纪被中国现代化过程裹挟的最后一批文化贵族，他们从北平上海、塞北江南，躲避战火而云集于此，使这个一向以草根文化为主的西南山城出现了一个文化繁荣的阶段。

1943 年 4 月高罗佩初来山城，那里的文化气氛一定给了这

高罗佩和他的书法

个逃亡政府的外交官很大的安慰。他在日本七年的东方艺术收藏虽刚刚毁于战乱与逃难；但在东京早已开始学习钻研的琴道、诗画、印书、收藏似乎又在这里找到了延续的可能。高罗佩当时的住处在国府路295号，他把自己的书房称为"吟月庵"，几乎每天都有人来做客。讨论书画，切磋琴艺。他还常常出入江南名人苏渊雷的"钵水斋"书肆，和在重庆的文人雅士诗酒唱和，他们有戏剧家田汉、诗人郭沫若，也许还有画家徐悲鸿。

　　很快他就如鱼得水。高氏参与的最积极的活动就是与聚集当地的琴师切磋唱和。据他自己的记载，"几乎每天都有一些中国作家和艺术家来我们的'吟月庵'里做客"。而演奏古琴就是饭后的余兴节目。他也经常去外面参加古琴活动，最常去的地方是杨少五家。杨少五的父亲是当地有名的古琴收藏家杨

高罗佩在天风琴社

庭五, 收集二十多把出名的古琴。战时重庆聚集了各地来的琴师,
而他们重要的聚会地点就是杨家。天风琴社也成立于南纪门凤
凰台1号, 名叫"清白家风"的杨宅。会员除了包括一批沉醉
于古琴的名士, 还有不少社会名流和国民党元老, 于右任、冯
玉祥、德国社会学家库特纳 (Stephan George Kuttner)、美国汉
学家艾维廉 (William Reynolds Beal Acker) 和专治中国音乐史
的英国人毕铿 (Laurence Ernest Rowland Picken)。而在这批人中,
最显眼的无疑就是个子高高, 戴一副圆眼镜, 神情总是十分专
注的高罗佩。

高罗佩对古琴的兴趣在东京时就开始, 他不仅潜心研究古琴

谱，还拜古琴大师、福建闽南派的叶诗梦为师，学习弹古琴。叶诗梦是孙敬斋的弟子，对古琴演奏有很高的要求，曾经自编古琴谱《诗梦斋琴谱》。他从《梅花三弄》开始，一共教了高罗佩十首古琴曲，后来叶诗梦去世，高罗佩十分悲痛，他用中国画法画过一张叶氏抚琴图以纪念。1940年，高在东京出版了《中国琴道》，用西方乐理来解释介绍古琴这一东方乐器，还特意说明是献给他的古琴老师。

"知之者不如好之者，好之者不如乐之者。"因为"乐之"，高罗佩在异乡这块战火纷飞的土地上，有种旁人不能理解的满足和从容。就像外交官陈之迈后来描绘的：

> 我认识他时他已经是古琴高手，在重庆的文人雅集上，每次都带着他的古琴，虽然这很不方便。聚会时就为他的朋友弹奏几曲。我还记得有一次，一个酷热的夏夜，我们在嘉陵江岸上的院子里晚宴，酒足饭饱之余，他开始弹奏古曲《高山流水》。这是中国古人所描写的那种得意忘言的时刻，也是高罗佩心心向往的时刻。这个看上去一点也不像中国人的人，却弹出了两千多年来流动在中国人心中的旋律。

这些雅集唱和，以"二战"结束高罗佩奉调回国而结束。1946年4月，当高罗佩偕其在重庆认识的新婚妻子水世芳离开时，天风琴社和渝都各界几十人前来送别。

重庆各界名士送别高罗佩夫妇

后来，水世芳回忆说，高氏在重庆的岁月是他生命中最快乐的一段时光。这份快乐想必与他遇到大家闺秀水世芳并娶她为妻有关，也与他的士大夫情结得到了满足有关。因为有了战乱这个缝隙，让一个不合时宜的人，有机会实现了他最大的野心，成为一个"玩物尚志"的中国士大夫。

这次为了告别的聚会，高罗佩也用最中国的方式保存了下来。他请来送别的朋友在纪念册上题诗作画，这就是整整两册的《巴江录别诗书画册》，现在保存在莱顿大学汉学院东亚图书馆高罗佩特藏室。

高氏收藏

莱顿大学汉学院的天井式的庭院建筑设计别具东方特色。二楼"格物致知"的横匾下就是有名的东亚图书馆，里面藏书丰富，尤其以印尼研究方面的书籍资料最为全面。1977 年莱顿大学汉学院从高家买下高氏的个人收藏。有 3400 种近万卷之多，于是在图书馆特设一个高罗佩特藏室。从 1935 年左右他开始到远东直至 1967 年他去世，高氏收集的图书史料主要有三类：一是古典音乐类，包括琴谱等；二是文学艺术字画类；三是中国的通俗小说。这些书籍多是蓝布皮包的线装书，其中有九十余种珍稀书籍书稿，更有十种孤本。

高罗佩的个人藏书最后安家莱顿大学汉学院也算得其所归。

莱顿大学是欧洲汉学研究的重镇，从 1833 年开始，这里就源源不断培养训练传教士、外交人员、学院的研究者。19 世纪中期，这里的学科项目就有日文、中文，主要培训派遣到殖民地印度尼西亚的荷兰商人和官员。莱顿大学设置东方语言历史文学专业以及汉学的兴盛发展，与 19 世纪荷兰的殖民地历史直接相关。荷兰在远东的殖民贸易主要工具就是荷属东印度公司，而东印度公司的活动在日本和印度尼西亚最为活跃。荷兰与日本 17 世纪初就开始贸易往来，日本对西欧的科学技术以及军事知识的了解最早也是通过荷兰。而荷兰在印度尼西亚的影响更是深远，

少年高罗佩在爪哇岛

殖民历史长达 150 年，从 1800 年到 1949 年，印度尼西亚一直是荷兰的殖民地。因为印度尼西亚有大量的华侨需要管理，所以荷兰派到殖民地的军队和官员有很多也要学习中文。

高罗佩和东方的缘分最早也与荷兰在远东的殖民活动有关。

1910 年，高罗佩出生在荷兰小镇扎特芬（Zutphen），他父亲是荷兰殖民军队的一位军医，高罗佩幼年就随全家来到印度尼西亚群岛最主要的岛屿——爪哇岛，在那里度过了他的小学时光。在那个语言、文化、宗教和人种混杂的热带岛上，高罗佩的启蒙是多元的，带着异质文化和异国情调。在家里和学校他学习了中文、马来文和爪哇文，在日常生活中也经常接触印度佛教、伊斯兰教和荷兰基督教。

高罗佩12岁时全家回到荷兰，18岁高中时曾为校刊 *Rostra* 写下一篇回忆当年在印度尼西亚生活的文章《自美丽岛》："小房间里只有一只从被烟熏得漆黑的房梁上悬挂下来的纸灯笼。暗淡的光亮使得房内的空间和家具都如画如幻一般。一角立着放有很多中国书的书架。靠墙还有祭坛，周围贴着红色亮纸的条幅，上面是孔夫子的训言。还有一只矮几上面摆着精致的瓷器。房间正中一只烧炭的小火炉闪着亮，温暖着斜躺在卧榻上的老人。他穿着宽袖阔腿的白布衫裤，细细眯着的眼睛藏在那张布满皱纹的慈祥的脸上。他用广东话招呼着我，说面好了。我却更喜欢沿着陡峭松动的楼梯爬到顶楼，俯瞰眼前的中国城，一片屋顶的海洋。"（本文作者翻译）文字中深情的乡愁几乎让人不能相信这是出自一位少年之手，而这种文化的乡愁与怀旧将是他一生沉醉于东方文化研究的情感动力。

1929年，高罗佩进入莱顿大学，选择汉学作为专业。1932年，高罗佩获得中文及日文学士学位和殖民法学士学位之后，去乌德勒支大学东方学院继续深造，随后以一篇讨论米芾有关砚的论说的文章获得了东方研究硕士学位。1935年3月，以论文《马头明王诸说源流考》在乌德勒支大学通过了博士论文答辩。

高罗佩很早就显示出罕见的语言天赋。在荷兰读中学时他学习了欧洲最重要的语言——希腊语、拉丁语、法语、德语和英语。

他还结识了著名的语言学家 C. C. 乌兰贝克。后者又推荐高罗佩学习俄文和梵文，并请他协助自己进行黑足印第安人（Blackfoot Indians）语言的词汇研究。乌兰贝克的研究成果后来由荷兰皇家科学院出版时，还把高罗佩列为合作者。

汉学训练和他的语言天赋，使得高罗佩毕业后很快找到了荷兰外事服务的工作。他作为助理译员被派到荷兰在东京的公使馆工作，重续东方之旅。作为职业的外交官，高氏一生始终以业余身份从事汉学研究和作为个人爱好的艺术收藏，它们构成了高罗佩生活的两个重要方面。而日后他成为侦探小说作者，写出给西方读者读的中国式侦探故事"大唐狄公案"系列，竟也是从这里衍生出来的故事。

"狄公就是我"

高罗佩从 1935 年开始在远东生活。作为初级外交人员，他工作之余，喜欢在东京或京都那些狭窄的街巷里闲逛寻找。他也时不时到中国，搜寻感兴趣的东方文明和生活方式的遗迹。那些年，他学习了中医、古琴、书画装裱、印刷书籍，也开始了他的私人文学艺术收藏。

1943 年后，高罗佩转移到战火中的山城。在那些曲折陡峭的大街小巷里，高氏依然醉心于古董店和旧书店。那一阵子，他在学习书画装裱，每当与外交官们躲避在地下防空洞里，所有的

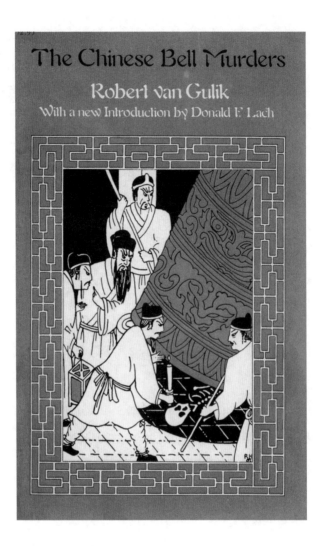

高罗佩所作《狄公案》封面之一

衣服都被烧毁了，他却担心轰炸落下的尘埃会损坏他的书法作品。在日军炸弹的间隙，他跑到各家文物店搜集不同的画纸。在一家因日军轰炸要搬迁的旧书店里，他拾到了一本写于两百多年前的公案小说《狄公案》（也有一说，他最初看到这本书是在1940年的东京）。

高罗佩是个不落俗套、凭兴趣做事的人。战时混乱不定的时局和居无定所的环境，似乎并不能阻止他对自己感兴趣的事物的热情。但战时环境的确不太适合需要搜集复杂的资料潜心写作的研究工作，于是时刻都闲不住的他开始翻译手上这本《狄公案》。

按高罗佩自己的解释，他翻译《狄公案》的初衷是因为中国民间流传的大量公案小说在西方从没有被完整地翻译出来。他归结其中的原因，无疑是古今、中西阅读习惯和文类规范的不同。中国的公案小说总是一开始就把罪犯是谁交代清楚，犯了西方悬疑侦探类型小说的大忌。里面大量的鬼神超自然因素，再加上各种旁枝末节、次要人物过多，以及直白血腥的刑罚细节也是现代读者不能认同的。但是高罗佩却在《狄公案》这本18世纪的小说中，发现公案小说文类独特的叙事传统，它所使用的文学技巧是西方犯罪小说中没有的，那就是判官/侦探同时处理三个案件的结构布局。1949年高罗佩在日本自己印刷出版了一千二百本他翻译的《狄公案》。他在译者前言中写道："这是《狄公案》的忠实翻译。如果能够按照我们（西方）读者更熟悉的方式重新创作，可以吸引更多的读者。"显然这时高氏已经意识到把中国侦探犯罪小说介绍给西方读者的可能。他甚至给几位英美的侦探作家寄去译本，向他们建议："我觉得如果我们现代侦探作家能试着写本古代中国的侦探故事，可能会是一个非常有趣的实验。"但是似乎没人响应。

也许不久高罗佩就意识到他自己就是那个最适合写中国侦探小说的人。《狄公案》出版的第二年，高罗佩就写出了"大唐狄公案"系列的第一本《迷宫案》，1951年先在日本出版。第二本《悬钟案》1953年出版。此后几乎以每年一本的速度，一直写到1967年去世。"大唐狄公案"系列一共有十六本书，包括十四部长篇，两篇中篇合集，一本短篇小说合辑。用想象和热爱，这个荷兰人为大唐王朝的一位儒家官吏虚构了一段辉煌的历史：狄公从663年到681年为官断案的生涯。也因此开创了一个独特的侦探小说次文类。

说高罗佩是写中国风的侦探小说最合适的人选，是因为高氏对西方流行的侦探犯罪小说的了解，更因为高氏对中国文化和古代社会大百科全书式的兴趣。"大唐狄公案"系列的重要素材灵感来源，包括宋代的案例汇编、明代的公案短篇和清代的白话长篇。他把中西传统很好地融合起来，创造性地重写了中国的公案小说。虽然情节来自中国素材，但想象和写法却出自高氏自己的理解。高罗佩写狄公，几乎像做学问一样虚构着他的人物情节。我看到一份他撰写的详尽的狄公年表，里面按年月排列了狄公从663年到681年辗转不同地方履任的官职以及断定的案件，甚至手下四位助手／伙头的来龙去脉也计划得清清楚楚，有条不紊。同时高罗佩运用他对中国文化各个方面的知识，尤其是对明代风俗人情和通俗文化深深的感情——他曾一度把自己在东京的书房称为"尊明阁"，来填补小说中的骨肉细节。所以狄公案系列的叙事者是个明朝人，讲述他所尊敬的"古人"狄公的故事。而且小说中描述的社会习俗也更接近明代而不是狄仁杰生活的唐代。

为了"大唐狄公案"系列，高罗佩不仅搜集阅读了大量民间公案小说，更重要的是，高氏对中国古代刑法也颇有研究。他在20世纪50年代中期，"大唐狄公案"系列刚一开始就翻译了《棠阴比事》，一部13世纪刑法折狱的案例汇编。这本书和其他历代决疑断狱和司法经验的古代案例后来都成为"大唐狄公案"系列的故事来源。

悉尼麦考瑞大学一位博士（Sabrina Yuan Hao）对"大唐狄公案"系列做了专门研究，认为高氏"创造性地解决了中西模式融合的问题"。从结构上看，狄公案系列沿袭章回小说，保持多个案件齐头并进的形式。比如《悬钟案》里面就有三个案件交叉进行：半月街奸杀案、佛堂秘影和神秘的尸骨。高氏还重写公案小说，解决了中西悬疑小说不同的要求。公案小说常常一开始就交代罪犯，并伴有警示的语气。这是因为古代公案小说是作为刑法案例出现的。还有公案小说一个重要情节就是案犯口供。这也与中国古代刑法的特殊性有关，那就是必须有罪犯认罪的口供才能定罪。上面提到的高氏写的"半月街奸杀案"就来自公案短篇《龙图公案》，但他采用了倒叙的方法，保持了西式悬疑推理小说的神秘，又把原文中鬼魂出现令案犯招供这样的超自然因素去掉。让狄公采用心理战术，用一只被偷的发针诈供使得罪犯认罪。此外，他还根据西方侦探小说的传统，减少不必要的枝叶人物。后期小说中，几个案件也不是各自独立的，而是互相关联，有主有次，使得同一人物在不同故事中出现，比如最后的长篇《黑狐狸》（*Fox Magic Murders*）。

"大唐狄公案"系列可以说是高罗佩介绍东方最为成功的尝试。在狄公这个精力充沛、能文能武、体恤民情的儒官身上，高罗佩投射了他心中理想的人格：既有"官"的威严和责任，又有"士"的趣味与修养。中国的公案小说正可以证明以儒家为代表的中国文化的"理性精神"和逻辑思维。这也许是高氏的诠释，但无疑表现了他对中国文化和传统的尊重与热爱。

借由狄公，无数西方普通读者开始对那个神秘丰富的东方和中国产生了好奇和兴趣。从它诞生以来，"大唐狄公案"系列已经用好几种文字发行了上百万册。从早期高氏自己在日本和南洋印行，到20世纪60年代欧美主流商业出版社争相出版，比如Scribner's以及Harper & Row，再到90年代芝加哥大学出版社出版了这一系列的全套平装本，"大唐狄公案"系列已成为西方侦探悬疑文类中独具一格的畅销小说。

当然，"大唐狄公案"系列也有为人诟病的地方，那就是书中高氏亲手绘制的封面与插图，有很多是裸体。据高罗佩自己解释，他当初在日本出版小说时，书商建议，要吸引读者，就得加点"颜色"。于是高罗佩就在绘制插图时，加上了明代春宫画的"影响"。因为当时高罗佩正搜集资料，开始着手他在汉学研究界广为人知的中国古代房中术的研究。

《秘戏图考》

大不列颠哥伦比亚大学 UBC 的珍本图书室里的《秘戏图考》（*Erotic Color Prints of the Ming Period*）是 1951 年高罗佩私人印制中的一套。我花了两个下午的时间才把这套书的来龙去脉搞清楚。其实这部书包含三册。一本是明代春宫图册《花营锦阵》，一本是《秘书十种》，集中了古代医学、道家典籍以及历代通俗小说中有关房中术的部分，还有一本是高氏自己的《秘戏图考》。也就是说前两本实际是后一本的研究资料来源。

高罗佩在《秘戏图考》序中解释，他 1949 年在东京做使馆参赞时发现了明代彩色套版的《花营锦阵》，本是 18 世纪与中国有贸易往来的一个日本封建家族的私家收藏。"余于西京旧家购得万历雕《花营锦阵》春册版木，尤为难能可贵。""外国鉴赏家多谓中国历代画人不娴描写肉体，据此册可知其谬也。"作为一位业余汉学研究者，高氏知道这本画册的艺术和研究价值，希望能与其他研究者分享，于是打算自己掏钱小批量印行。本来想为此写个序，简单介绍中国古代性生活和习俗，作为春画艺术的文化背景。结果与其他高氏感兴趣的题目一样，他为写序做的研究一发而不可收，最后演化成洋洋洒洒二百多页的文献研究《秘戏图考》。

此书的中文序言高氏用工整的文言写成，提出"中国房中术由来已久，易论一阴一阳生生化之其义深矣其为教也。则著之于书导之以图。自汉以来书图并行"。"此术行而得宜则广益人伦。"他随后比较古希腊、古罗马、古印度，认为各个文明皆有此类书籍，"至今欧美医士立房中术为医学一门编著，夫妇必携儿女必读之书。而中土则自汉已然，海外知之者鲜矣"。这是因为"及夫存明宋学复兴儒家拘泥亦甚，故此类书籍一时不振"，"且清之奖励宋学又甚于明儒者，遂于次图书深藏不宣后竟遭烁禁之厄"。

《秘戏图考》主要是介绍自汉及明的色情文学和春宫图画。第一部分介绍四个时期（汉、六朝及隋、唐宋元、明）的医学典籍、性手册和小说中的色情文字；第二部分介绍春宫艺术则只以明朝为分界点，重点介绍明代此类题材的画册、小说插图以及彩色套版，非常详尽，很有价值。既介绍了春画艺术的基本发展以及艺术特征，还具体讲解了《胜蓬莱》《风流绝畅》《花营锦阵》《风月机关》《鸳鸯秘谱》《青楼剟景》《繁华丽锦》《江南销夏》等八部画册；书的第三部分就是《花营锦阵》的英译。"明代套版之精粹"的《花营锦阵》全套共二十四图，每图搭配艳情诗一首。高氏不仅精确译出原文，而且还加上了注解。

高罗佩研究中国的色情文学和春画艺术是非常严谨、认真的。他研究的目的是为了纠正西方认为中国缺少对性问题的讨论，或认为中间有不正常的性习俗。"余所搜集各书，除《修真》《既济》二种外，殆可谓有睦家之实，无败德之讥者。可知古代房中书籍，不啻不涉放荡，抑亦符合卫生，且无暴虐之狂，诡异之行。故中国房室之私，初无用隐匿，而可谓中华文明之荣誉也。"他对此书的阅读传播范围也有谨慎考虑。一共只印了五十套书，分别捐赠给世界各地的大学图书馆和各大博物馆。1951 年的高氏手写版后面就附有 37 家欧美图书馆、博物馆的名录，此外的十余册他捐赠到中国和亚洲其他地方。可见，高罗佩对自己这种筚路蓝缕的工作的价值是非常清楚，也非常骄傲的。

1956 年荷兰莱顿的博睿出版社（Brill）提出让高罗佩写一部关于古代中国性与社会的专著。高氏就在《秘戏图考》的研究基础上，加入了汉前的史料，适当删减春画部分，扩充其他相关研究，使之成为更为广泛的关于中国性文化的介绍研究。这就是后来的《中国古代房内考》（*Sexual Life in Ancient China*）。所以说，这两本书有同样的史料，相似的研究问题甚至结论，只不过前者集中在春宫画以及彩色套印艺术，而后者更多从社会人类学和历史学角度看中国的性生活和性习俗。

《中国古代房内考》是按历史顺序排列，各章有不同的主题侧重。比如，东汉三国部分就介绍房中术与道家有关论述；隋唐部分则介绍高级妓女、宫廷的性文化以及当时的医学和色情文学；宋代部分讲缠足、妓女文化和宋代新儒学对性文化的影响；明代集中于文学艺术中的性学。高氏运用历代医书家训、诗文典籍，各章对当时流行的房中术都有出处援引，甚至还交代哪些是根据散落在日本的资料。据此书中译者李零所言，高氏研究房中术，主要是利用叶德辉的辑本，而叶德辉的《双梅景闇丛书》主要来源是日本的医书《医心方》，里面抄了不少失传的中国古书，如《素女经》《素女方》《洞玄子》《玉房秘诀》等。

20世纪90年代以来，在汉学界，因为人类学、文化学研究的影响，高罗佩的古代性学研究重新得到关注。2003年博睿出版社请荷兰汉学家伊维德（Wilt L. Idema）主编莱顿汉学系列，重印了《中国古代房内考》，次年重印《秘戏图考》。著名的汉学家如高居翰（James Cahill）、艾思仁（Sören Edgren）等纷纷为之作序。美国学者金鹏程（Paul R. Goldin）在为《中国古代房内考》作序时，对高氏的中国性文化研究给予了高度评价，认为其从深度到广度以及方法论方面都是开创性的。他还为2003年的再版本补上了很详尽的有关中国性文化方面课题的英文研究目录，从中更可以看出当年高氏的研究给后继者的影响，包括金鹏程自己在2002年出版的《中国古代性文化》（*The Culture of Sex in Ancient China*）。

吟　啸

作为职业外交官的高罗佩，一生以业余身份从事汉学研究，却写出 19 本专著、36 篇论文、17 本小说，而且其研究题目在当时大多都很冷僻前沿。高氏的成就来自勤学自律，更来自他对东方文化的好奇和热爱。这份好奇和热爱与职业地位和薪酬荣誉无关。据说 50 年代李约瑟曾邀请高罗佩到剑桥大学，高氏婉拒，称自己外交生涯还没有完成。估计他还是想凭自己的兴趣做学问，不愿受学院派的束缚。

据他的传记作者维特壬（Janwillem van de Wetering）讲，高氏每天作息时间非常严格。以他在 50 年代末 60 年代初驻海牙负责荷兰在中东和非洲事务时期的生活为例，他每天一大早先到自己的办公室阅读处理亟待回复的文件、邮件，然后口述答复给秘书。不到咖啡休息时间就已经走出办公室，来到车站。在去莱顿的火车上，他读中文资料。到达莱顿大学后，喝完咖啡就一头钻进那里的图书馆研究写作。4 点临近下班时又回到办公室，在秘书打好的文件上签字，听下属同事做国际事务的简报。然后走回家。吃完晚饭后又是读读写写，工作到凌晨。他是四个孩子的父亲，有时也陪他们一起看电影。他的爱好就是在他履职的地方到处走动，了解当地的风土人情，不管是在马来西亚还是日本，黎巴嫩还是印度。

高罗佩在 1965 年开始成为荷兰驻日大使，达到其事业巅峰。两年后的秋天因癌症去世。他在病榻上完成的最后两部书，一部是"大唐狄公案"系列的最后一部《黑狐狸》，另一部是那年 5 月写成的《长臂猿考：一本关于中国动物学的论著》。后者"将上自商周下至元明三千余年的中国猿文化变迁史纳入视野，横跨文学、史学、动物学、艺术学等领域"（施晔）。在某种意义上这部书也代表了高氏知行合一的"乐之"态度。他是一个学者，更是一个实践艺术家，学习到的东西都要自己玩玩看：收集东方艺术就要自己写书法、弹古琴，了解宋/明律典，自己写公案小说，就连他养的宠物也与人不同，成为他研究的一个组成部分。

高氏平素不苟言笑，但是不乏趣味真情。他很早就开始关注长臂猿，但是只有亚洲的气候才适合养长臂猿。长臂猿是一种很古老的动物，现在只在印度、东南亚和中国西南部才能看到。它们极其聪明，善长啸，而且与一般的猴子和猩猩不同，不喜欢群居而常常独来独往。在中国的猿文化里，常常被文人视为高洁的象征。"临风亭而唳鹤，对月峡而吟猿。"高罗佩晚年在马来西亚和东京的寓所，都有几只长臂猿陪伴。在晨昏之际，他和他养的长臂猿一起吟啸，就像从这些远古走来的生灵身上，找到共同的语言，彼此唱和，分享孤独。

因为疾病的原因，这本《长臂猿考》是高氏手写的，而且是以文言文写成。他笔下的猿是种文化现象，从史书到诗歌，从杂文到笔记小说，他广征博引各代对猿的记录与想象；但同时，他又用充满情感的笔触，描述了他养的宠物猿如 Cheenee 和 Bubu 等的日常行状，以及他们充满尊严的死。

高罗佩生前做的最后一件事，是帮助一位在日本驻守的下属。这位外交官因被调到韩国，郁郁不乐。到医院看他时，讲了自己的境况并向上司求助。高罗佩在病榻上给使馆打电话，安排调迁。当那个年轻人问他，你怕死吗？他回答，用日本俳句一样的语言："所有的迁移都是幻象，从首尔到神户，从生到死。"

可是，他自己又是那样一个深情的过客，迷恋东方的色彩，以及那里的浮世光影。像高罗佩这样的汉学家也是濒临灭种的稀世传奇了。他糅合西方文艺复兴精神和东方名士的生活态度，用无法之法，把日常之物，把民间文学图像，以及各种杂学引入学术研究，他对人类物质文明的欣赏与喜爱，不分你我，无论东西。

2014年11月，在重庆三峡博物馆，就是当年国府路295号的对面，荷兰高罗佩家族捐赠高罗佩私人收藏文物的仪式正在隆重进行。这里将是莱顿大学之外最大的高氏藏品永久展。据说有家具、字画、古玩近二百件，包括几把高氏当年收藏的珍贵古琴。

几年以后，在三峡博物馆四楼的一个角落，高罗佩私人收藏文物展的展厅空空荡荡，除了一端被布置成高氏当年的书房"尊明阁"的样子，四壁只有文字介绍而鲜有实物陈列了，看来很多藏品已经被"收藏起来"。但在中央墙上，我还是看到了那首七律诗，那是1951年，高罗佩从印度到香港，遇到重庆时的故交——江南有名的琴师徐文镜——时写下并赠给昔日友人的：

漫逐浮云到此乡，故人邂逅得传觞。

巴渝旧事君应忆，潭水深情我未忘。

宦绩敢云希陆贾，游踪聊喜继玄奘。

匆匆聚首匆匆别，更泛沧浪万里长。

文学的炼金术：保罗·科埃略和他的寓言小说

真的炼金者不是把铅变成金，而是把世界变成文字。

因为每个人抵达真理的途径都不同，而这不同的路径就是个人的传说。

——保罗·科埃略（Paulo Coelho）《炼金术士》

邂　逅

今年是巴西作家保罗·科埃略（Paulo Coelho）的小说《炼金术士》（中译《牧羊少年的奇幻之旅》）出版三十周年。这本用葡萄牙语写的薄薄的小书自从 1988 年出版，被翻译成六十种语言，在世界各地卖了三千多万册。也因此科埃略被称为"继马尔克斯之后，拥有最多读者的拉美作家"。

八年前，我在悉尼一个夏日的集市上，看到保罗·科埃略《炼金术士》（The Alchemist）时，我已经快四十岁了。那时我正经历一次人生困难的时期，一个忙乱疲倦又茫然彷徨的时期。

因为外子职业转换的原因，我们跨越南北半球，移居到了一个陌生的城市。比起我们曾居住过的温哥华，悉尼是一个太庞大太昂贵节奏太快的城市。失去以前给我们支持的家人朋友，还要了解适应新的环境。儿子年幼，需要给他找幼儿园，需要接送和陪伴。而我在加拿大已经开始的职业生涯也被打断，时刻面对重新争取一份永久职位的压力。

那一阵子我也许遭遇中年危机，也许陷入轻度抑郁，每天早上很不愿起床，没有精神更没有激情地应付着不得不做的事情。上完课，处理完家事，常常筋疲力尽，就想倒在沙发上看一些不用动脑筋的东西。我恼恨自己在混日子，但似乎又无力从这种混日子的状态中自拔。

十几年前我初次到国外留学时，也面对环境的巨大转变和适应过程，但那时的我还是一个勇敢好奇，没有拖累也没有多少顾虑的年轻人。而现在，人到中年的我生活又一次发生了变动，我发现自己被一种疲倦和疑问的情绪所笼罩。我怀疑是不是我以前想象的有灵感有梦想的生活只是年轻时的幻觉。也许生活的真相就是这种世俗的匍匐在地上的现实，没有远方。

那个星期天，为了打发时间，我们去了 Rozella 的集市，悉尼因为天气好，周末很多集市。集市上有一般超市和购物中心看不到的衣物、首饰、艺术品、古董，甚至还有两三个书摊。

两年间，他走遍了安达卢西亚的平原大川，把所有的村镇都记在了脑子里，这是他生活的最大动力……他学过拉丁文、西班牙文和神学，从孩提时代起，他就梦想着了解世界。

然而，太阳落山的此时此刻，他却置身于异国他乡，身为异乡客，来到一个陌生的国度。在这里，他甚至听不懂人家说话。他已不再是牧羊人，已经一无所有，甚至连回程的钱都没有，谈何实现心愿？

他为实现梦想整整干了一年，而这个梦想正一分一秒地失去其重要意义。

一切都发生在太阳东升和西落之间，男孩想。他为自己的处境感到难过。

《炼金术士》英文版封面

我那么偶然地翻开一本很薄的小书，这是一本翻译成英文的葡萄牙语小说《炼金术士》。即使隔着这两层的语言，书中那个带点感伤语调的叙述还是击中了我，在悉尼充满阳光的午后，我头晕目眩，有一种想流泪的感觉。

因为我感到这本书就是写给我的，那个委屈的在异乡充满疑惑的少年说的就是我此时的心境。

那天回到家，我用一个晚上的时间就把书读完了，被书中诗意的语言和深富哲理的意象所打动。书中那个怀揣梦想颠沛流离的少年让我想起多年前的自己，那个一心想到外面的世界去看看的少年。

我还看到了此时的自己，一个中年人，她在世界上可以自由行走了，却发现已经没有什么可以期待。她对世界已不再好奇。

但它也让我意识到，我还没有心如死灰，我还渴望找到一个对话的人，听一听他的故事，听他讲一讲人到中年是不是还有重新上路的可能。

牧羊少年

《炼金术士》讲的其实是个古老的故事，阿拉伯民间故事《一千零一夜》和博尔赫斯的小说都讲过类似的故事。其实世界上所有故事的原型也无非那么几种，看过人类学家弗雷泽（James

Frazer）的《金枝》（*The Golden Bough*）或文艺批评家弗莱（Northrop Frye）《批评的解析》（*Anatomy of Criticism*）的书的人都知道。只不过千百年来各国的人们总是试图用自己的语言来重新讲述这几个故事，选择一个不同的叙述者，采取一种不同的角度，或者找到一个不同的情境，让人物或意象，来表达自己独特的人生领悟。

《炼金术士》的主人公是西班牙安达卢西亚的一个普通的牧羊少年，叫圣地亚哥。他对这个世界很好奇，而且总想在路上。他放弃了父母为他选择的当个牧师的前途，成为一个会拉丁文、西班牙语和略懂神学的牧羊人。之所以牧羊是因为这个活儿可以让他一边谋生一边旅行。就这样，圣地亚哥每一年都走在一条不同的路上。直到有一天在乡村的一个废弃的教堂里，他连续两夜做了同样的梦：在埃及的金字塔旁，他会发现藏着的宝藏。

一个西班牙乡下的牧羊少年，除了一本书、一件上衣和一群羊，那群羊还是用父亲给的三枚金币买的，一无所有，他怎样才能到达遥远的金字塔？更重要的是，他究竟应该不应该相信梦？虽然据说那是上帝与人的对话。

牧羊少年的逐梦之旅并不顺利。这并不遥远的旅途中，他碰到了各种障碍。他卖了羊用来旅行的钱在刚踏上非洲大陆时就被偷光了，于是不得不在当地的一家卖水晶制品的小店里打工挣回家的盘缠。而更多的时候，障碍来自他心里的怀疑和不确定的恐惧。

当然，途中他也遇到了各种各样的人，有吉卜赛人，有神秘的王，还有水晶商人、面包师。少年不知道老人关于天命的预言有多真实，但他知道他不想跟小镇上的面包师一样。面包师年轻时也有梦，想环游世界，于是他开了面包店，想每年攒点钱去非洲。可是随着他一年年老去，去非洲的梦想被他慢慢遗忘了。

在通往绿洲的撒哈拉沙漠，少年遇到最重要的人，告诉他炼金术的英国教授，给他爱和信心的阿拉伯少女，和陪他走完沙漠最后一段路的神秘的炼金术士。牧羊少年从他们那里了解世界，他们每个人都为他解释他的天命，所以这也是一个认识自己的过程。牧羊少年甚至从炼金术士那里学会了呼风唤雨，创造神迹。最重要的，他懂得要倾听自己内心的声音，因为那里也是梦想栖身之处，是宝藏深埋的地方。"倾听你的心灵，她知道所有事物。因为她来自世界灵魂，而且有一天还会回到那里去。"

当他穿越千难万险，终于抵达金字塔下时，牧羊少年被告知他的宝藏就埋在他来的地方。他却释然了，因为他的长途跋涉并不是一场浪费。

他听到风对他说，如果我事先告诉你，你就看不到金字塔了。他们很壮美，不是吗？

迷　途

《炼金术士》的副标题是"关于逐梦的寓言"（A fable about following your dream）。这部寓言小说也是我文学经验的一次断裂。它呈现了一种陌生的文学模式，也展现了一个我不熟悉的世界。

在此之前，我借文学对人生的观照基本上是通过现实主义这个镜头。早年草草阅读的《西游记》和班扬的《天路历程》得到的印象，使我一直认为寓言小说过于简单，过于说教。《炼金术士》让我第一次真正体验到寓言小说的奇妙。这里的人物、行动、事件和意象都是隐喻和象征，作者只是为读者提供了想象和对话的框架，你必须用自己的生活经验填充具体的内容，赋予它个人的意义。

我究竟应不应该相信这个故事，与这个作者合作，一起创造意义？

此前我对科埃略几乎一无所知，只是在哪里读到他是一个比较有争议的作家，还有他与巴西文学院那些精英们的紧张关系。有人评价科埃略是二流作家，他的书是心灵鸡汤、励志书籍，还有人讲他是个江湖骗子，用正邪和魔法一类麻醉元素来蛊惑读者。我必须自己做出选择。

我找到了一本由费尔南德·莫莱斯（Fernando Morais）撰写的科埃略的传记《勇士的一生》（*A Warrior's Life*）。莫莱斯是巴西有名的记者、传记作家，他写的众多拉美人物传记多次获奖。当年科埃略把160本厚笔记和120卷录音带一股脑儿交给他，授权他来写一部自己的传记。这本足足600页厚的传记《魔术师》（*O Mago*）2008年在巴西出版。

出身于富裕但保守的中产阶级天主教家庭的科埃略，40岁之前一直与他的梦想南辕北辙。少年时代就太执着于不切实际的文学梦想，又异常敏感狂妄，因正常的学校功课往往无法过关，父母视他为"病人"，在他16岁时把他送进一家精神病院。其后三进三出，20岁时他才得以彻底出院。从此以后，情绪上的剧烈波动和精神恐惧以及抑郁症就如影随形，伴随着这个一头黑褐色卷发、留着络腮胡子的小个子青年。

青年时期，他混迹于里约热内卢的青年实验戏剧小组和大学生剧团，写剧本，也当演员，甚至策划制作，从《绿野仙踪》到《彼得·潘》，大概只有戏剧这样强烈的形式才能表达青春的激情和愤懑。台下，他和志同道合者在当地的咖啡馆、酒吧写作，给中学生上戏剧课，或者在独居处自杀、嗑药，跟女孩子做爱，他的生活也是一出紧张过一出的戏剧。而这人生戏剧的背景是60年代中后期至80年代的巴西：一方面是军人专制政府对媒体和社会的独裁管制和严格审查，一方面是受北美嬉皮运动和欧洲存在主义影响的思潮暗涌，形成了一个压抑却又躁动的生存空间。科埃略早年曾经是共产主义的狂热信徒，进入70年代，又成了地地道道的信奉神秘主义的嬉皮。他不像那些勇敢的左翼青年，与政府、警察直接冲突；面对秘密警察和审查机关，就如当初面对强迫他住院或学法律的父母，科埃略都不是个勇敢的青年。他的出身和性格，使他只能躲在大麻和书籍后面，或在日记里表达对环境的不满和绝望。他27岁时，曾因办

保罗·科埃略

另类杂志被审查机构拘留过一次，还由此患上严重的恐惧症。有一段时间，他对阿莱斯特·克劳利（Aleister Crowley，1875—1947）创立的秘教 Thelema 十分入迷，由此开始了对魔术、预言、巫术和各种超自然的世界的探索。在最失落的时候，他几乎与撒旦签了一个浮士德式的协约。他游走于各种秘教、东方哲学甚至大麻中，磕磕绊绊，寻寻觅觅。他还花了11年专研炼金术，却始终不得要领。

　　因为每个人抵达真理的途径都不同，而这不同的路径就是个人的传说。

朝圣之旅

在《炼金术士》出版二十周年，奥普拉·温弗瑞采访作者时问他这部书的缘起。科埃略说写作这本书也是问自己：为什么把他真正的梦想推迟了三十九年？

其实为了谋生他也一直在写作，他是剧作家、流行歌词作者，他为报纸杂志写报道和专栏，还是秘教手册的撰稿人。80 年代中期，他与一位叫 Raul 的歌手和音乐制作人合作，出版了好几张卖得不错的唱片，也挣了不少钱。他还先后在 PHILIPS 唱片公司和 CBS 做到执行总监和制作经理的位置，在里约热内卢和圣保罗小有名气，也可谓功成名就。但他觉得还没有找到真正的意愿（true will），就是 Thelema 教义 "Do What thou wilt" 所说的那个意愿，那个生命的目的（purpose）或上帝的召唤（calling）。

> 人们由于迷恋图画和文字，忘记了宇宙的语言。（119）

一个偶然的机会，科埃略与女友驾车在欧洲旅行时，闯入当年纳粹关押和焚烧犹太人的达豪集中营（Dachau Concentration Camp）。那里惊心动魄的炼狱形象使他又一次陷入绝望，陷入对人类的怀疑和对自我的谴责中。在那里他痛苦地意识到，当年纳粹的残酷并没有"不再重演"，在他的家乡南美大地，从巴西到萨尔瓦多到阿根廷，军人独裁、暴力、谋杀，人类依然在受难，而自己对一切束手无策。他个人也许衣食无忧，但却与早年的理想渐行渐远。就在他自责沉思的时候，达豪集中营里那个小教堂的钟声敲响，他头脑里浮现出英国神学诗人约翰·多恩（John Donne）那首悲天悯人的布道词："没有人是一座孤岛，在大海里独踞，每个人都像一块小小的泥土，连接成整个陆地。……"

"就是在这一刻，我听到了呼唤，我听到达豪集中营里那个小教堂的钟声在为我而敲响。这就是我终于得到神悟的一刻。"科埃略在当天的日记中写道。

两个月后，在阿姆斯特丹，科埃略遇见了来指引他的导师，并加入一个古老神秘的天主教宗教组织 RAM。这种宗教上的皈依，是天主教家庭和早年教育的结果，也是多年来灵魂的不安和精神上的挣扎的必然。在古老神秘的仪式和信仰中，他寻找能与存在主义、颓废无助、放浪形骸抗衡的终极意义。RAM 古老仪式的一个重要部分就是成员要得到承认，必须经过考验。他必须独自去西班牙走一条有名的朝圣之途，去寻找一把剑，来证明他配得上勇士的称号。

1986 年，科埃略在向导彼得鲁斯（Petrus）的陪伴下，花了一个多月的时间徒步走完了近七百公里的"圣雅各之路"（Santiago de Compostela）。途中，他遇到种种大自然的考验，更经历了无数心灵的搏斗，甚至与他的信使和邪魔面对面沟通。在这段与世隔绝的旅行中，彼得鲁斯还教会科埃略几种与自我、与自然、与天地灵魂沟通的练习，帮他克服懦弱、怀疑和自私，发掘爱、忍耐和选择的能力。

故事的结尾，在近塞波柔（Cebreo）城，科埃略在一只孤独的羔羊的指引下，来到城门边的一个小教堂，导师就在那里等着他。他终于找回了那把剑。

文学的炼金术

事实上科埃略是用旅行手记《朝圣》（*The Pilgrimage*）来最后完成这次改变他命运的旅行。因为《朝圣》的写作出版以及出版后带来的巨大反响，使他再一次重拾并坚信自己的梦想或"天命"，由此引出了《炼金术士》。

《炼金术士》写于 1987 年，《朝圣》出版的同一年。据说科埃略只用两个星期就写成了这本书。在某种意义上说，这两本书互为因果。作为作家的科埃略就是在那次朝圣之旅中诞生的。

真的炼金者不是把铅变成金，而是把世界变成文字。
他们发现提炼金属的结果却是净化了他们自身。

也许这就是为什么这部寓言小说的原文书名是"炼金术士"。如果单纯从故事情节看，中文译名《牧羊少年的奇幻之旅》不是更贴切吗？

《炼金术士》是对人生旅程的一个描述，也是对人生意义的回答。为什么来这世界，要完成什么？

无疑，牧羊少年最后的觉悟并不在于他找到了宝藏，而是他在追逐梦想的过程中自己掌握了炼金术。这是一个象征。

而对科埃略而言，文学也是一种炼金术。文学在他与"世界的灵魂"相沟通的过程中，给他的个体生命带来了一种意义的整合。换句话，文学帮助他找到了哲学家之石和生命之水。也许正因为此，他喜欢把自己称为魔术师，《朝圣》的葡萄牙原名就是"魔术师日记"。

本雅明在他那篇著名的《讲故事的人》中把作家分成两类：一种是那些从远处而来的旅人，他们歇脚在某处，他们讲述的是新奇的"冒险"故事；另一类则是那些坚守在家，对本地的传说和传统无比熟悉的说故事的人。对我来说，科埃略就是一个远道而来的别样的讲故事的人。他说的异域风景和冒险故事不仅仅指他的题材和故事背景，而是他讲故事的魔幻方法。像很多拉美作家一样，他对世界的理解角度跟我以前所体验的那么不同。在这点上，他的确是个善于利用人类对神秘和灵智的好奇心的魔术师。

但是，当我在务实和唯物的中年，在被日常生活的琐屑与无意义几近掩埋的时候，我心甘情愿相信这带点神秘和蛊惑的文字。因为科埃略用一种象征的语言，来描绘精神历程的这本书，正是困顿疲倦的我所需要的，是对我自己有限经验的一次突破。

总有一个时刻，你会遇到一本书，让你觉得它是为你写的。那么别人怎么说，甚至文学教授批评家们怎么说，都不重要。

那个夏日，因为《炼金术士》，我重新思考阅读写作对我意味着什么。年轻时，是因为爱好和幻想，我选择了文学专业；后来，我却把它变成一份工作而忽略了文学最初对我的意义。我向学生宣讲故事和叙述所能带来的那份慰藉和沟通，可是我自己却懒于实践，忘记用手中的笔来抵御中年危机，与存在的虚无抗争。

十几年来，虽然我因为要读博士，要写学术论文，也一直用英文写作洋八股式的文章，但我只是躲在他人的语言里说一些生冷"科学"的话。我已经很久没用母语来表达我对世界最深的感受了。我和这个世界的灵魂的交流变得不再畅通。也许这都是导致我对自我越来越陌生和困惑的原因。

读了《炼金术士》后不久，我开始重新用中文写作。最初，就是想给国内的一本读书杂志介绍一些让我感动的图书。我不是在写常规的书评，我想分享我是在怎样的环境下，阅读一本书，结识一个旅伴，在她的指引下，用不同的角度，看到人生的新的风景的。

我很幸运，多年前读中文系时的导师陈平原、夏晓虹老师把我推荐给上海的《书城》杂志。资深编辑李庆西先生不仅从总体上鼓励我的各种题目和视角，而且每一篇都耐心地修改细节，使之对应国内的书名翻译。是他使我恢复了对用母语写作的信心和热情。借由读书和写作，我也慢慢积累了一些同样爱读书写字的朋友。我再一次相信分享故事是人人都有的渴望；而好的故事会让我们在异乡的旅途中找到同类，不再感到那么孤独。

2015 年夏天我在上海书城外滩店看到这本书的中译本，扉页上有作者用英文写的祝词和签名："To my Chinese readers, with all my love. Paulo Coelho"。我为这种有点荒诞的语言处境感到好笑，却也感慨人类在这么多不同语言的障碍下还有如此强烈的交流的意愿。当时正是暑假伊始，书店里挤满了带着孩子来选书的父母。我对一位父亲说，这本书就像法文的《小王子》、英文的《爱丽丝漫游奇境》，是世界文学中不多的老幼皆宜的作品。即使孩子们年幼，也许一时还看不太懂，但是当他们年龄渐长，他们对以前不甚了解的语句和内容会恍然大悟；而陪伴孩子阅读的父母则会感激生活给他们丰富的经验去理解这个他们在孩提时不一定懂得的故事，同时希望这本书会陪伴孩子一生。

黑色加州梦：侦探作家罗斯·麦克唐纳

推理小说的作者，和其小说中的侦探人物之间，有着亲密的如父子或兄弟般的关系，这是推理小说的一个标志性特征。在推理小说史上，从爱伦·坡到钱德勒，还有其他人，侦探主人公都代表着他的创造者，并把他的信念，带入社会，付诸行动。

卢·阿彻是个有时站在反英雄边缘的英雄。虽然他是个行动的人，但他的行动，主要是把他人的故事连在一起，并发现其中的意义。他与其说是执行者，不如说是一个提问人，一个让他人的生活意义呈现出来的意识。……也许这种内部现实主义，一种头脑的品质，才是侦探小说人物应该具有的令人信服的品质。

——麦克唐纳《作为侦探的作者》

加州梦

　　曾经有几年，每到圣诞节，我们都喜欢开车沿着纵贯北美的101号公路，从阴郁多雨的温哥华，驶向阳光灿烂的加州，一路上体验自驾的快乐随意，浏览西海岸的风光景色。在辽阔的海洋和郁郁葱葱的红松林之间，加州那些分布在金色沙滩上的小城镇，从旧金山南边的蒙特瑞，到洛杉矶北边的圣芭芭拉，红瓦白墙，鲜花盛开，犹如一个个人间乐园，给人一种错觉，这里永远是好天气、好风光，财富和青春也永远挥霍不完。

　　在硅谷的经济、好莱坞的影视以及西岸特有的多元另类文化的支撑和影响下，加州几乎堪称"国中之国"，有自己的明星达人、生活时尚、政治态度和它独特的"美国梦"。加州也是一个巨大的梦工厂，每天吸引着无数移民，从世界各地和北美大陆的各个角落聚集到这里，期待在这里焕然一新，美梦成真。北加州的硅谷是当代的大企业家、发明家乔布斯、扎克伯格、马斯克起家发迹的地方，而南加州的娱乐城洛杉矶则目睹了玛丽莲·梦露、辛普森、迈克·杰克逊从鼎盛到衰败的过程。

　　从环球影城出来，沿着101道向南开，从Cahugena Pass附近出来，拐入上山的山路，这就是蜿蜒十几里的著名的穆赫兰大道。这里有几处观景台可以停车，俯瞰洛杉矶盆谷和烈日下熠熠发光的白色Hollywood标志。路旁就是有名的Hollywood Hills，很多明星达人的豪宅就隐藏其中，包括好莱坞最耀眼的明星马龙·白兰度。在这里，他从一个有才华有政治理想的演艺领袖变成一个暴戾的无法控制自己体重的时代病人。他混乱多变毫无节制的私生活，不仅伤害他自己和无数被他诱惑又被他抛弃的女子，而且祸及下一代，毁坏了他们的生活。也是在这里，白兰度的大儿子克里斯汀（Christian）开枪杀死了其同父异母的妹妹泰丽塔·夏延（Tarita Cheyenne）的男友，导致一直被父亲忽略的夏延精神失常，五年后自杀时，年仅25岁。在好莱坞山上，你会深有感触：这里的阳光有多灿烂，投下的阴影就有多浓重。大卫·林奇的电影对这人生的亦真亦幻捕捉得描绘得最为深入骨髓，他的《穆赫兰大道》以梦的影像与结构呈现了加州梦的实质与真相。在追逐的过程中，灿烂千阳的梦想变成了白夜极昼的梦魇。

　　加州的森林里、海滩上，也聚集着很多或严肃或通俗的作家和写手。他们很多人是专门冲着好莱坞巨大影视工业有备而来。20世纪二三十年代到五六十年代好莱坞发展鼎盛时期，从菲茨杰拉德、福克纳、斯坦贝克，到美国冷硬派侦探小说"三杰"雷蒙德·钱德勒（Raymond Chandler）、达希尔·哈米特（Dashiell Hammett）和罗斯·麦克唐纳，很多作家以给好莱坞写剧本来维持他们的写作生涯。而他们之中以加州为背景，写出这个独特国度的魅力与堕落、诱惑和挫败、梦想与虚幻的，当推还不太为中国读者熟悉的作家夫妻档，肯尼斯·米勒［Kenneth Millar，发表作品的名字改为罗斯·麦克唐纳（Ross MacDonald）］和玛格丽特·米勒（Maraget Millar）。

北　方

　　肯尼斯和玛格丽特其实都来自北边的加拿大。肯尼斯的身世比较复杂，由于父母年轻时在美国工作，1915 他出生在加州的洛斯加托斯（Los Gatos）。肯尼斯出生时应该是父母关系中最好的时刻。不久，年幼的肯尼斯就经常听到父母吵架。父亲做过各种各样的工作，还写诗、编报纸，而母亲则抱怨父亲缺少野心和宗教信仰。然后父亲离家出走，被丈夫抛弃的母亲，带着五岁的肯尼斯回到安大略省的小城基奇纳（Kitchener），先寄居在寡居的母亲处，然后是在不同的出租房之间搬来搬去，后来竟然贫困到乞讨的地步。无奈之中她把儿子送进了孤儿院。这时是父亲的表弟把他领回家住了两年。后来因为寄居家庭的女主人去世，他又回到基奇纳的祖母家，与母亲同住。此后又有两年，到加拿大中部的温尼伯（Winnipeg）与父亲的亲戚同住，最后又回到基奇纳，在那里读完高中。据他后来自述，他 16 岁那年，曾经在几十个不同地方留宿生活。也许正是因为这些年的流离失所，肯尼斯过早地学会在公共图书馆的书籍、电台里的流行音乐和小城电影院的默片中逃离，逃离到另一个世界。十岁时，他读到了狄更斯的《雾都孤儿》，看到那个在罪恶与纯真之间挣扎的少年和他自己的相似之处，也萌生了用文学写自己的故事的最初念头。上中学时的肯尼斯打架斗殴，小偷小摸，酗酒，同性恋，比一般的青少年更早接触到人生的磨难和人性的罪恶。但是，他在学校的各门功课都还好，并开始写诗，写故事，并且成为学校年刊的文学编辑。也在这时，因为投稿的原因，他认识了一位名叫玛格丽特的女生，同样喜欢写作甚至比他更有才华。他也读到了美国侦探作家哈米尔特的作品，"我站在那里，如饥似渴地吸收着。关于城市的秘密开始在我周围聚集，我面对一个新的城市"。正是阅读书籍和故事，使这个物质上的穷孩子和情感上的孤儿不至于彻底沦落。

高中毕业，肯尼斯没有钱继续升学读书。那一年在一家农场做帮工时，他读了叔本华和克尔凯郭尔的哲学书籍。1933年，肯尼斯18岁，父亲死了。母亲把父亲留下的2212元的死亡保险赠送给他作为教育基金，他因此得以在西安大略大学开始读书——西安大略大学也是艾丽丝·门罗的母校。大学期间，母亲也去世了，他成了真正的孤儿。在母亲去世之前，足足有三年时间他们没有讲话。而从此，他与父母那种既恨又爱，想逃离却永远无法割弃的紧张关系再也没有机会缓解改善了。原生家庭给肯尼斯留下的早年记忆以及心理阴影，对肯尼斯自己以后的家庭和他在文学中对人类关系的表现都有莫大的影响。后来肯尼斯借助小说写作，一次次探究父母不负责任的行为对下一代产生的心理伤害以及如何影响了他们的一生。

在这世上彻底孤独，无牵无挂的肯尼斯，中断了学业，到欧洲游历了一年。再回到加拿大时，他与高中时代的朋友玛格丽特重新联系上。两个文学青年，也从对方的欣赏和安慰中，找到了父母不曾提供的支持与理解。1938年肯尼斯一毕业他们就结婚了，并且搬回家乡，肯尼斯在他们上过学的高中当老师。

肯尼斯在家乡教了两年高中以后，也许是为摆脱重蹈父母从前的平庸生活的阴影，也许是让有才华也有野心的妻子更看重自己，他决定寻找那个刚一出生就丢失的美国梦。他申请到密歇根大学的奖学金，读研究院，师从诗人奥登研究19世纪的英国诗歌。还在他写作博士论文期间，美国参加了"二战"，肯尼斯接受训练做了海军太平洋巡逻舰上的通讯官。于是他得以回到出生的地方，一家人也决定移居加州。

"低俗小说"

有博士学位又研究英国诗歌的肯尼斯为什么选择写"低俗小说"（Pulp Fiction——这是美国侦探小说最早出现时的别称）？

这也许跟后来被称为冷硬派的侦探小说在美国的兴起有关。正如罗斯·麦克唐纳后来在一篇论述侦探小说的不同传承的论文中提到，"当今（侦探小说）世界是美国冷硬派的地盘。达希尔·哈米特和雷蒙德·钱德勒，以及为《黑面具》（*Black Mask*）杂志效力的其他作者，都在有意识地反叛早期的英美派传统（Anglo American school）"。这里的"英美派"是指阿加莎·克里斯蒂、柯南·道尔以及爱伦·坡那样身居美国东北部承袭欧洲文化传统

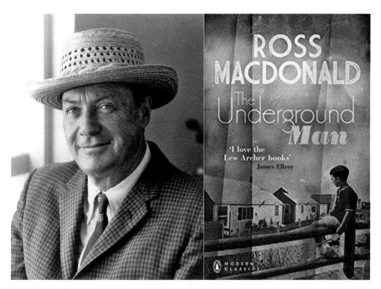

麦克唐纳和他的《地下人》

的作家的作品。冷硬派侦探小说的作者们最初发表作品的《黑面具》属于低俗杂志（Pulp Magazine），有点像中国八九十年代在街头小摊和各类车站贩卖的那些"通俗低级"小报杂志。封面色彩鲜艳，花里胡哨，是夸张的暴力色情图片。里面的纸张和印刷质量低劣，因此价格很便宜，是典型的大众一次性消费品。但是，"《黑面具》的革命的确是一场货真价实的革命，'我们想把谋杀从（英国）上层社会的乡村周末聚会和玫瑰花园里，转交给那些真正对此道熟稔的人'。由此产生了一类新的侦探英雄，是美国民主下产生的没有阶级，很不安生的人物，他们操着一口俚语混迹街头"。

冷硬派侦探小说代表作家和他们的人物都在西部，钱德勒主要以洛杉矶作为他的私人侦探马娄的活动场所。而哈米特笔下的萨姆·斯佩德则对旧金山这个城市犯罪的内幕了如指掌。马娄虽然上了大学，但出身劳动阶层，流动不居，他抽烟，喝烈酒，面相举止很糙，时不时冒出两句俏皮话。萨姆具有西部英雄的美德，并遵从西部英雄的游戏规则，带着原罪，潜入都市的无间道。他用勇气和狡黠对付当地人，喜欢豪赌一把，虽然最后失去一切。

比起先前的侦探推理小说，他们的人物语言生猛冷硬，英美派侦探那温文睿智的绅士风度被彻底地剔除，在某种意义上，是像马娄、萨姆这样的西部硬汉侦探主人公解放了其创作者的想象。"西部硬汉的发现，使写小说成为可能"，使他们能写出一种疯狂的新鲜文字。

冷硬派侦探小说令美国读者耳目一新，加上好莱坞也推波助澜：冷硬派侦探小说很多都被立即改编成电影，有的不止一次。写通俗小说因此也成为很多人谋生的主要手段。比如钱德勒，他在30年代经济衰退期间丢了石油公司总裁的工作后，一直靠写侦探小说为生，而且与好莱坞合作，为他们改编或者写作剧本。他的七部小说除了一部，都被搬上银幕。而哈米特的《马耳他之鹰》更是西部经典。

不过侦探小说作为一种类型小说，人物常常定型、简单，他们非流氓暴徒即英雄好汉，生而如此；人物行为也缺乏动机，没有心理准备，因此并不可信。在一通谋杀追逐破案后，罪犯被绳之以法。但有心的读者会问，还有什么（So what）？这也许就是硬汉派侦探小说不能让人满意的地方。即使哈米特和钱德勒的最好的作品，其情节很巧妙，场景描写得很准确，人物对白很睿智幽默，也很少能阐明小说人物为什么会这样，为什么如此行动。

几十年后，昆汀·塔伦蒂诺的《低俗小说》（*Pulp Fiction*，又译《黑色追缉令》）就是对美国硬汉犯罪文学和电影的戏仿。电影中的暴力、毒品、机智对话和黑色幽默正是对这一文类带有讽刺的致敬。

米勒夫妇

肯尼斯后来写侦探小说也许还跟他的太太，以写女性读者为主的悬疑推理小说著名的玛格丽特的影响有关。

与肯尼斯的身世不同，玛格丽特是基奇纳市长的女儿，出身良好，才华横溢。高中毕业后拿到多伦多大学的奖学金，几乎就是"成功女生"（golden girl）的代表。就在她风华正茂之时，却遇到了人生的第一个伏击：因为家庭变故，母亲去世，玛格丽特从大学里退学，并且出现了轻微的精神分裂症，试图自杀。在这艰难的时刻，写诗，学习心理分析，成了她自救的方法。也因此，日后成为作家的玛格丽特能准确地写出那些压抑着欲望的女性心理。

与肯尼斯结婚回乡不久后，玛格丽特怀孕了。但是，对于自视甚高且有着自己的职业理想的玛格丽特来说，年纪轻轻就结婚生子的普通人的生活，并不是她想要的。为此，她患上了偏头疼和产后抑郁症。丈夫肯尼斯为她找来大量的神秘惊悚小说帮助她度日，而玛格丽特觉得自己会写出比这更好的神秘小说。在孩子只有六个月的时候，她用几近疯狂的状态，花了15天的时间，写了第一部长篇小说《看不见的蛆虫》（*The Invisible Worm*）。肯尼斯一边照顾孩子，一边帮助她编写整理。这本小说出版后，玛格丽特拿到了250元的稿费，她的写作也从此一发不可收拾。这个本来文学感觉甚好，志向高远，却被狭窄的现实几近扼杀的女子似乎从神秘惊悚小说的形式中找到了倾吐对普通生活之恐惧的最佳方法。她有了文学经纪人，第四本小说已经由企鹅出版社出版。1945年出版的第六本小说《铁门》（*The Iron Gates*）更使她名声大振。华纳兄弟花了15000元买下电影的版权。当时肯尼斯正在加州服兵役，玛格丽特用这笔钱买下加州南部的花园城市圣芭芭拉的一所房子。

1946年"二战"结束后，肯尼斯也决定给自己一年的时间看看能否以写作为生。在写论文和"二战"期间，他已经写下了两部长篇和几篇短篇小说。肯尼斯第一部受重视的长篇作品《蓝色城市》（*Blue City*）就是一部受哈米特启发的犯罪小说。一个从战争中归来的儿子发现父亲被谋杀了，他曾经熟悉的小城隐藏着一个充满血腥和色情的腐败世界。成为孤儿的他开始复仇，也

玛格丽特和她的作品

由此开始了他的成人礼。

　　肯尼斯的小说一开始就隐隐约约透露出某种自传性。人物活动地点都是加州的大城小镇。各种各样的罪犯和他们栖身活动的地下世界是他自小就熟悉的生存环境，危险、莫测，但又具有戏剧性变化的可能。而侦探主人公所显现的过人的机智和行动的力量也是这个从安大略省无名小城一路奋斗上来的人所钦佩的力量和品质。

　　《移动飞靶》（*The Moving Target*）是肯尼斯下一部成功的小说，好莱坞的老牌硬汉明星保罗·纽曼（Paul Newman）后来把它改编成《地狱先锋》（*Harper*）。就是在这篇作品中，私人侦探乔·罗杰斯（Joe Rogers）改名为卢·阿彻（Lew Archer），后来他与萨姆以及马娄齐名。而作者自己也开始用笔名"John Ross Macdonald"发表作品，那是肯尼斯失去多年的父亲的名字。

米勒夫妇很快成为圣芭芭拉当地社交圈子里的活跃分子，他们参与当地名流组织的俱乐部活动，与诗人和大学教授们聊天，在州法庭听证，搜集各种材料，为好莱坞改编剧本。对米勒夫妇来说，加州给他们的写作抱负提供了成功的机会和平台。

写下《铁门》后的玛格丽特得到神秘小说圈子的承认，拿她丈夫这个第一读者、编辑和评论者的话说，"她是天生的写手"，尤其人物对话，自然而独特。玛格丽特对中产阶级陷入家庭陷阱的女性的心理，几乎有着一种直觉的把握，并能把它准确地用悬疑和惊悚的情节表达出来。她是最早写出现代中产家庭女性那种波澜不惊但暗流涌动的生活，以及其中抑郁无助和几近疯狂的心理的作家。尤其写梦魇写得达到了与真实混淆的地步。不同于她之前的严肃作家伍尔夫或者她之后的女诗人西尔维亚·普拉斯，玛格丽特选取了用流行小说展现女性的压抑情感。1955年发表的《眼中的猎物》（*Beast in View*）就是写陷入这种危境中的女子是如何发疯的。30岁的海伦怀疑自己被一个疯女人追踪。在四壁和铁栏之后，她是一个无处可逃的女人。海伦最后被这个疯子杀死，也可以看成自杀，因为那个女疯子就是她的另一个自我。这个故事的结尾出人意料，60年代以来被大量影视作品改编借鉴。用自杀解决冲突，大概没有比这种女性的自我憎恨和对周围压抑的环境的愤怒，更能表明60年代女权运动以前美国女性某种集体精神危机。这部小说发表的第二年就得了美国推理小说协会以爱伦·坡命名的年度大奖。而玛格丽特次年当选为美国推理小说协会的会长。

在60年代和80年代，《眼中的猎物》又两次被悬疑大师希区柯克改编为电视系列剧，也因此成为推理惊悚小说的经典之一。

松动的螺丝

但正像米勒夫妇自己的小说一样，在看似完美的、富裕的加州中产阶级家庭里面，常常有一颗螺丝松动了。

两个事业正好、野心蓬勃的男人和女人，都处在创作的巅峰，在房子的两头各有一个书房，一个早上写，一个下午写，每人每年平均生产一部推理或神秘小说：45年里，两人一共写出了53本书。同时常常为好莱坞的制片人们改写剧本。在他们功成名就的日子里，女儿似乎就成了这个加州梦的累赘。

玛格丽特搬进巴斯街2124号——这座用自己的钱买的房子时，女儿琳达才六岁。她把女儿交给保姆，自己开始为华纳写剧本，每周收入750美元。女儿只是有时作为母亲的小说素材才偶尔得到关注。长期被忽略也被物质宠坏的琳达从小学起就麻烦不断。父母经常被叫到学校，孩子也一再从公立学校转到私立学校。

她似乎继承了父亲早年的犯罪冲动，15岁起就开始喝酒。写作的压力和亲子关系的紧张让全家人都处在焦虑之中。他们的解决办法是搬到一座可以看到海景的更大的房子。

1955年，肯尼斯靠写作挣了14500美元，这是收入非常好的一年。女儿即将16岁了，于是他给女儿买了一辆二手的福特车，谁知却由此埋下了悲剧的种子。

1956年2月的一个雨夜，孤单寂寞的琳达出去买了两瓶酒回来。一个人都喝光后，在自杀的冲动下又开车出去。酩酊大醉的她先是撞上三个行人，然后又撞上一辆车，把其中的司机摔出60英尺外。一个13岁的男孩当场死亡。

才学会开车就撞死人无疑也是16岁的琳达无法承受的，她从现场逃走了。随后，精神崩溃的她就被送去看精神医生，在精神病院住了三个月。随后的几个月，"著名侦探作家"的女儿撞车逃逸的故事成了当地最大的新闻，一家人成了众矢之的。最后法庭因为琳达年纪太轻，判她缓刑，没有坐牢。这一判决引起很大争议，甚至有人认为是名人父母的影响。全家人为避风头，不得不搬到北边的门洛帕克（Menlo Park）住了一年。肯尼斯开始接受心理治疗，他以前也曾经因焦虑试图自杀过。

几年以后，已经进了大学的琳达有一次在内华达的赌城失踪一周多，肯尼斯在各大报纸、电台和电视台发寻人启事，这个并不完美的家庭及其问题再一次进入公众的视线。他自己也因神经高度紧张住了两周的医院。这大概是他们当初开始追梦加州时完全没有料及的。但此后米勒夫妇开始更多地把精力投入社区的维护和建设，尤其是环境保护，参加了60年代中期保护当地濒危物种和国家公园的活动。1970年女儿琳达结束了短暂和多变的一生，年仅31岁。悲伤的玛格丽特弃笔，直到六年后才又开始写作。肯尼斯自己也因神经高度紧张和其他并发症一再住院。1981年他被诊断为阿尔茨海默病。此时他已经发表了18部小说，最后一部是发表于1976年的《蓝锤》（*The Blue Hammer*）。

文学的恶之花

文学有时就是恶之花，在吸吮了生活的腐烂之尸后开出绚丽的花朵。

虽然在50年代中期以前，罗斯·麦克唐纳已经出了好几本书，有自己熟悉的出版社和写作圈子，他的作品也还算畅销，包括那部让他跻身强硬派代表人物的小说《有人如此死去》。但他似乎并没有找到表达自己的方式，他的侦探主人公卢·阿彻也跟其他的私家侦探没有太大的区别。

麦克唐纳真正的突破是在1957年出版的《灾难预言者》（*Doomsters*）。女儿车祸肇事后，家庭关系紧张，肯尼斯面临又一次精神危机，因此决定接受心理分析治疗。这次治疗让他获得了很多对人性和精神分析的洞见。他称这部小说是"心理历程的记录"，日后更声称，"卢·阿彻在《灾难预言者》中发生了深刻的变化。从此以后，他不再执着于追捕罪犯，而是去了解他们。他更代表了一个关注人性的人，而不只是要惩之以法的侦探"。

在麦克唐纳的小说中，引向灾难的一个重要方面就是家庭关系的失败，包括夫妻之间的不理解，以及儿女与父母之间的无法沟通。《灾难预言者》中，侦探卢·阿彻被一个从精神病院逃出来的年轻人卡尔雇用，他声称刚死去的父亲——一个曾经有钱有势的国会议员被谋杀。而他的母亲生前有严重的抑郁症，相信这一家被"预言中的灾难所诅咒"。随着卢·阿彻对案件其实也就是哈尔曼家族历史的一步步深入了解，他开始发现这个看上去富裕阳光的小城里的罪恶和腐败，尤其是深藏在家庭成员中的疯狂、误解、怨恨和背叛。"长眠不醒，灾难预言者堆积如山；在我们周围，难产和少年。"麦克唐纳引用托马斯·哈代的诗句作为这本书的题词和书名，显现了一种希腊神话中的"命定"和"悲剧"的概念。作者开始研究形成命运和灾难的复杂因素和各种线索。

随后，麦克唐纳又写出了最具有自传性质的《高尔顿案件》（*The Galton Case*）。家族内部的偏见和专制，使得年轻人背叛家庭，在孤独的逃离的过程中，陷入罪犯手中，被图财害命。他的遗腹子沦落到社会底层，怀着复仇的心理，他伪造自己的身份，试图回到他父亲所逃离的上流社会。从加州到密歇根再到国境那边的安大略小城，卢·阿彻在追根溯源后，发现冒名顶替者其实是真正的家族继承人，但他的回归之途的确又充满罪恶和欺骗。这是一条充满俄狄浦斯情结的寻父之路，也是一条人类从无辜到罪恶的隐喻旅程。掩卷长思，读者发现麦克唐纳的犯罪故事不是找出一个或几个坏人的问题，而是发现一张环环相扣的伦理之网和人类的原罪（sin）。人类往往花尽精力追逐财富权势，但财富权势并不能弥补人们心中对情感的渴求，尤其在追逐的过程中亲近关系往往被忽略、损害、抛弃。人们必须解决更深层的心理问题，他们常常来自父母和原生家庭。

正因为对这种心理动机的关注和人类命运的思索，卢·阿彻不再是典型的硬汉英雄。在小说中，他并不逞强好胜，也不特别睿智机警，而更像一个心理咨询师，面对那些来找他帮忙解决难题的各类病人，他更多地在倾听。他最后呈现给我们的案件的结局，常常是一个复杂而又悲哀的关于人性沦落和沟通失败的故事。麦克唐纳自己对他的侦探主人公总结得最好，"卢·阿彻是个有时站在反英雄边缘的英雄。虽然他是个行动的人，但他的行动，主要是把他人的故事连在一起，并发现其中的意义。他与其说是执行者，不如说是一个提问人，一个让他人的生活意义呈现出来的意识"。

就是在这个意义上，麦克唐纳可以宣称，"这部小说标志着我与钱德勒传统的彻底决裂……我开始有了自己对犯罪始末和生活的悲哀的独特理解"。

麦克唐纳和他的太太玛格丽特，给美国推理小说这一通俗文类带来的提升和革命是静悄悄但又不容忽视的。也许是麦克唐纳的原生家庭和早年经历，也许由于他自己的家庭关系以及女儿的问题，使得他的小说突破了侦探推理小说的盲点，而关注到人类行为后面深层的心理动机以及其家庭渊源。心理深度和精确生动的文字使他的"卢·阿彻"系列成为美国侦探小说难得的佳作。

"他把悲剧性带进侦探小说，他的小说里闪耀着诗的意象。"

"最不正经的女人"：一位澳大利亚作家的想象与历史感

　　法国作家雨果说过，当你向一个民族提供一种翻译时，他们最初的反应一定把翻译视为暴力和冒犯。这种母语也一定对外来表达进行反抗。……

　　但是害怕或者企图限制新思想的扩张是徒劳的。因为这种语言暴力最终会打破文化壁垒，让我们看到更好的风景。

　　柏克豪斯（Sir Edmund Backhouse）的回忆录里有那么多的恶作剧、陷阱和骗局，但他又在这里注入如此多的细节。我怀疑所有的小说家，那些编造故事的人，在某种意义上都是柏克豪斯的后人。

　　而这本书（小说《太后的情人》，其灵感之一就是柏克豪斯的回忆录）涉及的是历史的重要性，我们自己的历史和伟大的历史，也是爱情的重要性，当我们不能面对真实时，我们如何创造故事。

——琳达

世界公民琳达

在悉尼、墨尔本、旧金山、温哥华这样多元文化的移民都市居住，你有机会遇到很多有意思的人。跟在纽约或伦敦那些超级国际都市里的金融家、律师、政客们不同，他们成为世界公民是因为他们的灵魂，而不是他们的资本。因为对另类生活的好奇，他们从世界的一端漂到另一端，寻找能够让他们有感觉的生活，或者前世似曾相识的家。而因为这些人的存在，你会觉得这座城市的空气会有所不同，充满灵感、想象、激情和冒险。

澳大利亚女作家琳达（Linda Jaivin）就是这样一个世界公民，她出生在美国东北部的康涅狄格州。在白人新教中心的新英格兰，这个祖先是俄国移民的犹太人自幼就觉得自己与主流文化格格不入。于是年纪轻轻就跑到东方闯荡，20世纪70年代后期在台湾学习中文，然后到香港做《亚洲周刊》的记者，往来于海峡两岸与香港，目睹了70年代和80年代的许多历史时刻。在80年代海峡两岸与香港的文化圈子里，琳达以"集合"地下艺术家、摇滚音乐家和外国记者的派对著称。当年，可能唯一比她有名的外国人就是她的前夫，现在是澳大利亚国立大学著名汉学家的白杰明（Geremie Barme）。白杰明也是澳大利亚70年代最早到中国的留学生之一，他那一口可跟北京人媲美的中国话，还有比大多数中国人都犀利尖锐又嬉笑怒骂的文章在80年代的香港报刊上名噪一时。后来的大山（Mark Rowswell）、大龙（Johan Bjorksten）一类的老外名流与当年的白杰明不是一个层次，因为他们耳濡目染的是世纪之交的市井文化、娱乐文化和商业文化，最后都退化成了来中国赚钱的老外。而白杰明，那才是只有80年代能产生的文化精英，他引以为师为友的是杨宪益夫妇、吴祖光夫妇、钱锺书夫妇和黄苗子夫妇等人。

90年代琳达终于在悉尼落脚，这个边缘世界的中心，这个被墨尔本人所不屑的"肤浅的、享乐主义的悉尼"。这些年，说着一口流利中文的她在主攻小说写作的余暇，也致力于翻译介绍中国的文学艺术，像王朔的小说，《霸王别姬》《英雄》等电影的英文字幕，都出自她手。她还时不时到中国，也许在三里屯的老书虫书店（The Bookworm），你会与她不期而遇。

这个有着一头火红色头发的女人，她的中文名字叫贾培琳。

澳大利亚的欲望都市

琳达的小说处女作也是她的成名作，是一本不厚但在澳大利亚印了十余次的情色小说——《吃我》（*Eat Me*）。今年又被在澳大利亚和新西兰颇有盛誉的文本出版社（TEXT Publishing Company）选中重印，成为该出版社的"文本经典"（Text Classics）丛书系列之一。

这本书的主人公是四位三十出头的悉尼白领丽人。朱利亚是摄影师，香桃是时尚杂志的编辑，海伦是在大学里做妇女研究的教授，而费利帕是个作家，正在写一部情色小说。这几位都住在内城，还是闺密，时不时泡咖啡馆、聚餐什么的，有时在朋友们的聚会上不期而遇，交换她们的情色冒险。这样说起来有点像《欲望都市》里的那四个曼哈顿女人。不过虽然《欲望都市》可能更有名，《吃我》可是在1995年就出版了，比《欲望都市》早两年。澳大利亚作家琳达当然没有纽约专栏作家坎迪斯·布什奈尔（Candace Bushnell）那样占天时地利的优势，但从小说的挑战性观念和语言上比较，可是有过之而无不及。在我看，《欲望都市》本来就是美国新教主流遮遮掩掩"禁欲文化"的产物，再经过HBO附和大众趣味的影视改造，早就变成了都市女性的购物指南和新型的《良友》画报，倒是《吃我》，还保持着一块天然去雕琢的璞玉的坦率真实，是经过第二波女性运动后成长起来的都市自由女性的大胆奔放、恣意而为的情色宣言。

书的开章就是午夜超市的一角，一个大胆放肆的熟女正自得其乐地往嘴中和阴道里交替放着各种各样的水果，无花果、草莓、葡萄，水果的汁液和女人的爱液混合在一起，女性欲望的气味充斥在水果蔬菜区，向已经要沉睡的午夜超市的其他角落蔓延。而在那里，一个为超市所雇的男侦探早忘了他的职责，沉浸在偷窥引起的快感和罪感之间。终于他也成了女人猎取快乐的一部分，臣服在她的裙下，接受她"吃我"的命令。

这刺激惹火的场面其实是费利帕正在撰写的小说的一个场

景，但也可以说是琳达《吃我》这部小说的一个主题隐喻。成熟自信的女性对性爱的欲望和享受不只来自异性，就像品尝生活中最可口的水果、点心或者各式大餐，是她们膨胀的自我意识的一部分，也是她们与这个世界发生最亲密关系的一种方式。

对于那些对悉尼人文地理感兴趣的人，《吃我》还有一个特别的意义，就是它可以充当一幅城市历史风俗画，通过书中特定的女性的眼睛，日常的生活情景带上了享乐的、性感的色彩和趣味。琳达笔下的 90 年代中期的悉尼内城，诸如 Pitts Point、Darlington、Woolloomooloo、Glebe、Surrey Hill 和 Newton 是这些女性主义者冒险的乐园，是她们猎取快乐的狩猎场。显然，那时的 Newton 还是城市"下只角"，是还没成功的艺术家或说流浪汉游手好闲和不务正业的另类大本营，虽然破旧、拥挤、肮脏，但是散发着一种颓废的诱惑和扭曲的灵感，就像那个神秘的流氓诗人 Bram 对当年二十出头的女大学生香桃的蛊惑。

今天的 Newton 已经和温哥华的 Yaletown、Kitsilano 或湾区的 Oakland 一样，从嬉皮的公社实验田变成了新雅皮用来炫耀的可增值的投资资产。这里临近市中心、悉尼大学和科技大学，符合以研究生和教授为头领的城市白领昂贵的品位，因此房价和租金二十年间翻了几番，街上的景物人物也早已物是人非。那些已逝的 2000 年奥运会前的悉尼则只有通过琳达活泼生动的笔触来体会和触摸了。维多利亚街上的 Da Vida 咖啡馆，刚流行的英国乐队 Portishhead 的音乐，Paddington 排屋周日花园酒会，它们通

Newton 街景

过琳达感性的眼睛和细腻的文笔，再一次生动活泛起来，向我展示昔日的流光溢彩和芳香气味。

写了《吃我》之后，琳达又一鼓作气地出版了三部小说：《外星来的摇滚宝贝》（*Rock'n'Roll Babes from Outer Space*, 1996）、《玛尔斯·沃克，你死定了》（*Miles Walker, You're Dead*, 1999）、《性感至死》（*Dead Sexy*, 2000）。这些作品写的都是悉尼内城常见的风景、艺术家流行音乐和另类性文化，但被琳达荒诞狂野的想象重新结构组合后，就有点疯狂，有点魔道，让人联想到邪典电影（cult film）。

回忆录《猴子与龙》

琳达也许是有意让悉尼的声色犬马来帮助她遗忘刚刚过去

的一段历史。这有点像她的职业转换，从一个以时事为焦点的新闻记者突然转向了幻想世界，那种转身的突然与决绝让人不禁揣测后面没说出来的故事。

三十年后回头再看，70年代的台湾和80年代的大陆是海峡两岸的文艺复兴和文化启蒙的时代，那是改革开放却还未被商业化浸染的依然有梦想的时代。而这一时代的精神和两地的某种精神联系，被琳达这个来自美国的不安分的灵魂敏感而细腻地感受、捕捉到。在她离开中国大陆移居澳大利亚后，她尝试用写作来祭奠那段历史。希望借助语言，借助纸和笔，给往日那些随风飘散的思想与刻骨铭心的经验一个栖息之所。

《猴子与龙》（*The Monkey and the Dragon*）就是琳达对已逝历史的一份深情的怀念。与90年代初在西方"中国热"时出版的大量各种各样的回忆录和历史见证相比，2001年出版的《猴子与龙》是我所读过的写80年代中国的文化气质和精神状态最好的一本书。

准确地说，《猴子与龙》写的是台湾歌手侯德健在大陆的奇遇，他不安分的人生中一段最具色彩和反讽意味的插曲。因此，琳达的历史写作以感性的个人史出现，带着历史中个人的独特性和矛盾性这一人文关怀。而这段插曲所折射的海峡两岸与香港的文化和社会变迁，则更饱含丰富的文化史和社会史内容。侯德健是那个时代不多的横穿海峡两岸，用流行音乐改变两岸僵硬政治文化的艺术家。在七八十年代的台湾和大陆，侯德健都曾经是一面旗帜。他1983年从台湾"投诚"到大陆，受到热烈欢迎和特殊待遇，成为当时海峡两岸与香港的话题，六年后，却又成为左右不讨好的"有争议"人物。第二年即1990年，在福建海域，他狼狈地漂流回了台湾。90年代，当台湾和大陆一同"忘记前嫌"在向商业社会携手并进的时候，当年最爱热闹的政治明星、演艺明星侯德健却在天涯海角人烟稀少的新西兰钻研《易经》，成为一位风水大师。

琳达与侯最初交往是在台湾和香港，他们是有着二十多年交情的挚友，分享了他们各自生命中最不安分也最理想主义的时刻。所以，这本书也是琳达自己的心路历程，你在其中可以看到她对东方的好奇和挚爱，她与中国朋友的交情和误解，还有她对西方流行艺术和时尚对中国文化启蒙的影响的理解。无疑她是希望以个人的故事来写一个大时代。在怀旧但不伤感滥情的文字中，大陆摇滚乐的兴起，实验画家的流亡，外国留学生和各国记者眼中的中国，这一切都得到了"原画复现"。

其实琳达自从九十年代初离开大陆就开始了该书的写作。也许她早就预知自己曾目睹的这份历史的凝重和时光流逝将带来的遗忘的后果。因此书写中国的八十年代不仅是她个人的怀旧，而且有一种伦理的责任。经过几年的研究和资料搜集，她写成了第一稿，可是那种客观的学术式叙述连她自己都不满意，于是她推倒重写。当这部八十年代回忆录在澳大利亚出版时，已经是21世纪的第一个十年的开始。她的认真和诚实使她错过了九十年代各类出版中国热——那时大批的学生领袖传记以及外国记者回忆录利用世界对中国的好奇与同情而成为喧嚣一时的畅销书。但是琳达终于找到了她自己切入历史的角度，一个给八十年代以历史框架的距离。

可惜反讽的是，时光流逝对于书中的那片土地和人群却有了别的意义，在神州大地处处以高铁的速度奔向未来的时代，很少还有人停下来，想想我们的过去，我们从哪里来。前段时间，我认识的一位澳大利亚国立大学博士后到中国去做田野调查，追踪八十年代出版界的历史，几乎没有人有空甚至愿意去回忆。他们很不理解为什么一个外国学者会对那"原始"的阶段感兴趣：与如今的书籍种类和包装相比，八十年代简直不值一提。与现在无关，甚至有些牵制现在前行的记忆，他们自愿放弃。

当然，大概也很少有年轻人知道侯德健是谁。虽然侯最有名的歌曲《龙的传人》依然被当今偶像王力宏传唱，而且随着中国的盛世崛起，这首被定位为民族主义的歌曲会越唱越响。不过，读了琳达的书，你会注意到我们很少意识到的这首歌所具有的模糊语义；你也许还会注意到历史的反讽：在这只热情、敏感、不安分的猴子与龙的搏斗中，龙究竟是什么？80年代的艺术家是否自己也参与了制造龙的神话：当年侯一心回大陆寻根，寻找他父亲的故乡，却发现故乡已弃他远去。他才是时代的落伍者。

也许侯德健的归隐，才是他的真正觉悟。

悉尼郊外，即景

2008 年 5 月的一个周末，我跟一位朋友，麦克考瑞大学（Macquarie University）人类学系教授 Pal Ngril 坐火车去悉尼西南郊的小镇 Campbelltown。那里的艺术中心自从 2005 年改建后成为大悉尼地区一个很活跃开放的社区艺术中心。我们这次是去参加一个新书发布会。

新书发布会就是琳达主持，她的客人是远道而来的加拿大名记者兼作家黄明珍（Jan Wong）。黄是来推介她的新书《北京秘档》［（*Beijing Confidential: A Tale of Comrades Lost and Found*），英国版名为《中国细语》（*Chinese Whispers: Searching for Forgiveness in Beijing*）］的。我在温哥华读书时经常能在 Global and Mail 上看到黄的文章，那时她有一个访谈名人的专栏。黄以言辞激烈，尤其在种族歧视上异常敏锐著称。她是第二代华裔，70 年代在美读书时就是个理想主义分子。1972 年中国恢复与西方世界的联系，她是最早到中国的北美留学生，是周恩来总理特批的两个北京大学留学生中的一个。那年她 19 岁。这段留学经历使得她写出后来成为畅销书的《红色中国布鲁斯——从毛泽东时代到现在，我的长征》（*Red China Blues: My Long March from Mao to Now*）。

而新书《北京秘档》就是黄以当年她做的一件让她负疚的告

密事件为引子，写到二十多年后再访北京的所见所闻。不难看出，从个人经历和对中国的情感上，琳达与黄自然惺惺相惜。

文化中心能容纳三四十人的小会议室坐满了，"中国"这个题目对澳大利亚人很有吸引力。尤其三十年的急剧变化，不仅中国人自己，就是像琳达与黄明珍这样最早目睹中国七八十年代的外国人都有物是人非、恍如隔世的感慨。

那天新书发布会和签名结束后，已经是下午3点了。我们一行人在文化中心的室外咖啡馆坐着，享受着澳大利亚秋日金色的阳光。火红的头发，彩框眼镜，谈吐伴着长耳环摇曳生姿，琳达看上去真是风情万种、活色生香，像她小说里走出的人物。

探险家莫里循

近年来琳达又开始追寻莫里循的故事。

莫里循（George E. Morrison，1862—1920）大概是在中国最有名的澳大利亚人，他的故事现在广为人知，有文化的人是从近年来陆续翻译过来的莫里循的各种传记——包括他自己和别人写的，不太有文化的也从那部轰动一时的电视连续剧《走向共和》中记住了这个在中国近代史上留下了非凡痕迹的澳大利亚人。

莫里循21岁就在澳大利亚本土以冒险家而出名，他长途跋涉两次穿越了这片不久之前还是以流放不守法律的英国罪犯而著称的蛮荒之地。年轻的他随后又跑到其他大陆上探险。在南太平洋上新几内亚岛与土著人遭遇。那一次遭遇在他身体里留下了两块矛头。他在爱丁堡大学医学院治伤之余，取得医学博士学位。毕业后又到美国、西班牙和法国学习行医，直到 1890 年才回到澳大利亚的维多利亚州。但年轻不安分的他不久就选择再次周游世界。1894 年进入中国西部。1895 年出版的《一个澳大利亚人在中国》(*An Australian in China*) 为他赢得了在西方世界的知名度，也赢得了英国《泰晤士报》的赏识。1897 年英国《泰晤士报》终于决定聘他为该报第一个永久驻华记者。莫里循从此在皇城北京定居下来，逐渐成为中国问题的专家。在世纪交替的那几年，中国北方尤其是东北成为列强的争夺目标，而莫里循跨越大洋的电报稿常常因其惊人准确的预言使《泰晤士报》成为远东时事的权威。在 1900 年义和团攻占北京的 6 月到 8 月间，他又因保护妇女等行动成为当时在北京的外国人中人人皆知的英雄，而且 7 月间因为误传他阵亡，《泰晤士报》还发了两版追悼文章，更使他成为帝国的一面旗帜。莫里循在华期间也结交了大批上层人物和政府官员，有时帮他们与外国政府引介周旋。1912 年至 1916 年间莫一度成为袁世凯的政治顾问。1919 年在巴黎和会中还代表中国政府出席谈判。不过，虽然莫里循一生超过一半时间是在中国度过的，但他还是选择在英国终老，内心深处，他毕竟还是大英联邦的臣民。

这个被外界所知的"北京的莫里循"在历史上留下他个人痕迹的同时，也具备一个天生的历史学家对史料的敏感和勤奋。

除了冒险和时事新闻，他的另一个传奇，就是他的图书馆。在北京的几十年，他搜集了大量图书文献，从传教士的内部通讯，到他自己拍的各类照片；从各式各样的日常用品、名片，到最珍贵的中国典籍，这些东西他都悉心收藏并分类，保管得井井有条。1917 年，他把这个图书馆的收藏以三万五千英镑的价格卖给一位日本商人，后来成为东京远东图书馆的镇馆之宝。莫里循去世后，这些藏书按他的遗嘱被全部搬回故乡澳大利亚，如今在新南威尔士州博物馆里。几年前，移居澳大利亚的中国艺术家沈嘉蔚把其中的老照片收集到一起，编成了三卷本的视觉历史书《莫里循眼里的近代中国》。据说这本书对国内出版界有一定影响。我不久前回中国，就看到大量被翻译的外国人回忆录。在晚清民国历史被严重毁坏和丢失的情况下，形形色色的外国人，从传教士到外交史官到记者作家，他们的视角和记忆成为一个弥足珍贵的资料库。

莫里循传奇般的经历和不落凡俗的性格无疑是史学家和传记作者们最好的素材。在他们的笔下，这个有着人类冒险和博爱之心的先行者，这个 19 世纪殖民文化的产物，无疑也带着历史的局限和争议。所以莫里循也被一再书写。

如今，一个女人，一个小说作者也想写莫里循，而且想写他的私人生活，被他的公共形象或人格面具所掩盖的私人生活，而这段私人生活又是从莫里循与一个不守常规的女性的遭遇讲起，那将是一个多么"不正经"却有趣的故事。这个故事有个最恰当的名字——"最不正经的女人"。

历史小说《最不正经的女人》

《最不正经的女人》（*A Most Immoral Woman*）截取的是历史的一个片段，1904 年到 1905 年日俄开战的一年。熟悉历史的人知道西方各国对日俄战争的关注程度。而对中国人，这是近代史上又一个屈辱性的事件，两个争夺霸权的国家在第三国的土地上开战，让那里的人民遭殃，清政府无力无能到如此程度。因为莫里循准确地预言了这场战争以及他在战争中的某种推波助澜的作用，这场战争又被称为"莫里循的战争"。

但在莫里循的个人历史上，这一年也许是他，这个大英帝国维多利亚时代的英雄的滑铁卢。这一年的早春，他在山海关遭遇了梅·珀金斯（Mae Perkins）小姐，或者被他爱称为梅西的自私任性、放荡奢华的美国女人。即使对见多识广的莫里循而言，珀金斯小姐也是他所不熟悉甚至不能理解的新型女性。20 世纪最早出现的"新女性"，从时尚画报上的"Gibson Girl"，到现实生活中的爱丽丝·罗斯福（Alice Roosevelt，美国总统罗斯福的女儿），她们掀起了争取教育权利、工作权利，甚至选举权的运动，并开始选择自己的生活方式。梅正是上流社会开风气之先的这类新女性，虽称不上真正独立的女性——她的父亲是加州的百万富翁，也是加州在国会的议员，这是她挥霍交游的基础，但无疑她享受着丰厚的物质带来的精神上的自由以及社会变革给女性带来的机会。

琳达作品

她早在 1903 年就以单身未婚女性的身份到欧洲和东方旅行，一路上屡屡出击，艳遇不断。从华盛顿的国会议员到旧金山的牙医，从荷兰的外交官到驻远东的美国记者，她把他们玩弄于股掌之上，丝毫不担心自己的"前途"——她继承的家产足够养活她自己。

　　也许正是她的无所事事，她的不计功利，使她对周围的雄性政治性动物的虚伪与野心有了局外人的洞察和了解。在书中，她是唯一敢挑战和调侃莫里循的人。人过中年的莫里循，已经不再是当年那个穿越澳大利亚，探险亚洲的有着朝气与信念的青年，他更看重的是自己在政治江湖中的地位和作为帝国代表的权威。

几十年殖民地政治文化的熏染，使他身不由己地成为另一个殖民主义和男权社会的维护者，即使他时不时也许会在坚持了几十年的日记中流露一点矛盾与迟疑。

因此，在琳达的小说中，梅这个新女性才是小说的主人公，她带着美国物质文化的奢侈自信，带着女性对自己的权利和欲望的充分认同与张扬，嘲笑并颠覆着莫里循的世界，使他陷在这个"最不正经的女人"营造的陷阱中不能自拔。一方面，她的聪慧、直觉、纯感性的美和在性爱关系上的主动进攻与尽情享受，一次又一次地把他吸引到她的裙下，成为她众多的崇拜者之一，并为此常常"玩物丧志"；另一方面，她的浮华享乐"毫无廉耻"，是对他所崇拜的传统女性美德的挑战。他不能娶她为妻却又对她无法忘怀，这种为情感左右的局面威胁着他几十年雄性逻辑和殖民文化所建立的理性世界。

小说的另一个主角是年轻的刚刚被《泰晤士报》派到远东报道日俄战争的战地记者詹姆斯（Lionel James）。詹姆斯对自己所从事的职业有着理想主义的执着和坚持。为了能及时报道战争进展，他试图引进最先进的无线电台发送电报技术，但是却受到环境的限制以及日军的层层阻挠，最后也没有成功。但在小说中他的先行者的勇气使他"虽败犹胜"，他是作为与已经变得世故圆滑只为政治利益盘算的莫里循的对比而出现的，让我们再一次感叹世事对人的精神的侵蚀。同样，莫里循的中国随从 Kuan 的理想和行动——他最后与爱人私奔，投身反清革命组织，为自己的民族寻找新的出路，也向莫里循的世界提出了道德的质疑。

就这样，《最不正经的女人》以莫里循在日俄战争中所扮演的道德含混的角色和他在私人生活中的矛盾处境两条线的平行发展，给我们呈现了英雄的另一面，或说让我们看到了英雄的末路。琳达的女性主义和后殖民主义的批评视野无疑赋予了她重写历史所需的新的历史感。

小说家亨利·詹姆斯在给他同时代的一位历史小说作家的信中曾说，恰恰是现代人的"历史感"成为小说存在的理由。"你应该尽可能搜集历史遗留下来的蛛丝马迹，虽然用我们现代的头脑来穿凿和表现过去的意识、灵魂、感觉和视界几乎是不可能的。但你必须用尽全力，用你现代的头脑来想象。"他似乎在暗示，正是这种在历史的蛛丝马迹和现代头脑之间的张力或说平衡造就了小说的历史感。

澳大利亚国立大学著名的年度种族学讲座自1932年开设以来就是以莫里循命名的。在2011年7月的第72次讲座上，琳达受邀成为主讲人。面对台下众多的权威历史学家、人类学家和社会史学家，小说家琳达不无抱歉但充满自信地为自己辩护，引用英国小说家哈特利（L. P. Hartley, 1895—1972）1953年的小说《送信人》（*The Go-between*）那段经典的开场白："过去犹如异国，在那里人们不寻常地行事。"（The past is a foreign country: they do things differently there.）是的，在那片充满异国情调的土地上，小说家可以和历史学家一样成为我们的向导。

X 一代的画像：温哥华作家道格拉斯·库普兰德

　　我觉得最悲哀的人是那些曾经懂得生活奥妙但后来失去这种能力或者变得麻木不仁的人。那些情感飘散也不再在乎的人。我猜这才是最可怕的：不再在乎生活中的失去。

　　夜晚很快就过去了，有日食的早晨来临了。我没跟旅游车走，而是搭上一辆公共汽车来到城市的边缘。从那里，我沿着一条泥泞的小路一直走进一片农田。田里种着一种谷物，抵胸高，是玉米棵子那种绿。当我从田间穿过，它们唑唑作响，在我露出的皮肤上划出一条条看不见的血痕。就在那片田里，日食的黑暗时刻一分一秒地来临了。我躺在地上，被挺拔有力的谷茎和若有若无的昆虫的吱吱声包围着。我屏住呼吸，开始体验到一种从那一刻起就再也无法彻底摆脱的心情，一种黑暗，不可阻止，莫名其妙。这种心情是大多数年轻人都会体验到的，在某一个黎明时刻，当他们仰起头，向天堂望去，看到他们旧日熟悉的天空坍塌了下来。

　　　　　　　　　　　　——道格拉斯·库普兰德《X 一代》

基斯兰奴海滩

西岸的另类文化

90年代中期我第一次接触道格拉斯·库普兰德（Douglas Coupland）的作品是因为他的那本国际畅销书《X一代》。

那时我揣着六十美元刚来到温哥华留学。UBC大学校园附近有很多海滩是我们平时散步和周末烧烤的地方。沙滩一边是海，一边是绿树花园环抱的住宅。抬头，可以望见隔海西温、北温连绵的山。在温哥华人们很容易接近自然，学会放松平淡地生活。

据说温哥华曾经是北美西岸嬉皮文化的中心，基斯兰奴（Kitslano）海滩，和北温、西温的山上海边，当年就是嬉皮们的大本营。

北美西岸是英帝国代表的欧洲文明入侵最晚、影响最小的乡下，有着温和的气候，夏日灿烂的阳光和绵长开放的海岸线。在六七十年代之交那个充满激情和矛盾的时代，一代"花之子"试图摆脱物质的重负裸身重返自然。嬉皮们脱掉他们中产阶级的层层束缚，从正常生活的轨迹中滑离出来，从温哥华维多利亚南下，经西雅图、俄勒冈到旧金山、洛杉矶，他们学习东方宗教，建立公社，反政府，反越战，甚至放浪形骸，都是在寻找一种另类文化和生活方式，试验着生命的多种可能。

但我所看到的基斯兰奴海滩已经开始改变模样。越来越多的单层木结构小屋被现代的玻璃水泥豪宅代替。花园绿地被当地人所嘲笑的"大房子"（Monster Home）侵吞抹去。不远处，格兰维尔岛（Granville Island）旁边的福溪（False Creek）正建起一片片为新兴的城市雅皮设计的城市屋；对面市中心旁边，李嘉诚投资三十亿港币买下的 1986 年世博会留下的二百多英亩废弃土地上，一栋栋豪华高层公寓也鳞次栉比地耸立起来。温哥华的地平线正被八十年代中期以来的亚洲移民潮和投资热所改变。这是一个六七十年代的嬉皮异文化逐渐被八九十年代雅皮主流所代替的时代。

因一个偶然的机会，我在电视上看到一个介绍"X 一代"的专题节目，而且惊喜地发现打造发明这个当时最流行的词的人竟是一位温哥华作家。从电视上看，眉清目秀、穿着干净的库普兰德和我周围那些健康阳光、中产阶级家庭里长大的温顺青年没有什么两样。他们在温哥华这样的还没怎么都市化的、比较温柔敦厚的西岸城市长大，长大以后却写了一部不那么循规蹈矩的书。

对于刚来北美的我，库普兰德和他的书有着特殊的意义，它提供了我认识北美文化的独特的温哥华视点，一个在西方文明边缘，有着另类距离的视点。

X 一代

《X 一代：在加速文化中失重的故事》（*Generation X: Tales for an Accelerated Culture*）以第一人称自叙的形式，讲了一

个自我放逐在主流社会边缘的"另类"小群落。三个二十多岁、来自美加大都市的青年男女，发现在雅皮生活繁华、潇洒表面下的空虚、盲从和人云亦云。不约而同地离开都市，来到位于加利福尼亚州和内华达州的一个叫棕榈泉的沙漠小镇。他们以做快餐馆侍应生和美容院助手等低薪工作为生，其他时间就四处游荡或聚在一处讲故事。这本书就是借其中一人的口串起他们三人以及和他们三人相联系的一代人的经历和故事，形式有点像薄伽丘的《十日谈》。这些故事有的是回忆在各人生活中某些和谐、美好却永不重现的瞬间；有的是对他们周围的人，包括上代人和同代人的观察和评论；有的是对生命意义的思考，对生活中过眼云烟以外东西的寻找。库普兰德时代感强，机智、幽默，主人公常常对自我的处境和当代美国的异化文化有一种清醒的自我嘲讽和敏锐的观察。他和他的自叙者，可以说是90年代的"麦田里的守望者"。

《X一代》因概括了在北美和欧洲这些发达的国家相似的一代人的文化处境和生存态度，它的名字已经成为社会学和人类学的专门术语。指那些在60年代初到80年代初出生的一代人，他们夹在北美最富裕乐观的战后婴儿潮一代（Baby Boomer，指在40年代中期到60年代初期出生的人群）和信息革命引领的千禧代（Millennium Generation）两代人之间。他们出生于六七十年代嬉皮叛逆文化时代，在90年代信息革命中长大成人。这些长大了的中产阶级的孩子就有一种很矛盾的情感结构：一方面他们

道格拉斯·库普兰德

的生活环境和教育使他们成为名副其实的消费主义一代，80 年代兴起的北美雅皮文化中，他们就是中坚力量；另一方面，嬉皮叛逆文化的残余以及物质极大丰盛带来的疲惫，使他们怀疑这些表面光鲜但没有深度的物质主义生存。他们中的很多人试图脱离追求成功的人生角逐，寻求不同于主流的另类生活方式，比如"新世纪精神运动"（New Age movement）就是追求精神或者身心灵的和谐提升。因此"X 一代"并不只是代际统称，而有着"另类"

文化和生活态度的含义。库普兰德自己说"X"的定义来自保罗·福塞尔（Paul Fussell）那本《格调：社会等级与生活品位》。在书中，福塞尔说应该有一个单独的 X 类，给那些不属于或不愿意属于传统的阶级划分的人。这类人不是天生的，而是靠后天的努力来发现自己的 X 因子：他们因为好奇和原创 / 创意，而有逃脱被阶级固化的危险境地。

据说《X 一代》这本书的起源是纽约圣马丁（ST Martin）出版社找当时在温哥华一家时尚杂志工作的库普兰德写一本他们这代人的文化时尚手册。但是作者对消费主义文化的洞察与批判的态度使他写出的指南变成了对时尚文化的另类思考。

书中所描述的另类族群在日本、欧洲也有响应，日本称这类人为"新人类"。

库普兰德不是掉书袋和制造理论的文化学教授，他独特而敏锐的文化观察和批评建立在他个人以及一代人具体的生活经历之上。

硅谷的新人类

库普兰德来自典型的战后发展富裕起来的北美中产家庭。做医生的父亲在西温有个私人诊所。母亲毕业于麦吉尔大学，后来做家庭主妇，养育四个孩子。库普兰德高中毕业后本来在麦吉尔学科学，按常规应该继承父业。但一年后返回温哥华，进入艾米莉卡艺术学院学习雕塑艺术。这个中产阶级的孩子显然不像父辈那样，他没有生存的压力，更想按自己的喜好去生活。毕业后他不急着找工作，而是跑到意大利米兰的艺术学院学习一年。然后又去日本，学习艺术和工业设计。80年代的日本从科技工业到文化时尚都领先世界，这些经历和阅历使库普兰德对流行文化的观察有了广阔的视野和国际品位。

库普兰德对时尚和科技的敏感使得他成为最早感知到信息技术对人类生活产生的影响，并成为最先描绘在信息革命中产生的"E人类"的作家。1993年，计算机革命对当代人类生活的影响已渐露端倪。在软件企业 Future Wave 合作创始人查利·杰克逊（Charlie Jackson）和写《数字化生存》的麻省理工学院（MIT）学者尼葛洛庞帝（Nicolas Negroponte）的投资和支持下，路易斯·罗塞托（Louis Rossetto）和他妻子简·梅特卡夫（Jane Metcalfe）在旧金山办了一份超酷的杂志《连线》（Wired）。这本杂志不是一般的计算机技术科普杂志，而完全是从人的角度来探讨技术，以及技术对政治、文化、社会和伦理道德带来的冲击。它一出现，就得到大批数码热血青年的热烈追捧，文化评论家给它等同于《滚石》在60年代的地位。库普兰德为了给《连线》杂志写稿，1993年到1994年间在微软所在地雷德蒙德（Redmond）以及硅谷生活了几个月，因此得以近距离观察到90年代北美西岸风起云涌的科技公司和大批信息革命中的弄潮儿。1995年，他根据为《连线》杂志写的一篇短篇小说而扩充的长篇《微软奴》（*Microserfs*）出版，这是最早记录数字化生存时代的生活和表达的文学作品。小说的叙事者和主要人物是一个叫丹尼尔的软件测试工程师，书的叙事就是丹尼尔写在笔记本电脑上的日记，主要内容就是丹尼尔和四五个住在一起的极客们（geek）的生活。他们在微软的校园里（微软称他们的公司所在地为校园，campus），有的设计开发，有的测试服务，为比尔·盖茨没日没夜地工作，堪比封建时代的农奴（serf）。书的后半部分，这群不安分的怪才们被一位搬到硅谷创业的伙伴麦克诱惑，决定离开微软，一起投身一个"天机"（OPP）项目。这个故事预言了即将到来的硅谷创业潮和随之而来的泡沫（1995—2000），塑造了一群从信息革命诞生出来的"怪才""极客"如何引领新世纪的科技经济以及时尚。

库普兰德描绘的"极客时尚"在 2006 年出版的《JPod》中得到进一步发展。这本小说是谷歌时代网络人的 Web2.0 版故事。六位为网络游戏公司工作的年轻人，每天禁闭在自己的格子间，往一个网络游戏里添加可爱的小乌龟，以便这款游戏能够有更好的市场。这部有着荒唐开头的小说，却由极客伊森以第一人称的叙述，转入了 e 族群的孤独和数字化生存时代人们失去面对面接触和沟通的问题。小说中几乎所有极客"码农"们都有或多或少的自闭症——作者甚至有点幽默地让他们发明了一种提供拥抱的机器。

《微软奴》《JPod》都模仿电脑网络时代博客式的写作叙述

方式，里面夹杂着极客们的工作语言，人物之间的电邮、短信、微博和各种不同字体型号的"电脑的潜意识"或者机器的胡言乱语，包括一大段整整四十一页完全是数字排列的圆周率。这种文体实验显然是要表现科学技术怎样影响人们的表达和思维：看上去很先进的技术和语言并不能使人有更好的反思能力，而机器的头脑正代替人类的心灵。库普兰德对科技社会的未来有种人文主义的敏感和伦理意义上的质疑，他关切的是在新千年这些光鲜的标签下的道德混乱和信仰缺失。

没有上帝的日子

库普兰德曾写过一本《没有上帝的日子》（*Life after God*）。书是由十来组生活即景连缀成的，内华达沙漠上的夜行人，闹市中心不回家也无家可归的年轻人，长大的少年伙伴和他们无声的消失，久已遗忘的游泳池和那些在市郊游荡的夏日……库普兰德用一种朴实、温柔又带些许伤感的语调轻声讲述"没有上帝的日子"里，一个人怎样寻找内心的平静和力量。

基督教文化曾是西方文明的基石。现代文化一个重要的问题就是在"上帝死了"之后，人类依靠什么为自己的生命赋予意义，凭借什么想象更好的未来。这是新人类纠结的问题，也是网络人面临的困境。他们追逐物质成功、科技进步、时尚创新之后，必须面对一种失去信仰的茫然。

库普兰德后来写的几部小说也都探讨了科技发展社会富裕的时代信仰缺失和精神回归的问题，如《洗发香波星球》(*Shampoo Planet*，1992)、《昏迷的女友》(*Girlfriend in Coma*，1998)、《怀俄明小姐》(*Miss Wyoming*，2000)和《所有家庭都是精神病》(*All Families are Psychotic*，2001)。这些小说基本上是新人类故事的延续。故事的背景都是当下的北美社会。他们的主人公虽然年轻，却有一种对生命的恐惧，他们与家人有一种无法亲近的隔膜，离开家后就再也回不去了。在这个富裕的社会，他们光鲜、轻松的生活没法满足内在的追求，他们找不到动力，孤独、焦虑、核恐惧，对周围的变化无法把握的无助感。这些小说常常有一个世界末日的想象。主人公希望能够在一种昏迷状态中长睡不醒，避开他们年轻时幻想的未来。

新世纪之初的"9·11"事件似乎就是库普兰德小说所预言的恐惧的世界末日景象，它把之前人们庆祝新千禧的乐观主义、预想科技革命的美好未来打得粉碎。事发之时正在美国四十个城市进行巡回售书的库普兰德深切地体验了美国人民集体的创伤与悲哀。如果灾难已经不可避免，谁来救赎？

2001年底库普兰德开始动笔写《嗨，诺查丹玛斯！》(*Hey Nostradamus!*)。这部小说以1999年美国科罗拉多州丹佛附近的科伦拜高中校园枪击和爆炸案为原型。库普兰德把故事背景搬到西温富裕中产住宅区的一所高中，时间是80年代末期，故事有十几年的跨度。他写作的动机是，对于校园枪击案，媒体大众经常更关注那些谋杀犯，但是鲜有人写那些受害者和他们的家庭。他们怎样在这样的剧痛中生存下来，不对人类失去希望。

这部小说有四位叙事人，一位叫杰森（Jason）的高中生，杰森严厉的任神职的父亲，朋友 H，还有在枪击案中死去的女友。杰森在枪击案后被传闻和媒体怀疑诬陷为杀死女友的嫌疑犯。冤屈使他众叛亲离，一蹶不振，最后失踪。这个事件导致家人、朋友的互相伤害和家庭关系的崩溃，使他们在杰森失踪后的十几年里看到每一个行为所带来的后果和责任。小说结尾是这些人的内心发生了不同程度的变化，重拾宗教信仰。而杰森在另一次面临杀人事件时做出正确的选择，也因此开始了救赎。

"如果死亡不能带来变化就像生存没有发生一样。"

这部小说成为库普兰德写作的转折点，昔日那些犬儒时尚的"酷"主人公现在换成了平常人。随后的两部小说《埃莉诺·里格比》（*Eleanor Rigby*，2004）、《口香糖小偷》（*The Gum Thief*，2007）中，库普兰德更多地写这些平常人的希望而不是失去，他们是俗世中没有神的孩子，但是他们还有人性，还能感受痛苦、孤独和同情。这卑微的人性，成为现世救赎的希望和可能。

神圣的鲸鱼

2008 年我从澳大利亚回到温哥华。昔日的嬉皮之都，在大量的亚洲移民和世界各地涌来的投资中已经变成一个高消费的国际化都市。原来列治文（Richmond）兰里（Lanley）的农庄已经被大片大片新开发的公寓楼和亚洲式超市、商场、购物中心代替。城市的风景线被一次次改变，城市的人口组成和他们关心的问题也在变化之中。

那些来来往往的移民中，中国六七十年代以后出生的一代人，与欧美的 X 一代是没有什么共鸣的。我们这些从小就在资源匮缺、竞争激烈的环境下长大的"文革"后的一代，在短短一生中，经历了社会主义计划经济、80 年代的文化启蒙，还有 90 年代的全民经商、出国浪潮。社会转变如此之剧烈，被生存奋斗推动着的我们永远停不下脚步，更没有时间退出来思考。在极端匮乏中长大的饥饿的儿女，物质对我们有极大的诱惑，也几乎是我们建立安全感的全部。贫困的过去让我们只关注西方社会提供给人的多种价值的一种：物质占有上的无穷的可能。也难怪这一代曾经叛逆的精英们迅速被市场经济和美国梦所驯服，与当年的理想渐行渐远。

就是这个意义上，移民北美，也许可以让我们停下脚步，体验思考人生的其他可能的空间。慢慢平静下来的我开始与库普兰德和他的书中人物有一种认同：他们身上那种对未来的担心，那种超越物质生活的追求，以及软弱温暖的人性打动了我，让我看到了在中国语境下没机会思考的问题。

库普兰德近期创作似乎更喜欢集中在影像和多媒体艺术。他

温哥华海边库普兰德的作品——数字逆戟鲸

出版了两本温哥华和加拿大的影像集《加拿大纪念品》（*Souvenir of Canada*）和《玻璃之城》（*City of Glass*），用个人化的语言和生活化的图像，呈现他深爱的城市与国家的本质与精神。《玻璃之城》用词典的形式，解释了与温哥华有关的五十多个关键词，比如绿色和平、大麻、广式早茶、裸体海滩、天车等。跟那些摆在咖啡桌上的图像精美但内容平庸的城市旅游指南不同，《玻璃之城》通过这个多元城市里的看似平常的地标和现象，呈现其不断变化的历史和一贯独特的价值内核：多元、平衡、自然、环保。比如在"绿色和平"那页，作者解释了这个环境保护组织的起源，带着生动的个人记忆。1971年秋美国在阿姆奇特卡岛进行地下核试验，"绿色和平"组织美、加一些和平主义者和嬉皮士租用渔船跑到阿拉斯加去抗议。虽然美国军事基地还是执意而行："那次爆破发生在11月6号的下午，那是我第一次去麦当劳，在北温的彭伯顿（Pemberton）和海滨道（Marine drive）之间的那家，我吓得说不出话来。好像是世界末日来临。也许那次核爆破在地球上其他地方并没有受到什么关注，但它电击到温哥华两代人。"这个创始于温哥华民宅的民间组织如今已经扩大到世界各地，他们以"保护地球孕育多样性生物的能力"为目标，对破坏环境的各国大企业直接采取行动，"我们不需要强大，温哥华人对'大'保持怀疑，他们反对强大"。

　　和平、公平、平等、环境保护、鼓励多样性的学习和发展空间，这些加拿大价值的自豪和信念在库普兰德的多媒体展览中也得到越来越清晰的表现。这个昔日曾躲在新人类的自言自语中有些忧郁的年轻人，已经成为用艺术和文字来直接行动的有责任感的艺术家。如今在温哥华周围的很多地方也都可以欣赏到他的公共艺术。比如位于温哥华国际会展中心旁的数字逆戟鲸（Digital Orca）就是他的艺术代表作。

> 鲸鱼在温哥华是神圣的，去史丹利公园的水族馆，你会体验人与鲸鱼的最真实对话，即使最差劲的破坏者也不会在城市角落各处可见的鲸壁画上胡涂乱抹。你如果是个外来者，不明白为什么这里人保护鲸鱼的狂热，那么你最好离开这个城市。（《玻璃之城》）

如果你碰巧在2018年的夏天来到温哥华，你会听到当地人是多么担心一头逆戟鲸母亲的故事：那条母鲸带着死去的幼鲸，连续十七天悲伤地在加拿大太平洋水域游荡。你还会看到很多温哥华人跑到水边，特意到库普兰德的数字逆戟鲸下祈祷。仿佛几年前，他就已经为这位母亲塑造了一个永恒的形象：他用黑白色块的完美堆积，表现鲸鱼庞大而色彩分明的身体跃出蓝天碧海那一美丽的时刻。那张开的小小的鲸翅，似乎在欢呼，在拥抱，表达着一份自然与人类万物和谐发展的良好的祈愿。

沈嘉蔚：作为史者的移民艺术家

他们又说："来吧，我们要建造一座城和一座塔，塔顶通天，为要传扬我们的名，免得我们分散在全地上。"

——《圣经·旧约·创世记》第 11 章

这使嘉蔚的宏大历史画犹如超级论文，宣称着他自己的历史观，主要是，历史想象，这种想象（以绘画的方式）甚至近乎历史裁判（至少，在视觉上）——所有正反人物的历史位置均被嘉蔚重新安排，对立阵营与不同期人物，全被他以历史的（也就是他自己的）名义重新整合，或者，拆散了。嘉蔚可能是以历史画编织个人发言的极个别画家（他不属于绘画中的政治讽刺与政治波普），嘉蔚要用他的发言颠覆被玷污的历史，给出平反，至少，与历史辩论。

——陈丹青《历史画与沈嘉蔚》

莫里循的中国知音

2006年我第一次在悉尼郊外的邦定纳（Bundeena）艺术村见到沈嘉蔚、王兰夫妇时，他编撰的《莫里循眼里的近代中国》刚刚由福建教育出版社出版。

澳大利亚人莫里循（George E. Morrison，1862—1920）是个天生的冒险家，《泰晤士报》的远东记者。在中国生活的几十年间，他搜集了大量图书文献，并在各地拍了大量有历史价值的照片。莫里循建立的浩大独特的私人馆藏，在他去世后曾是东京远东图书馆的镇馆之宝。后来，这些馆藏又被全部搬回故乡澳大利亚。这三大卷本图文集就是沈嘉蔚花了好几年的时间，根据新南威尔士州立图书馆的莫里循档案里保留的五百多幅清末民初的老照片，并且又精选了一些其他来源的文物照片编辑而成。这三本书面世后，在中国的出版界产生了很大的反响。书中珍贵的历史史料和编辑者的仔细认真使这本书成为图像史书精品。这些史料的独特来源更引起历史学者和历史爱好者们对19、20世纪之交的外交官、传教士和西方记者所留下的关于中国的记录和观察的兴趣和关注。

一般人很少会把这个编写莫里循的业余历史学者与在澳大利亚生活多年而且已经功成名就的华人肖像画家联系在一起。事实上，在澳大利亚，沈嘉蔚最为人知的成就是他的肖像画。他的肖像人物包括澳大利亚各界社会名流和风云人物。我们去的时候，沈嘉蔚刚刚完成了受国家艺术馆之托为丹麦玛丽王妃所作的官方肖像。但是在那个阳光灿烂的南半球的午后，对他那间由车库改建的巨大画室的造访，却使我在不经意间瞥见了沈嘉蔚的另一个隐秘的世界，一个更恢宏、更复杂，也更使之殚精竭虑的世界。这个隐秘的世界与他那堆得满满的书架上的历史书、传记书有关，与一幅幅已经展出或者尚未完工的大幅历史油画有关，还与一个艺术家对历史、对他曾以移民的方式逃离但又用创作的方式重新回归的民族的过去有关。

那次造访，沈嘉蔚正在画一幅自画像《三重自我》（Triselves）。画面上，占据左右两端的是画家的两个自我：一个头戴澳大利亚牛仔帽，穿牛仔裤和靴子，一边凝视，一边挥笔；另一个则头戴苏式红军帽，手持调色板和画笔，正在酝酿。无疑这是沈艺术生涯的两个重要阶段，也是他对自己创作的两个艺术灵感和艺术影响来源的总结。而联结两个阶段的是悬挂在画家背后的墙壁上的艾德菲尼之镜（Arnolfini mirror）。其中投射出的是维米尔（Jan Vermeer，1632—1675）笔下的历史女神，也正是画家凝视观察的对象。在镜子下侧的墙角，一只拖着长长的尾巴的老鼠急急跑过，画家的第三个自我。这一脚注，给本来经典严肃的画面添上一丝自嘲和幽默的色彩。

"一幅画的命运"

沈嘉蔚的历史画尝试从 60 年代末就开始了，在某种意义上，是"文化大革命"成就了沈嘉蔚这个画家。"文化大革命"作为一场文化宣传运动，把文化从精英推向群众，使艺术为革命服务。沈嘉蔚最初的历史画创作可以溯源到 1968 年的"红海洋"运动，即以领袖和革命历史为题的艺术创作运动，自幼喜爱美术的沈嘉蔚创作了《1921 年毛主席在嘉兴》（1968），并因此前往当时以用西方油画创作领袖题材闻名的浙江美院进行短期培训学习。也因为这个艺术才能，沈高中毕业后到黑龙江生产建设兵团，以及后来参军进入沈阳军区做文艺宣传工作。在这种环境下，沈早期的画作，与同时代人一样，多是以工农兵为主体的英雄形象，描画建设社会主义的宏伟壮观的场面。这种恢宏的气势，对历史题材的兴趣，以及对历史英雄的赞美，都成为他日后历史画创作的财富，也是负担。

那幅后来闻名全国的《为我们伟大的祖国站岗》油画，就因细节、扎实的写实技巧描画出的边防线上的普通景色，从大量画作中脱颖而出，在全国美展展出时受到江青的青睐。这幅画曾被制作成巨幅，耸立在中苏边境上。原作也曾被中国美术馆收藏。但随着政治风云交替，与很多曾风光一时的人物和作品一样，这幅画也被下架并被退回到黑龙江艺术家协会。以致

沈嘉蔚的油画《三重自我》（2006）（213cm×198cm），获 2007 年

澳大利亚侯丁－瑞迪奇观众票选奖

画家找到自己的作品时也对自己的过去心存疑惑，把它卷成一卷搁置在无人看到的床底。直到 1997 年，远在悉尼的沈嘉蔚接到纽约古根汉姆博物馆"中国文明五千年"展览邀请，才请人将它从中国带到国外。此后，该画的命运又一次得到转机。作为"文革"大量宣传油画的幸存的代表作，它连续在海外不同展览中展出。最后终于在热炒中国当代艺术的市场上卖出了一百万美元的价钱。

2008 年在纽约亚洲协会主办的"艺术与中国革命"展览上，沈嘉蔚为策展人郑胜天写了一篇题为"一幅画的命运"的回忆文章，以《为我们伟大的祖国站岗》为例，总结了自己早期创作的缘由与时代的关系。他用命运来解释自己那幅油画的起伏跌宕，以及辗转经历。这大概也是画家的自况。要理解自己和自己作品的命运，无疑必须理解这翻手为云，覆手为雨的历史，他生活其中并试图描述的历史。

80 年代中国社会对"文革"的反思以及对西方现代思想的介绍引发了一场人文启蒙运动。这一启蒙在文学艺术领域最大的成就就是人的主体性、人道主义观念的提出。也就是同一时期，沈嘉蔚在中央美院学习了两年，重续早年对西洋艺术的爱好并进行系统学习。1984 年以后沈的历史画发生了两个重要的变化：一是题材上冲破禁区。他的那幅巨型历史画《红星照耀中国》（1987）就是向当年写出历史真实的美国人斯诺的致敬。这个他十几岁就读过其作品的美国记者使他对历史叙述有了重新认识。

同样地,《创立同盟会》(1988)、《兼容并包》(1988)(也称《北大钟声》)等大型历史题材的作品都是尽量还原历史的本来面目,在这些色彩凝重深沉的大幅画面上,画家把曾经被涂抹掉的历史人物再一一放置回历史的空间。这一时期的沈嘉蔚,和其他中国作家、电影人、艺术家一样,深信还有一个客观存在的历史,深信他们的使命就是纠正和还原这个曾经被操纵、被歪曲的历史,希望把被历史颠倒的再纠正过来。而艺术的功用就是客观真实地再现。

这一时期他创作中的另一个变化就是出现了一个隐隐约约的超出现实主义的空间。这在他的画作《创伤:白求恩大夫的故事》(1984)中开始显露。这幅画中用色彩光线(明暗对比)和象征性构图超越了对某一特定历史场景的展现。画面中央背景上那巨大的黑色的怪鸟和各种战士争斗与受伤、无助的妇幼百姓挣扎哭泣的形象,象征着战争带来的破碎、伤痛、死亡和毁灭,形成黑暗的人类苦难的背景。这里,画家关注的不是谁的战争,以及战争是否正义,而是它所带来的创伤。而治愈这种创伤的白求恩大夫,凸现在画面中央靠左的白求恩大夫,以一种完整直立和近乎发光的白色形象,照亮了这幅受难图。画家给予他一种人道主义的力量,犹如宗教画中的救世主。

回头看,沈嘉蔚早期对现实主义历史画和人类历史的这些思考还要等到一个新的生活环境、一种自由想象的艺术空间才能获得再生和飞跃。

再生的空间

2014年3月，我第二次拜访沈嘉蔚的画室。悉尼郊外的画家村与几年前一样，在秋日暖阳和柔和海风的抚摸下，宛如面朝大海的世外桃源。

我在那里看到沈嘉蔚最新的自画像，《梅光达（Quong Tart）同代人的自画像》（2010）。在这里，沈作为一个受解构主义影响的历史画家又一次完成了随心所欲的时空穿越。他借着苏格兰人 John Thomson 留下的一张历史照片 Artistist in Hong Kong in the 1870s，回到19世纪中期刚刚开埠的香港，成为照片中那个梳长辫、穿马褂的开风习之先的画家，第一个用西画形式来画画的画家。他的工作室摆满了他为自己同时代人所做的画像，包括那个澳大利亚历史上的玛丽·麦基洛普（Mary Mackillop, 1842—1909），也包括作为丹麦王妃的澳大利亚人的玛丽，有远游到中国的莫里循，也有从中国移民到澳大利亚的成功商人和社会活动家梅光达。在这个已经褪色的最初的世界主义的空间里，一个东西杂陈、新旧并举的空间里，沈找到了自己作为21世纪移民艺术家的位置。

那天王兰画室也对外开放。墙上的画作色彩斑斓，由线条和方块构成的抽象的少女和花朵，有着琥珀样透明眼睛的巨鸟，有点夏加尔的风格。可惜我喜欢的画作已经被订购，于是我买了一本厚厚的画册。这是嘉蔚用他卖掉《为我们伟大的祖国站岗》的钱为自己的爱妻出版的。王兰是个聪慧、有才华的女子，也是一位眼界和气势都与嘉蔚匹配的艺术家。某种意义上，我觉得她的艺术直觉和表现力比嘉蔚还更接近艺术的本质，没有那么多理念的干扰。但她很低调，除了偶尔办画展，很少出来与人交往。《王兰》这本画册印得非常厚实、精美。沈嘉蔚亲自操刀做画册的编辑。从不同时期王兰的作品的精心选择到每一章的文字介绍，再到最后的年表简历，可以看出嘉蔚花了大量的心血，做了细心的编辑和整理工作。这个女画家不同时期的作品和风格向我们展现了他们那一代人从乡下到城里再到海外，从革命题材到文化启蒙再到移民艺术，仿佛几辈子的人生经历和艺术实践。

我有种感觉，就是嘉蔚也在借梳理王兰的创作过程，回顾他自己的人生和艺术。"从一个知青画家到域外的自由画家，我与嘉蔚仿佛做了两世人"，我想起陈丹青总结的他们这代人的特点。

画家赠送我一本他在 2010 年悉尼一间画廊举办的个人回顾展的画册《沈嘉蔚艺术生涯五十年》，该画展的英文标题 Shen Jiawei: From Mao to Now, 1961—2010，也许更能说明画家走过的艺术历程。他从一个笃信艺术再现历史的写实画家起步，经过跨越中西艺术的长途跋涉，创造了用"错置"的艺术技巧来"讨论历史"的"新历史画"。

"新历史画"

80年代末，与当代很多中国艺术家一样，沈嘉蔚选择到海外寻找新的生活。与很多同代人不同的是，他在巨大的生存压力下依然坚持艺术创作，而且"用他的画面对他这代人的历史记忆做出校正"（陈丹青）。

1995年沈嘉蔚以《澳大利亚的玛丽·麦基洛普》夺得他在澳大利亚的第一个重要奖项——玛丽·麦基洛普奖，并受到罗马教皇保罗二世接见。这个移民画家在主流社会的地位终于有了一个重要突破。这幅画在沈嘉蔚作为历史画家的艺术生涯上看，也是意义深远的一幅画。这幅画不再是中国的历史，而是关于澳大利亚的过去。选取的历史人物玛丽·麦基洛普是一位天主教修女，是因一生致力于教育穷人被天主教会册封为圣人（saint）的澳大利亚人。从题材上看，这似乎是画家对自己新植根的土地和自己的新身份进行了解和认识的尝试。

沈嘉蔚的新尝试还表现在形式的探讨上。在1995年的另一幅画作《与中国的莫里循在一起的自画像》中，画家选取了莫里循最著名的一幅照片做构图和细节样本，但又以拼贴的形式进行了改造。身穿中式长袍的莫里循站在民国初年的北京街头，占据画面右侧，而一手拿调色板，一手拿书籍的画家自我伫立画面左侧，形成一个对照、对立和对话的关系。画面上侧的两页护照说明了这两个相距百年、横跨太平洋的人的某种必然的联系。他们都是跨越时空的迁徙者，背后都是一个陌生的异己的环境。画家突兀地出现在以老照片为模本的历史画中，既是沈嘉蔚对自己的海外艺术家身份的一个新的思考，也是一种用后现代的"错置"（displacement）的艺术手法或思维进行的历史画的尝试。

这种尝试后面其实有着痛苦的历史学家式的反省。"来澳大利亚后很长一段时间我除了画肖像写生作为谋生手段外，几乎不画油画了。思考和阅读是这段时间我最下功夫做的事情。反思'文革'，中国人绝大部分兼具加害者与受害者双重身份。对我个人来说，我在'文革'后的创作中都把自己作为加害者来看，因为曾经是红卫兵的一员，广义来说就是加害者，就应该反省；'朋友'和'敌人'朝夕之间可以交换角色，政治的荒诞性我当时就感受到了，但把它表现出来却是只有到了澳大利亚之后才做到的事情。在这里广泛接触到的后现代艺术的解构性质为我对历史的思考和展现提供了一个全新的角度。"

2000年以后，这种"错置"手法成为沈嘉蔚几幅最重要的作品的特点，包括《绝对真理》（2000）、《东来贤哲》（2001）。就是在东西方名作和经典图像基础上，以替换或插入的形式，创造出一幅新的画作。画作的意义来自观众对原来画作构图和图像的熟悉，也来自这种替换中产生的新的意义。在这里，画家不再追求历史画的公共性，"它的主题，它的叙述的理由和方式，尤其是他的立场，全然出自作者"（陈丹青）。

沈嘉蔚运用"错置"艺术技巧最好的创作当推《第三世界》
（2002）和《辛丑条约》（2006）。这两幅画也标志着沈的艺术
从"记录历史到讨论历史"这一主体意识的跨越。

在《辛丑条约》中，沈嘉蔚又一次借用西方宗教画的图像给
中国近代史最耻辱的时刻定义。这幅画以当年条约签订时的新闻
照片为范本。谈判桌的一端坐着西方列强和日本代表，另一端是
庆亲王和李鸿章等，所有人都是几乎看不出表情的淡漠和无言，
掩藏着内心的愤怒和冲突。整幅画面的色彩是浓重混浊的暗蓝色
和灰黑色，阴郁，令人窒息。但在这幅画中间，在刺目的大红色
的谈判桌上，画家添加了一具躺着的耶稣基督的尸体。这具尸
体原型来自意大利复兴时期名画《哀悼基督》（*Lamentation over
the Dead Christ*， Andrea Martegna, 1480）。作为宗教画的一个重
要文类，这类哀悼基督的画是基督教通过悲悯和感动的手法向观
众传教的重要手段。因此画中刻画基督作为为人类罪恶赎罪的代
表，他手上脚上的伤痕，他孤独赤裸的身体，还有就是圣母和信
徒那悲恸欲绝的表情和姿态所集结的是人类的痛苦和绝望。

这幅历史画的背景是历史上义和团攻击西方传教士和中国
教民，引起外交争端，清政府无作为和暗中纵容，引发义和团围
攻平津外交界，最后八国联军血洗掠夺北京，并使清政府签下丧
权辱国巨额赔款的条约。《辛丑条约》不仅是中国也是世界的耻
辱，它象征了民族文化之间的矛盾冲突和由此引发的暴力残杀。
因此画家在对人类历史的刻画中，以基督的凸现说明中外冲突的

《辛丑条约》（沈嘉蔚）

结果不只是中国被欺负，更是人类的良知基督被牺牲，以此唤醒观众对人类所犯下的错误和罪行的反思与自责。

重建巴别塔

2006年第一次拜访沈嘉蔚时，我听他说起一个叫"巴别塔"的计划。第二次拜访他时，还注意到他的画室一角有一幅"巴别塔"的草图。嘉蔚当时给我们介绍说是希望用这个《圣经》的典故来讨论共产主义这个理想。但不知为什么这幅画一直没有完成。我对那幅画的构思非常感兴趣，也一直很牵挂它的下落。

直到2018年春天我第三次拜访沈嘉蔚，才又一次看到这幅画。这是画家目前为止最宏大的画作，关于一个十分沉重的话题——20世纪国际共产主义运动的历史。它包括四幅巨幅画作：

沈嘉蔚在讲解"巴别塔"计划

《乌托邦》《农神萨图尔努斯》《国际歌》和《古拉格群岛》。一共由90块1.2米的画布组成，全画完成后将高达11米、宽15米。构思的灵感来自苏联现代派艺术家塔特林设计的双螺旋式的第三国际纪念碑以及荷兰16世纪画家彼得·勃鲁盖尔的《巴别塔》。

我们拜访的那天下午，嘉蔚正在画其中的一幅《古拉格群岛》的小图，因为画作庞大，他必须有全局构图，得先把人物一一用素描勾画出来，然后再放大到大尺寸的画布上绘成油画。黑白素描图上布满了密密麻麻上百个肖像，嘉蔚用一根教鞭，一一给我解释画面上的人物，有我熟悉的作家、诗人们：索尔仁尼琴、曼德尔施塔姆、布罗茨基，从青年到中年再到老年的阿赫玛托娃，还有她的丈夫古米廖夫和他们那个三次进入古拉格集中营的儿子列夫。还有很多很多我都没有听说过。他们大多是支持共产主义运动的知识分子、文化人和科学家，有的被斯大林送进集中营，也有后来在苏联不同时期遭受各种流放和迫害的，比如与列宁齐名的政治家托洛茨基，原子物理学家安德烈·萨哈罗夫，艺术家尼古拉·普宁，写《生活与命运》的瓦西里·格罗斯曼。这些苏俄，也是人类最优秀的头脑和灵魂，面对的却是近卫军举起的枪支……

窗外，邦定纳一如既往地春暖花开，阳光灿烂。可是我身上却一阵阵发冷，巨幅画布上那一个个人物已经成为历史的冤魂，而沈嘉蔚要把他们从历史的坟墓中一一挖掘出来，犹如一场历史裁判。

沈嘉蔚说自己从2004年就开始孕育用"巴别塔"构思第三国际的历史的计划。2009年开始草稿，2017年完成大型历史画《兄弟阋于墙》（即中国历史三联画"启蒙""革命""救亡"）后就不顾右眼的疾病，一直紧张地工作。他用一种近乎执拗的语气对我说，这世界上不多的历史画艺术家只有他才能把共产国际的历史画出来。因为他在中国生活了四十年，是个共产主义者。又在海外生活了二十八年，他有条件找到并阅读大量有关史料，到世界各地寻找研究这段已被忘却的人类历史，更重要的是他有从那段经验中出走或生存下来的亲身经验。这也许是他最后的历史画，他甚至不知道有生之年是否能完成。

嘉蔚的语气和眼神中，分明有一种急迫和焦虑。我能想象这后面有多大的工作量，画布上每一个人物，他都要参考历史的记录和图片，勾勒出他们当年的模样。是一种近乎疯狂的热情，让这个功成名就、本来可以舒服度日的肖像画家一次又一次借已经过时的艺术形式，回到那充满理想和灾难的过去。在海外孤军作战的沈嘉蔚，他与历史的辩论和对历史画的执着，就像那个举着长枪对抗风车的骑士堂吉诃德。

从画家村出来回悉尼的路上，我们要经过皇家国家公园。在夏末的夕阳里，路两旁郁郁葱葱的森林和浑厚流动的深绿色的河水，让我想起多年前看过的俄罗斯画家列维坦的《白桦丛》，还有阿赫玛托娃为儿子写的《安魂曲》：

> 在这类痛苦面前，高山低头，
> 大河断流，
> 但牢门紧闭，
> "苦役的洞穴"
> 和催命的焦愁藏在门后。
> 清鲜的风为谁吹拂，
> 落日晚照为谁温柔。

旅途中的
故事

流亡者阿连德的世纪家书

我是一个永恒的流浪者。记忆像我的衣服碎片一样被丢在路上。我的书产生于一种企图，希望恢复失去的一切：正在消逝的世界——过去的世界，回忆的世界，家族的世界，也是已被我抛在身后但又唯恐失去的世界。

——阿连德

在寒冬之际，我发现在我心中有一个不可战胜的夏天。这让我快乐，因为不管这个世界如何与我作对，我的心中有一种更坚强更美好的东西可以与之抗衡。

——加缪

家　书

"我绝大部分的写作源于怀旧，失去、离别这些经验促使我写作，并在其中得到治愈。我渴望有所归属，属于一个大家族，属于一个社区。我的第一本书《幽灵之家》就是为了寻找在流亡中失去的祖国、家庭、朋友、工作，以及家园而写。写作界定了我，给我身份。我是作家，因为我有一双擅长听故事的耳朵，有一个有点怪异的家族和一个流浪者的命运。我一个字一个字、一本书一本书地写，创造了我自己的同时，也发明了这个我居住其中的国度。……

"我们是自己故事的创造者，我们选择形容词来描述我们自己。"

2018 年 11 月，一个开始变得阴冷的温哥华的冬夜，在市中心的大剧院，个子矮小，一头红褐色头发的伊莎贝拉·阿连德面对慕名而来的六七百人的听众，开始了她的演讲。演讲的题目是"真理炼金术：故事改变世界"（"The Alchemy of Truth: The Power of Story to Change The World"）。

阿连德的演讲从几个星期前刚刚去世的母亲以及她们保持了半个多世纪的书信往来的故事开始。阿连德 15 岁那年，母亲与任外交官的继父去土耳其上任，她和弟弟们回智利上学，在贝鲁特与母亲分手。在回家的飞机上，阿连德开始了给母亲的第一

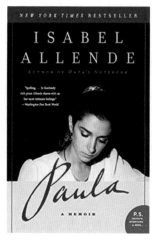

《波拉》书影   《幽灵之家》书影

封信,从那以后,她们几乎每天都用给对方写信来保持联系。那些信最初要在路上走很长时间才能抵达,后来变成几天,再后来她们用传真,用电子邮件来传送信件。这些信她们都保存下来,每年年底打捆收藏,这是她们母女在后来辗转流亡的岁月中保持联系的方式,后来也成为阿连德参考的资料,因为她的写作很大部分来自个人和家族生活。她最重要的作品,比如《幽灵之家》(*The House of the Spirits*,1982)和《波拉》(*Paula*,1994)都是以家书的形式开始写作。这种写信的情境,给外祖父,给女儿,给亲人,给朋友,给远方的回不去的家园,使她的写作带有强烈的私人和女性的特质。

用她一贯的个人化的、充满魅力的语言，阿连德敞开心扉，讲述了她常年坚持写作的缘由和动力，她在流浪途中失去和获得的几次婚姻，她因女儿的不幸而设立的帮助妇女儿童的慈善基金，以及她对特朗普拒绝拉美难民的看法。年已76岁的阿连德充满激情地一口气讲了近40分钟后，又花了同样时间回答主持人和观众的问题。她的幽默和热情使得这个听上去有点严肃的题目充满人情和生活的智慧。而她时不时插入的自我调侃，则令人温暖放松，开心大笑。

倾听阿连德的演讲，你会不由自主地被她那充满生命活力的叙述所感动，甚至她个性和经验中的种种过失你也会接受、原谅，因为她就是生命本身，仿佛带着加州的阳光。任何理论、伦理的标签在她面前都显得多余和虚伪。还因为我们和她一样，都是来自20世纪的流浪者，在寻找和重建家园的过程中，我们需要一个诚实的、个人的、充满爱和激情的故事帮我们理清、反省旅途的意义。

《幽灵之家》

1981年1月初，因为1973年军人政变而逃亡到委内瑞拉的阿连德接到来自智利老家的电话，电话内容是关于她最亲爱的外祖父的。这位孤独的老人在他快100岁时，穿上一身黑西装，两手扶拐杖，坐在摇椅上，感到自己时日已尽，准备去死。远在卡拉卡斯的阿连德听到这个消息无比心痛。这个早年曾经为智利的杂志和电视台撰写女性主义专栏，曾经采访诗人聂鲁达和智利总统阿连德的有抱负的职业女性，曾经在政变期间帮助大批民主社会激进人士逃亡的左翼知识分子，在离开家园后的几年里，她试图忘掉过去，试图活成一个不问政治的舒适的中产阶级，一个用婚外恋情来麻痹自己的"平庸"女人。但是外祖父的消息让 40 岁的阿连德不安，唤醒了她几年来一直压抑的记忆。她决定给外祖父写一封长信，告诉他他的外孙女并没有忘记他，忘记过去。结果旧日的故事和记忆如潮水，当外祖父离开人世，这封信已经堆成了整整 500 页的一本书。阿连德把这本书给母亲看，母亲从中辨认出自己家族的故事，为它取名"幽灵之家"。

这本书几经辗转，最后落到西班牙著名文学经纪人卡门·巴萨尔斯（Carmen Balcells，1930—2015）的手上。1982 年在巴塞罗那和布宜诺斯艾利斯出版后，立即获得智利文学大奖。随后又在英、美出版，并被翻译成 37 种语言文字。这部书既是一部畅销书，也得到文学界的好评，成为 IB 国际文凭课程世界文学的读本。

阿连德文学生涯如此顺利起飞，与她运气好，得到卡门·巴萨尔斯的青睐和出版运作有关。卡门·巴萨尔斯是欧美世界 60 年代开始的拉美文学热的最重要的推手。在她近 50 年的经纪人生涯中，几乎世界上最重要的西班牙语作者都被她罗致囊中。经她代理的西班牙语作家就有六位获诺贝尔文学奖，包括诗人维森特·阿莱桑德雷、巴勃罗·聂鲁达，小说家加西亚·马尔克斯、马里奥·巴尔加斯·略萨等。卡门当年推出阿连德的策略就是借

80 年代拉美文学热尤其《百年孤独》的东风——阿连德因此被冠以"穿裙子的马尔克斯"。的确,《幽灵之家》也是通过两个家族四代人之间的恩怨纠葛,从 20 世纪初写到 70 年代的军事政变。以魔幻现实主义传统的手法描绘了智利历史大变迁中各个阶层人民的生活和思想。

但阿连德的作品一开始就有自己的标志,那就是它鲜明的女性故事特色。虽然男主人公埃斯特万·特鲁埃瓦是线索人物,也是小说的主要叙述者,但这部小说重心是特鲁埃瓦家族的四代女人,小说是通过这个家族男主人来观察讲述这个家族的爱恨恩怨,而他与周围的女性是爱恨交集、互相依存的。在家庭生活和家族历史的背景上,女性和她们的生命经验成了小说真正的主体。从埃斯特万的恋人罗莎和妻子克拉腊到最后逃亡到加拿大的女儿布兰卡再到外孙女阿尔芭。她们住在位于街角的这个幽灵之屋,每一个人都不同寻常,彼此又有心灵感应。而其中"明眼人"克拉腊是最具代表性的中心人物。虽然她很少说话,不识人间俗务,但她有超常的爱和神奇的预示能力——她可以坐在椅子上飞上半空,可以解梦,可以与幽灵沟通,始终是一个家庭的中心。她代表了女性的凝聚力,是灵魂。没有她,家不能称之为家。在克拉腊去世后,整个街角大院都散了,荒芜接近废墟。但她的灵魂却未离开街角大宅。她继续庇护着女儿和外孙女,用自己的特异功能暗中帮助着她们摆脱困境。

阿连德塑造的这个女性,有着独特的吸引人的特质,就像埃斯特万说的那样，他一生最爱这个女人的漫不经心和永远捉摸不透的心思。就像这本书中写到的，克拉腊对女性以疯狂的形式表现的直觉和智慧坦然接受，并使之成为这个家族的遗产。

外孙女阿尔芭很小的时候克拉腊就告诉她，"每个家庭都有一个傻瓜或者疯子，你不一定能看到他们，因为耻于承认，他们被家人藏起来。藏到后面的房间里，客人们看不到。其实这根本没有什么丢脸的，他们也是上帝的创造"。

"我们家里没有这样的人吧？外婆。"

"没有，我们家里的疯狂都被均分了，没人还给自己独特的疯狂留有一席之地。"

克拉腊留给家族女性的另一份遗产就是把生活记录下来的习惯。克拉腊在男人当权的社会里，坚持沉浸在自己的世界，并在一本记事本上写下所有的所见所闻，而这一传统，在阿尔芭身上得到继承。"我的外婆在她的记事本里写下来五十年的巨细……她之所以把这一切记录下来是让我有朝一日把握过去，克服自己的恐惧。"

在书的最后一章，我们看到的是阿尔芭成为叙述者，代替外公埃斯特万开始讲述自己的故事。在那间住满幽灵的街角大屋里，在等待她被捕的爱人归来，她腹中的孩子降生之时，她决定把家族零七碎八的故事整合起来。趁外公弥留之际，他们俩一起翻开家庭影集，把家族故事写下来，因为这样，"有一天如果你要离开的话，你可以把你的根一起带走"。

在这样带有自传性质的写作中，作家阿连德诞生了。

怀念波拉

每个优秀的作家都有自己对写作的理解或者说独特的进入写作的方式。写信的姿态，给远方的亲人和不能回去的故乡写信，就是理解阿连德写作的动力、本质和意义的线索。

如果说给外公写信成就了《幽灵之家》，开始了阿连德的小说想象之旅，那么《波拉》这封给早逝的女儿的信，则是阿连德写作回忆录的开始。

这本书的缘起是阿连德的女儿波拉，27岁时在西班牙突患疾病，由于误诊，进入长期昏迷的状态。阿连德和其他亲人从美国和拉美各地赶来探望陪伴。几个月后，她们把波拉带回美国医治。在波拉从患病到最后离去整整一年的时间里，阿连德一直守候在女儿身边，等待她的醒来。在那些无眠的夜晚，看着正值韶华的女儿逐渐陷入无知觉的状态，听到医生无情的诊断，并不得不做出艰难的决定，是让波拉结束生命还是人工延缓？对于母亲这无疑是个无比困难的决定。阿连德诚实地记录下内心所经历的各种煎熬、犹豫、搏斗、悲伤，直至最后读了女儿立下的遗愿后的释然和解脱。

"听着，波拉。我现在要开始给你讲一个故事。这样当你从昏迷中醒来时，你就不会迷路。"这是全书的第一句话。这个故事就是阿连德自己的故事，也是波拉从哪里来的故事。

"此时你在哪里踯躅彷徨？你醒来以后会是怎样？你还会是我的女儿吗？或者你我将成为陌生人，必须从头开始了解对方？你还会有记忆吗？还是我得耐心地坐下来，把你28岁的人生、我49岁的人生从头到尾讲述一遍？"

在回忆录中，阿连德的关于自己前半生的回忆是与她眼下照料女儿的叙述纠缠在一起的。它记录的现实时间是1991年12月到次年12月波拉由得病到去世的一段。回忆则从阿连德18岁的母亲遇见她的父亲然后两人私订终身开始。这个浪荡子在阿连德母亲怀孕之后就消失了，所以阿连德从小就是在圣地亚哥的外公外婆身边长大。后来母亲跟随任外交官的继父到中东、拉美各国，她也因此见识了各种各样的文化和人生。母亲在任何困难拮据的情况下都能把日常生活用美食和热情装饰得无比美好，这种对生活的热爱也传授给了阿连德。60年代阿连德与丈夫带着年幼的女儿波拉在欧洲求学，接触了西方的女性主义思想。回到智利后，她给妇女和儿童杂志写专栏，做记者，用幽默和玩笑的方式来表达女性主义思想，批评保守现实中的性别歧视。她的教育和经历使她接受六七十年代嬉皮生活态度和社会主义理想，对其叔叔建立的带有社会主义理想的政府抱有同情。1973年在美国政府支持下智利发生军事政变，总统阿连德自杀。在随后皮诺切特军人政府的恐怖镇压中，阿连德帮助很多左翼人士逃离智利。一年多后，她也带着一家来到卡拉卡斯，追随当时已经从阿根廷大使馆辞职逃亡到委内瑞拉的母亲和继父。从此开始了与故乡渐行渐远的流亡生活。

自从你生病以来，我除了你没有力量应付任何事情。你已经沉睡一个月了，我不知道怎样才能唤醒你。我一次又一次呼喊你的名字，但它们消失在医院的拐角。我的灵魂在悲哀的沙漠里窒息。我不知道怎样祈祷了。我不能让想法连贯起来，更别说写书了。我之所以还写了一页又一页，是希望借此来克服恐惧。也许，当我把灾难给予形式，我就能帮助你，也帮助我自己。而这个习作的练习就可以成为我们的救赎。十一年前，我给我的外公写了一封告别的信，今天，1982 年的 1 月 8 日，我给你写信，把你带回人间。

虽然阿连德的书写并没有挽留住波拉的肉体，但她把女儿的精神留下，让她永远活在每一个曾经受到她的影响的人心中，并让波拉永生。这本非常私人的笔记，自 1995 年出版以来，在美国、拉美和欧洲产生巨大的反响。这是一本记录亲人死亡的悲恸之书，同时也是一部直面生活的挑战，反省一个人是怎样生存下来的生命之书。在这本书里，阿连德不加掩饰地讲述自己作为一个拉美女性成长的故事和离开家乡的经历，以及在另一块大陆寻找家园的故事。它跨越国界，冲破语言和文化的隔阂，触动了无数读者的心灵。用这本回忆录为女儿而送行，"一路平安，波拉，女人；

欢迎你，波拉，神灵"。

某种意义上，《波拉》可以归为自白文学、自白忏悔的叙述传统。从基督教徒圣奥古斯丁的《忏悔录》，到法国哲学家作家卢梭和纪德，当生命面临最大的挑战，人们常常从内心反省，找到生存下去的动机和力量。波拉在阿连德的笔下，的确犹如圣女，因为波拉在她短暂的一生中过着非常简单的生活，她信守服务和同情的精神，在委内瑞拉和西班牙最贫穷的社区做志愿者。每天面对这样灵魂美丽却没有言语表情的女儿，阿连德与她的交谈就成了一种忏悔的仪式，反省和审视自己在世界中的意义。

后来的日子

女儿的死给阿连德带来的痛苦是巨大的。但是她依靠写作，把自己从几近抑郁的状态中拯救过来。"她带着悲恸、失去，但不是悲哀的心情，进入人生的新的阶段。"以一己的经验同情人类。1996年阿连德用《波拉》一书的收入，设立了阿连德基金。基金主要通过支持美国和拉美各地的非政府非营利组织帮助女性维护生产的权利，达到经济独立，免于暴力。阿连德每年都把她写书收入的一部分放入基金。

写作《波拉》这本回忆录前后三年她没有出版其他作品。当她再次回到读者的视线，她带来一本用性感的语言写就的不可归类的书。以美酒为纽带，阿连德把世界各地尤其拉美的佳肴菜谱和关于食物与性欲的奇闻逸事，以及文学中的想象描述巧妙地糅合在一起，烹制了一桌华丽刺激的盛宴。这个生命力顽强的女人，又一次从挑战中幸存下来，并且带着更大的激情投入生活。

重生后的阿连德非常多产，从 1982 年开始，35 年里，她写了 23 本书，其中包括少年探险奇幻三部曲，以及一部以美酒佳肴和性爱的关系为线索的《春膳：感官回忆录》（*Aphrodite: A Memoir of the Senses*，1998）。大多数都被翻译成多种语言，很多还是畅销书。

在中国，以译林出版社为主出版的阿连德作品的中译本，主要都是小说。但是我个人觉得其实回忆录更能帮助我们了解作为一个独特的流亡作家的阿连德。在国外，回忆录是一种重要的非虚构文类，但与讲述一生的自传也有区别。它是围绕生活中某一事件或一段经历的叙述，有很强烈的个人成长和反省的主题。比如《波拉》就是围绕女儿患病去世以及对阿连德产生的影响这一经历展开的死亡与生存，以及家庭的探讨。她的另外两部回忆录，《我创造的国度》（*My Invented Country: A Memoir, 2003*）和《所有的日子》（*The Sum of Our Days: A Memoir, 2008*）也十分精彩。前者有点像林语堂的《吾国吾民》，是从流亡者个人的角度，从她的青少年记忆，从家族的生活琐事出发，介绍了智利的文化传统、风土人情以及现实政治。全书因此带有浓重的人文记忆和怀旧的深情。后者则讲述作者在美国加州重建家园的经历，呈现了她丰富多彩和不断扩大的人生。阿连德 1987 年与第一任丈夫离婚后，在一次图书巡回途中遇见了美国人威利，她像一个十几岁少女一样，投入这场恋爱，并且勇敢地进入他那个混乱不堪的家庭。移民北加州后，年近半百的阿连德用她西班牙文化的热情和传统，用美食和家庭聚餐，把自己的孩子、丈夫以前婚姻中所生的和收养的孩子，以及他们各自建立的年轻家庭，还有闺密、丈夫的同事，逐渐吸引到她的身边，建立起一个不只是血缘关系的大家族。这里面有生了三个孩子才发现自己是女同性恋的委内瑞拉儿媳，有出生在富裕的加州却吸毒上瘾无力自拔的继女，有从中国来的不会一句英文但学会逐渐独立的邮递新娘，还有对美国失望而决定移民他乡的艺术家朋友。记得有人说加州的包容开放和多元文化使她成为独立的国度，阿连德在《所有的日子》里讲述的这些有趣到匪夷所思的故事会让你看到这个国度的千奇百怪，也让人了解为什么不循规蹈矩的阿连德能够在加州让新的家园变得枝繁叶茂。

移民或者流亡者大多数水土不服，像用中文写作的流浪者，从张爱玲到龙应台，旅美旅欧时间不管多长或多短，写下的也是过去的背影和无根的困窘。这种流离者的心态使她们最后不是孤独寂寞地客死他乡，就是要挣扎着回到故土才能一展身手。但阿连德却在故乡之外的世界找到了读者和舞台。这与拉美人天性中的乐天和热情有关，也与她自己选择的勇敢开放和相信奇迹有关。

我的外婆在我很小的时候就向我灌输，世界除了奇妙以外，其他一切都是人类伟大的错觉。所以任何事情对我来说都有可能。魔幻不只是文学技巧，不是像我的敌人说的，只是我书中的调味品，它是生活本身。而深刻的魔幻可以改变人的经验。

我的儿子问我为什么相信奇迹、神灵和其他可疑的现象。他那唯物实用的大脑仅仅用外婆的那些故事是不能说服的。但是我无法解释的事物如此之多，它们使得我不得不去相信奇迹。奇迹对我来说一直在发生，比如我们这个家族不就是一直坐在同一条船上，合力划桨，逆流而上，虽然我们有不同的见解、信仰和机遇。

回到温哥华的冬夜，阿连德正在解释她最新的小说《寒冬之至》（*In the Midst of Winter*, 2017）的名字的意义。书名来自法国存在主义作家加缪的一句话，"在寒冬之际，我发现在我心中有一个不可战胜的夏天"。

2016 年她正经历生命中的另一个寒冬，当时她刚刚跟第二任丈夫威利离婚，"第一次体会没有伴侣的孤独生活"。于是她小说中三个主要人物也在经历情感或者生命的冬天。一个大学里的政治学教授，一个住在地下室的女记者和一个没有身份的来自中美洲贫困之乡的姑娘伊芙琳。他们在纽约这个拥挤匆忙的都市中，各自在过去的创伤和孤独中作茧自缚，躲藏逃跑。偶然的相遇，他们开始看到对方，看到自己以外的世界。在这过程中，重新发现了爱和友情，并一起创造了自己灵魂的春天。

阿连德说小说的人物来自她在阿连德基金会遇到的那些来自中美洲和南美洲的难民，她们让她的写作突破个人的局限。"伊芙琳的故事很重要，我要将她的故事写出来。通过她的故事让读者们互相接近。也许有人会由此开始重新思考他们以前的那些假定。"

我得承认，我被阿连德顽强的生命力所感动，她对生活的热爱，她克服流亡者生命中的障碍的勇气；我更钦佩她在各种境遇下都能激发出的创造力，以及通过写作来超越自己的努力。这些诚实的故事、个人的故事，成为她与这个世界、与他人联系和互助的媒介或桥梁。

我想这也是阿连德在全世界能拥有如此多的读者，能被如此热爱的原因吧。

如何讲述你的人生：少年 Pi 的移民故事

　　亨利之所以写小说，是因为他感觉自己心中有一个大洞需要填满，有个疑问需要解答，有一块画布需要泼墨挥洒。那种焦虑、好奇和喜悦的交织，也是艺术的源泉，然后它填满了大洞，解答了疑问，在画布上挥洒色彩，这一切都是为他自己而做的，因为他必须这样做。当陌生人跑过来告诉他这本书填补了他们心中的洞，解答了他们的疑虑，给他们的人生带来了色彩，那种来自陌生人的安慰，不管是个微笑、肩膀上的轻轻一拍，还是一句褒奖的话语，都是一种真正的慰藉。

——杨·马特尔《标本师的魔幻剧本》

　　作为公民的我们，如果不再支持艺术家，那么我们的想象力就会在粗糙真实的祭坛上被牺牲。最终我们就会没有任何信仰，我们的梦想就会变得毫无价值。

——杨·马特尔

在悉尼看《少年Pi的奇幻漂流》

1月8日，悉尼。气温42摄氏度。从公寓里走出来，立即感觉像刚刚打开烤箱查看里面的东西时，胳膊感觉到的那种灼烧感。

新闻里，西区沙尔维（Shalvey）的三个十四五岁的少年无视头天晚上新州政府和警察的呼吁，有意纵火。大火烧了十余亩林地后才被扑灭。每年夏天，澳大利亚人都为山火而困扰，而恣意寻事的少年又为城市的高温恐惧增添了新的不安。现在是澳大利亚学校的暑假，对浑身有用不完的能量，但没有创造性爱好的少年，漫长的假期意味着漫无方向的游荡，吵吵嚷嚷的寂寞和日复一日的无聊。沙尔维是有名的低收入公屋区，那里的孩子大多长成像他们的爸妈那样依靠政府资助，无法掌握自己命运的人。我想，这是否与他们很小就时时感到无聊、缺乏想象力有关？

陪着快要十岁的儿子坐在电影院，看李安最新的电影《少年Pi的奇幻漂流》（Life of Pi）。屏幕徐徐展开，那恍如伊甸园的动物园开场让人惊艳，动物们一个个或优雅或顽皮地登场，向我们展示着上帝造物的爱与神奇。慢慢地，我们被热气熏昏的大脑和身体感到清凉而安静下来。

自从北美11月电影上映的广告片打出以后，儿子就一直念念不忘。还好他耐心地等到新年，澳大利亚终于公映。从小就在温哥华和悉尼生活长大的儿子已经习惯全球化给我们的生活带来的时差问题，正逐渐长成一个见多识广的世界公民。不过我有时担心的倒不是他阅历不够丰富，而是怕他从小就暴露在不同文化的影响下，有太多的自由选择。在一个开放的、充斥着相对的价值观的世界上，他是否能有定力找到他的方向。

记得我当年来加拿大上学，24 岁第一次坐飞机就飞到这么远，而那以前我受到的所有教育，无论是学校还是家庭，并未让我准备好如何迎接这个陌生的世界。那些日子常常做的是一种无法停下来的从高处自由降落的恐惧之梦。

也许就因为这样的经历，这样的观影环境，在这个 19 世纪大英帝国用来放逐罪犯和异类的边缘之地，21 世纪却已成为世界最大的移民城市之一的悉尼，我们暂时的家，在众多的诠释可能中，我选择与儿子一起把少年 Pi 的故事读成一个移民故事。像电影所说，一个印度家庭，坐在日本人运行的船上，横越太平洋，向新大陆上的加拿大出发。这几乎可以说是所有移民故事的原型。当然，你也可以把它看成一个成长故事、启悟小说（Bildungsroman），一个关于信仰伦理的宗教故事，一个关于人类永无止境的冒险与征服的航海故事，还可能是关乎兽性和神性的人性寓言。但这所有故事你都可以从人类的迁徙和移民故事中找到，因为在我们这个都市化、全球化的时代，迁徙和移民故事以某种不同的方式发生在每一个家庭的每一个人身上。

对少年 Pi，移民是一次新的诞生，生命的又一次开始。

少年 Pi 的移民故事

当 16 岁的少年 Pi 有些勉强地登上远航的船时，他面临的是所有移民都面临的两难选择，是留在一个熟悉的家里，还是去看看未知的世界，像美国诗人伊丽莎白·毕肖普（Elizabeth Bishop）在《旅行的疑问》（*Questions of Travel*）里说的。那是人类天性中两种冲突的力量，日常生活的惯性与异国情调的诱惑。最初叔叔送给 Pi 的名字是一个法国浴场的名字，它正是代表着不同于日常经验的异国情调，一种别处的生活，充满诗意与梦想。那是父辈对 Pi 的期望。当它在学校里被猥琐地曲解后，Pi 开始抗争，用自己的诠释赋予它新的意义，Pi 代表一个无穷尽的可能，也是不可解的，就像移民生活的旅程与未来。

在描述移民生活的文字中，很多人喜欢强调它的艰辛、被迫和放逐感。固然，现代化早期原始积累的残酷，和战争、革命带来的流离失所使很多移民对离开家园的迁徙有种情感上的排斥。希伯来语的"diaspora"就是流散、流离失所的意思。源于受宗教迫害的犹太人，像蒲公英的种子，在命运的风中飘离。可是人类迁徙移民的故事也有另一种原因，尤其在现代，那就是对未知的好奇、对新大陆的发现和对别样生活的向往。如果熟悉 18—19 世纪在世界各地，尤其是欧洲兴起的各类探险和航海故事，你会承认，移民也可以是我们的自由选择，是我们渴望证实我们向外扩张的想象、力量和智慧的方式，是现代性最集中的表达。在20世纪，美国梦把它具象化了。

当然，就像安东尼·吉登斯（Anthony Giddens）所言，现代性本来就有着末世灾难的面孔。移民之途不管是作为现代化的隐喻还是一次人生探险，都是一次艰难之旅，就像电影里那次黑夜中的深海沉船。大多数移民都会通过某种形式经历灭顶之灾，这次沉船是生活环境改变造成的情感与心理上巨大的文化落差和文化冲击的一个隐喻。在这次深海沉船事件中，你失去以往用以引导和依赖的力量、技能和资源，你的父母，你的家园；遇见你先前不曾遭遇的敌人和障碍，在故事中是孤独求生的各种困难和那只孟加拉虎的挑战；同时，你还要在暂时的栖息之地——一只救生筏上，在苍茫的大海上寻找方向，寻找彼岸。

随便登录一个以移民生活为焦点的网站，关注一下移民论坛或移民写作，你会发现这种深海沉船的感觉，虽然他们可能以最琐屑的日常场景出现：语言和生活技能要重新学习，在工作单位受到歧视，在故乡娶的原配跟别人跑了，西化了的儿女对父母的不敬，找不到合适工作只能打粗工的工程师、教授、医生，纠结在是走还是留的空中家庭……这种种紧张、混乱、焦虑、怨恨，当然还有很多混一天算一天的无奈与放弃，也许都是这种深海沉船的表征。

但正是这次深海沉船使得少年Pi彻底地孤独地面对世界，成为他长大成人的必要过程。面对一只凶猛的异己的野兽，要避免被吞噬的命运，少年 Pi 不仅要学会实际求生的技能，找水、捕鱼和使用各种救生措施，他还要在心理上和精神上找到人的尊严和力量，在最绝望的时刻保持清醒，在兽性和神性的斗争中找到自我。正如 Pi 所说，"谢谢你，理查德·帕克，因为你，我才活了下来"。电影中少年 Pi 与孟加拉虎的关系的发展，从恐惧警惕到保护依恋，从被迫面对到主动驯服。学会与虎共存，不仅让少年 Pi 长大成人，也促使他找到神的存在。

"人在最困难的时候反而最坚强，在最安全的时候反而虚弱。"我们在选择移民，选择离开熟悉的家园，面对陌生的世界时，需要的是少年的好奇和勇气，在困境中重新站起来的意志和坚持。

讲故事的移民李安

在过去的五六年间，我在澳大利亚的悉尼大学，以及温哥华的西门菲沙大学（Simon Fraser University）讲授一门华语电影课。我的学生组成基本上一半是国际学生，一半是本地生。这个构成比较能反映像悉尼和温哥华这种移民都市里的人口构成和文化品位。他们眼界开放，对异国文化充满好奇，希望看到与典型的好莱坞不同的电影。我每年都会换讲不同的电影和导演，但我发现有一位导演我一直保留，这位导演就是李安。主要原因是他的作品流畅好看，且丰富多层次，在讨论他的电影时学生非常活跃，

李安与少年 Pi 的扮演者

有话可说，写学期论文时选他做题目的人也很多。每个人都觉得自己能看懂他，能够理解他电影中要表达的人生经验，不管是韩裔、印裔还是土生土长的第三代华人。

李安是地地道道的移民，他是台湾的外省人，青年时又留学到美国——这个世界上最大、最令移民向往的"新大陆"。但与很多务实的移民不一样的是，李安似乎在享受跨文化的独特旅程，并不急着认同或归属。他总是在学习新的东西，讲述新的故事。从《推手》到《卧虎藏龙》，从《理性与情感》到《断背山》，他一直在学习成长，不断发现异文化的神奇，并把它们用一种移民独有的视角呈现出来。

众所周知，让李安最初立足国际影坛的作品是"父亲"三部曲，包括《推手》《喜宴》和《饮食男女》。我们上课讨论这几部作品时，觉得最独特的就是其中的多元叙述视点。大家知道，一般电影是要通过人物、对话以及拍摄角度等电影语言来确定一个让观众认同的视点。而经典的商业电影更是必须有一个统一的、相对明确的视点，因为这个视点对电影所要表达的意义生成十分重要。但在《喜宴》（*Wedding Banquet*）中，我和学生们发现，其视点是不确定的，或准确地说是多元的。观众有时通过伟彤看事情的原委，但有时又理解父亲看问题的角度，还有时听到伟彤的同性恋人西蒙（Simon）或伟彤的假新娘葳葳的观点，电影有意让我们看到多元文化和处境中个人对生活的反应，它给了每个视点充分理由，但又没有完全认同任何一个。

《喜宴》的另一个特征，就是糅合了好莱坞经典的家庭喜剧片和中国的家庭伦理片两种类型电影的理念，又在超越两者之上创造出混合的伦理喜剧。也就是说，它一方面借家庭喜剧之壳讲了一个好玩流畅的"feel good"的故事，有很强的娱乐性。但同时又加入了很多当代多元文化跨文化生存中的伦理问题和反思，使电影有了深度，也在观众心灵深处产生了共鸣。虽然我们不一定是生活在儒家忠孝观念中的同性恋，也不一定是住在纽约的台湾移民，但我们都对现代化、全球化带给社会的多元价值观念及生活方式，对因此而产生的选择的困惑心有戚戚。这种喜剧相对其他移民故事的那种悲悲切切的"漂泊""迷茫"，不仅主题上更积极，而且态度上更有一种包容的正能量。这才是东西文化的融会贯通的结果。

前不久，李安回台湾宣传少年 Pi，陈文茜采访了李安。李安在温柔敦厚的样貌下有着他这样地位的导演不多见的诚实、幽默和智慧。最打动我的是他述说自己对世界的那份好奇，犹如少年一般。他自己也承认，如果从他电影里的主人公里选一个他最认同的，那就是少年 Pi。在他看来，每一次的拍片，都是一次实验的过程、学习的过程。拍片过程中的各种挣扎，从没有因为他的经验和年龄而减少。比如这次的 3D，对他来说就是一种全新的尝试，这部电影，他带着三千人做了近四年。不仅面对很多技术困难，而且更要命的是盛名之上的心理压力。但是就像命中注定，这个故事吸引着他，他只是上帝的一个灵媒，用影像讲一个不得不说的故事。李安心怀感恩地说，是拍这部电影，让他有机会学习和理解了多神教的印度和印度的神话。这个世界上故事讲得最好的文化启发了他看世界的新的视角。比如影片中人与动物的关系，他摒弃现代西方的丛林里生存法则的讲法，寻找用东方哲学和神学来挖掘老虎所代表的意义，以及它与我们人类的关系。这样，电影里的老虎，就有着东方神秘主义的多层和含混的意义。它甚至不是现代环保意义上的人与自然的那个自然。电影中少年 Pi 在动物园中与老虎初识的情节，就是李安自己加上去的。人的兽性帮助人类生存，但是也只有人才会无限地追求神性。通过老虎，少年 Pi 看到了自己，老虎也许是我们自身内部的力量，内心的一种挣扎。

李安说这次拍电影对他也是一次奇幻之旅。他还说，如果没有一个故事可以感动他，他就不再拍电影了。

这是一个关于讲故事的故事

美国总统奥巴马在看过小说 *Life of Pi* 后，给作者杨·马特尔（Yann Martel）写信，称赞他的小说"优雅地证实了上帝（存在）和（讲）故事的力量"。

杨出生在一个法裔加拿大家庭，曾经是个没有方向感的年轻人。在全球化的今天，在蒙特利尔，在纽约，在旧金山，在加尔各答和北京，你越来越多地遇见这样有着无限自由却不知道到哪里去的年轻人。杨少年时跟着做外交官的父母在哥斯达黎加、法国和墨西哥等地生活。成年后，他一个人又跑到伊朗、土耳其和印度，在印度的神庙、寺院、教堂和动物园游荡了一年多。跟许多与他擦肩而过的来自世界各地的人一样，他也一直在寻找一个故事，一个能给他方向感的故事，一个能给他的生活以形式的故事，一个大写的故事，那里面可以包容所有故事的"元故事"（meta-fiction）。

即使你没有受过文学批评的训练，不懂叙事技巧一类的理论，你也许已经看到杨的小说在讲一个神奇的故事的同时，也在跟我们讨论一些关于讲故事的问题，比如我们为什么要讲故事，我们讲的故事与我们的生活经历的关系，以及什么样的故事才是一个较好的故事。李安在把它改编成电影的过程中，非常忠实地保留了这个主题，甚至把它强化。他一再地向我们呈现叙述或说讲故事的场景。

首先，故事不是被全知者"客观"地呈现，相反，成年 Pi 叙述的声音自始至终陪伴着我们看完故事。这个叙述者（narrator）的存在实际上是经典好莱坞影片的大忌，因为它打破了故事的幻象，让我们看到"梦工厂"的人为机制。那么，为什么李安不采用写实主义"直接"呈现一个少年 Pi 的海上冒险故事，却让成年 Pi 不断来干扰观众呢？换句话说，为什么成年 Pi 讲述少年 Pi 的这个故事背景（context）至关重要？

其次，如果你足够细心，你会看到这个故事的主人公和他的人生经历无一不是被"听故事""看故事"和"说故事"的情节和细节所定义。比如我们看到从 Pi 懂事时起，就被各种不同的故事包围：在教堂时神父向他宣讲的基督的故事，年少时母亲讲的印度诸神；还有父亲坚信的现代科学，他们都是不同的对神、世界和人生做出解释的故事，人们明知他们只是故事，但仍可以为此争论不休，大打出手。再比如，少年 Pi 自己似乎也是个文学爱好者，总是手不释卷，临行的前夜，他在读陀思妥耶夫斯基的小说。而在漂流的日子里，他一直坚持记下他的所见所思。

再次，叙述的场景也就是成年 Pi 与来探访的作家之间的对话与互动。细心的观众可以看到，在整个电影中，少年 Pi 的冒险故事不断被打断，闪回到"当下"，如今住在蒙特利尔的移民 Pi 是如何一步步由浅入深地向来访者讲述他的故事。注意，倾听故事的人是一个像杨一样的作家,他寻找的也许不只是一个"奇异故事"。像成年 Pi 预言的,听完这个故事,他还要决定故事的意义,回答神或上帝是否存在的问题。

最后其实也是最点题的,就是故事的结尾。成年 Pi 粗暴地打破来访的作家还有我们这些观影者的幻觉,提供了另一个故事的可能。第二个故事就是少年 Pi 与三个成年人被迫拥挤在一只救生船中,靠有限的供给生存,他目睹并参与了他们之间的互相残杀甚至吞食,而后在一种神志不清或自我欺骗的心态下,编造了一个人与动物共存的美丽神话。正如许多聪明的影迷们指出——一个表述得最精彩的例子就是豆瓣网上那篇广受支持的影评《还原故事的真相:少年 Pi 毫不奇幻的残酷漂流》:也许这个神话故事恰恰是真正发生的现实的反面。循着理查德·帕克这个名字的线索,我们甚至可以在历史上找到依据,那些深海沉船后的人吃人的故事。

但李安或杨不是不知道现实的残酷,他们只是给观众一个反思的机会,一个神学或伦理学的反思,就像成年 Pi 让作家做的选择,在动物的故事和人的故事中,你更喜欢哪一个?

这个选择就是信仰(faith)。

作家选择了第一个故事,成年 Pi 说这也是神所赞许的。"And so it goes with God." 至于在人的领域究竟发生了什么,并不重要。因为,一个好的故事,是人和神的对话。

如何讲述你的人生

在讲故事的人的眼里，比如杨，比如李安，所有的人生都是可以用一个故事或多个故事来概括的。或者说，人生就是用你自己的方式讲故事，虽然你不一定总用自己做主人公，有时借用别人的面具，但你总是在创造一个世界。也正因此，作家曾被比喻为上帝。

但到了现代主义，尼采扬言上帝死了，世界上曾经固若金汤的一切因此都受到挑战质疑，就像马克思、恩格斯在《共产党宣言》里所说的，"一切固定的东西都烟消云散了，一切神圣的东西都被亵渎了"。到了后现代主义，罗兰·巴特（Roland Barthes）声称作者已死。无非是说，在一个多元的、神的既有的或固定的定义受到挑战的时代，人们再也无法讲述一个首尾一致、令人信服的故事了。

杨和李安并没有粉饰现代人讲故事的窘境，但是他们还说，在我们内心深处，都还执着于寻找一个能赋予我们的生活经历一个终极意义、一个讲述形式的故事。

当我们少年时，当生活还没有完全呈现出来，我们也许只能被动地接受他人的故事，他人对这个世界的阐释，犹如少年 Pi 面对父亲诠释动物性和动物与人的关系时只有听的份儿。而且我们还可能接受许多种故事并存的可能，因为选择还没有开始。但是正如父亲所说，当你活到他的年纪，你的阅历、你的现实就会慢慢地帮助你选定一个故事，属于你自己的故事。你将是你自己神话的创造者。

这样看来，Pi 既是故事的主人公也是故事的叙述者，就不是偶然的了。

人生的故事固然多种多样，但有的故事精彩，有的沮丧，有的意境深远，有的目光短浅，有的诗意盎然，有的单调琐碎。坦率地说，在以读小说为职业的我看来，移民生活故事写得最好的、最有想象力的都不是中文写就的，像汤亭亭（Maxine Hong Kingston）的故事，像拉什迪（Salman Rushdie）的故事。那些中文写的所谓的移民故事，都还在他乡重述着早已老掉牙的熟悉的世界、中国式的故事：淘金发财的故事，躲避苦难的故事，投机钻营的成功故事，蝇营狗苟的偷情故事，忍辱负重的吃苦故事，衣锦还乡的荣耀故事；他们也许浸透着人的各种欲望和挣扎，却无法让你看到人与神交谈的那种灵动与光彩。他们也许写出漂流中的绝望、恐惧，却没有呈现在游历世界时看到的那种美与奇幻，像少年 Pi 在海上漂流时看到的那样，有飞鱼、蓝鲸，有星河的夜空和梦境般的食人岛！是因为在我们的文化血缘中真的缺少精神性和想象力，还是因为我们心中没有神或上帝，所以我们看不到肉眼以外的世界？

儿子已经到了写故事的年龄。自从半年前他一口气读完七本

《哈利·波特》，随后又重复看了起码两三遍以后，他就开始着迷于写小说。如今已经有七八部小说挂在电脑中他的文档里。但都只开了个头，最长的只有二十多页。

儿子，我看到你编故事的能力与生俱来。可是你能否坚持把你的故事写完，并且把它写成一个精彩的故事呢？

西贡的残酷与芳香

　　你不可能通过三部电影就了解这个国家。我的电影其实并不是反映越南，而是反映你自己心中的情绪和情感。是你的，而不是越南的。我只是感知了一个越南而已……

　　我们拍电影时，拍的就是生活中有情节的故事。有些东西，就是因为它不对，才会发生故事，产生电影。如果一切都非常和谐，电影故事就不复存在了。之所以有悲剧，表达的就是人类灵魂中出现的一些瑕疵，如果一切都很完美，干脆我们就不要再有悲剧了。当我们接触艺术时，常常碰触的就是一些失控的东西，真正的美就应该是从灵魂深处找寻出这些丑陋的、失控的东西中更美好的部分。

——陈英雄

远方来的电影

　　那年夏初离开温哥华的前一天，我路过大学区外的一家电影院，无意间就看到那张电影海报。那是一个身着白色纱裙的顾长的越南女子，走在两边都是红红的木棉花树的路上。从她那张仰起的脸上，可以看出她心中的喜悦和感动。被那种喜悦和感动所牵引，我下车去读影院橱窗里的当地报纸娱乐版上的影评。原来是刚刚公映的美国/越南电影《恋恋三季》。读着读着，就想起中国，有一种似曾相识的感觉。虽然我从未去过西贡，但读着影评，却好像在听一个我所熟悉的故事，发生在一个我未曾去过的地方。

　　我们这些现代人，总是习惯通过别人的讲述来开始对一个地方的想象，通过小说、旅行日记、美术作品、电视节目或者电影。我们有时甚至一辈子也不会有机会亲自到那个地方去。当然，按照亚里士多德的艺术模仿论，这种获取知识的方式是不可取的，因为这与真理已经隔了两三层。但是随着年纪和阅历的渐长，我却越来越迷惑于这个虚幻世界，或说世界的表象，因为我觉得在所有这些艺术形式后面，都有一双人的眼睛，而正因为这双眼睛，世界变得更加可贵，快乐或悲哀，温柔或残酷。当电影院里的音乐响起，坐在黑暗中，你可以嗅到从遥远的、你从来没有去过的地方飘来的气息。

《恋恋三季》

故事发生在 90 年代末的西贡，那个被改名为胡志明市的西贡。一个寡言却极度自尊的三轮车夫，暗恋着一个年轻的妓女。他拼命拉车，暗地里把钱攒下来，有一天倾其所有与她共度一夜，让她知道爱与被珍惜的感觉。这个妓女就是海报上的那个女子，柔弱但又倔强。她希望用她年轻美好的身体作通行证，进入明亮奢华的世界，一个只许外国人和有钱人进入的星级酒店。摆脱她整日生活于其中的小巷，摆脱那里的黑暗、拥挤和潮湿。在大街上疾走的还有一个曾经在越南打过仗的美国人，他与一位越南女子有过短暂恋情，回来寻找昔日失落的女儿，希望借此求得内心的平静，在这个爱与恨的记忆密布的地方。与他擦肩而过的是一个沿街乞卖小杂货的男孩，他在吵闹的酒吧，在阴暗的旅馆房间里穿行，寻找被偷走的盛杂货的篮子。在西贡连绵的雨中，他与另一个没有鞋子却追逐着别人给他们擦皮鞋的孤儿相遇。追随着他们的足迹，我们走遍了西贡的大街小巷，那里喧嚣、浮躁，到处在大兴土木，到处闪耀着打着日本电器广告的霓虹灯。那里残存着被战争、革命和贫困破坏了的，但依然可以看出昔日的美丽与安详的传统建筑，那里纵横交错着现在和过去、欲望和梦想、贫困与耻辱。

但是这四个人的故事只组成了影片的一部分，现实的部分。

《恋恋三季》电影海报

而电影实际上是有两个部分才能完整。电影的开头、结尾和中间重复出现的卖白荷花的女子，是一条把以上孤独分裂的故事串起来的线索，一个给现实以距离的隐喻。

这一部分拍得极其美丽，似乎是故意与残酷的现实形成对照。在一片无边的荷田里，有一个古老的庭院。里面住着一个垂死的麻风病人，他也是一个儒者，一个诗人。他的手指已经烂掉，终日躺在床上。他已经好久没有写诗了。外面的荷田里，戴笠帽、划木船的女人们在清晨采下含苞欲放的白荷花，担到城里去卖。一个深夜里来到的采荷女，唱起了古老的民谣，那朴素的歌声唤起了诗人的记忆。"当我听到这歌声时，是在一条漂满白荷花的河流上。""我记得，那时年轻的我是多么纯洁和完整。"

垂死的诗人

我是在看了英国演员迈克·帕林（Michael Palin）主持的一个环游世界的电视系列节目里关于越南的一集后才注意到那个被荷田环绕的传统庭院，想到垂死的诗人所代表的含义的。

在从北方的越共首都河内到南方的都市西贡之间，有一个古老的昔日帝国的首都顺比。城中有一片也叫作"紫禁城"的宫殿。孤独，安静，空空荡荡的院子中，大部分建筑已经被战争摧毁，珍宝被掠夺一空。她与外面喧嚣的市声、滚滚的人群和翻腾着尘埃的建筑工地只有一箭之遥，却又如此遥远。越南最后的一个皇帝保大也已经在法国去世。对于那个过去的皇帝，他的王国和家园已经一去不复返。这里的庭院、庙宇、记忆和芳香统统荡然无存。以前是被法国人、美国人掠夺破坏，现在则被她自己的人民，那些先是热衷于革命后又热衷于商业的人民所遗忘。

那个垂死的诗人就象征着东方的文明、东方的精神、东方昔日的生活方式和她青春的梦想。她在一点点烂掉，像一个无可挽救的麻风病人，在20世纪的内忧外患中。

《青木瓜香》

《恋恋三季》所哀悼的那个昔日的越南在《青木瓜香》中还可以瞥见一番。木瓜树是越南人家的庭院里常见的一种植物。木瓜青青的时候可以当蔬菜，成熟了变黄，可以做水果吃。一个从乡下来的女孩，踩着西贡小巷的青石子路，来到别人家帮佣，学习烹煮青木瓜这道家常菜。在雨水淅沥、万物生长的天籁中，在青木瓜破开的清香里，她长成了一个亭亭玉立的女人。这就是电影《青木瓜香》的大致情节。

电影拍得像一篇散文。它由一个个日常生活的片段连缀而成，即使背后隐藏着戏剧冲突，也被省略、被淡化了。那是1951年的世界，远处也许隐隐约约地有战争的回声和现代化的脚步，但在还没有完全西化的普通人家的庭院里，还可以隐约看到一首缓缓流动的从古代、从传统流转过来的诗，不久就会慢慢消失的只残留在现代人的梦中的诗：深夜露水的滴答声，信佛的女人烧香时的袅袅烟氲，木瓜白白的湿润的籽，走过长长小巷的夜归人的木屐。

因此也难怪，当影片中那个要传香火的富家子弟寻找妻子时，他处在两难中——和中国早期的鸳鸯蝴蝶派作家所描述的一致。一边是穿洋装会弹钢琴的西化女子，一边是那个看着他长大的，无言却用目光崇拜他、爱他的女佣。而最终，他选择了这个带着木瓜香的女子。高颧骨、深眼窝，蕴积了层层亚热带阳光的棕色皮肤有一种雪白的西化女子不能相比的性感和魅力。那里蕴藏的是苦难、倔强、勤劳和隐忍交织而成的人性的光芒。那是一种朴素的带着自然之灵的美丽。

《三轮车夫》

很难想象，《三轮车夫》和《青木瓜香》是出自同一个导演之手。

《三轮车夫》的背景和描绘的现实和《恋恋三季》很相近。这里，路上的行人都来自一个普通城市的贫民家庭。还没有发育成熟的少年人力车夫被卷入西贡的黑社会中。他的姐姐被黑社会的头目所利用，沦为妓女。最小的弟弟每天上街为人擦皮鞋。这是一群西贡孤儿的故事，一个在革命和战争之后，暴力主宰了现实和情感的故事。《三轮车夫》比《青木瓜香》节奏快得多，更像一部情节剧（Melodrama）。人物命运是戏剧性的，他们生活于其中的现实情境也是。而戏剧其实是命运和不可捉摸感的一种形式。在它高低起伏的叙事中，其实隐藏着对生活的不确定和无奈感。电影里有很多香港的大牌明星，比如梁朝伟，有一张表面平静其实很沧桑的脸。电影也有点王家卫的风格，色彩绚烂，有种腐败的美；情绪十分饱满，随时都要劈开画面的感觉。可以看出，那种对现实的愤怒和敌意几乎无法克制，以至于失去了艺术的距离。正是在这一点上，《三轮车夫》和《恋恋三季》也有了区别。它无法构造一个艺术的框架，一种结构，一种视界（perspective）。可是另一方面，这份感情的真诚和愤怒的炽烈又是结构和寓言所不能包容的，就像纸包不住火。

看完《三轮车夫》心中会十分压抑。在西贡，在不公平的变迁时代，挣扎在社会底层的人承担最多的苦难。少年们早早死去，大街上，到处可见那些有着肮脏的小脸，黑黑的眼珠，追着人擦皮鞋的孩子。其实，在某种意义上，这两部片子也的确是同一枚硬币的两面：对传统生活的眷恋和对革命后的"现代化"的怀疑。

小国的记忆

我对越南近代历史的兴趣源于一篇小说。那篇小说收在一本亚裔美籍作家的作品集里，是从少年的视角讲逃亡到美国的越南难民家庭的心灵创伤和恐惧，还有丧失家园的那种致命的孤独和隔绝。看过之后我久久不能忘怀。相形之下，中国一些作家出版的那些英文的"痛说家史"的巨著竟然显得可疑。她们太想把自己打扮成历史或史诗，那种史家的振振有词和受害者的涕泪交零，再加上冷战的余热，将中国人百年的不幸加工成了全球畅销书。其实亚洲的许多国家都上演着同样的故事，有的可能更加残酷。像柬埔寨 70 年代红色高棉革命的杀人场，韩国 80 年代被镇压的学生运动。这些国家不仅被西方的帝国主义一再操纵，政治也被周边的大国强邻所左右。但是大众传媒和公众的目光却有意无意地忽略了这些小国寡民的悲剧，这种忽略有时比事件本身更残酷。在对苦难的记忆和表述上，其实也有等级和种族分别。

谁拥有记忆，谁拥有讲述的权利？

美国人的西贡

百老汇音乐剧《西贡小姐》（*Miss Saigon*）已经上演整十年了。至今演出四千多场，是百老汇历史上上演时间第六长的演出。美国人把 1957 年撤出越南叫作"西贡沦陷"，而《西贡小姐》就是讲在"西贡沦陷"前夕美国军人克里斯和西贡小姐金的爱情。金的执着的爱，对美国的一往情深的向往，以及最后在团圆梦灭时饮弹自尽被咏唱得如泣如诉，是 90 年代的《蝴蝶夫人》，满足着美国人的自恋，疲惫不堪的美国人经过近二十年的战争依然无法看清真相的自恋：爱——尤其是美国人的爱——能征服一切：时空、种族、战争。

爱真的能征服一切吗？

当美国人克里斯在西贡沦陷之时登上直升机离开越南，然后在美丽富裕的美国一边拥抱着他新娶的美国太太，一边慢慢回忆品味着他的"战争与爱情"的经历时，金和其他越南人，却被挡在美国大使馆的门外，将永远面对和承受遍布疮痍的土地和现实。无论那些不幸的留在越南的越南人，还是像许鞍华的电影《胡越的故事》《投奔怒海》里的"有幸"逃到香港及世界其他地方的越南难民，他们都是真正被抛弃的亚细亚的孤儿。

一位越南朋友告诉我，其实我通过书籍和电影了解的越南十分有限。即使《现代启示录》那样的电影也没有把战争给越南人和越南土地留下的永久伤害描写出来。他还告诉我，受伤最深的其实不是西贡那样的大城市，而是一片片被战争削平的乡村土地。他建议我看一部叫《沙丘》的越南电影。那里记录着越南最贫穷的地方，那里到处是战争的弹孔。

我跑遍温哥华的大小影视店，找不到真正从越南出产的电影。

温哥华的越南少年

温哥华这个山清水秀、富裕繁荣的新都市是个移民的城市。她其实有很多寂寞的角落。

几年前，我在温哥华东区国王路（Kingsway）上的一家越南餐厅看到过一群越南少年。那是一个阴雨天，典型的温哥华的冬日。东区尤其是国王路沿线上的餐馆都很便宜，因为夜色降临后，周围总是有三五个妓女、酒鬼或吸毒者徘徊左右。那天不知为什么我就进了一家越南餐厅。餐厅里面的灯也很昏暗，布置得跟广东餐馆很相似，放的音乐似乎也是粤语的流行歌曲。在靠窗的长台边，围坐着几个越南少年，他们似乎已经在那儿坐了很久，百无聊赖的样子，但又舍不得离开。

我一眼看出他们是越南人，虽然他们的衣着装扮都和香港人没什么两样。发式也是当时流行的样式，做成刺猬样，用发胶弄得硬硬地直立着。可是他们的眼睛和神情却无意中流露出一种落寞和无所适从，是他们自己也没有觉察到的、渗入血液中的那种，而我在那些有钱自负的香港学生身上是看不到这种表情的。吃完一碗米粉，我们离开时，那群孩子还坐在那里，在雨夜中的一个光亮处。

听说，那些越南人与美国人生下的孩子叫"Bui-Doi Children"，他们走在哪里都很特别，而他们似乎哪里都不属于。

白荷花

比较之下，我还是偏爱《恋恋三季》。她对逝去的文明和残酷的现实的态度并不全是悲哀和颓废。故事结尾，那个采荷女又一次表现了她作为人性寓言的力量。他用她年轻的手替代诗人写下了最后的诗句，向他保证他遗留下来的文稿不会被遗弃。她倔强地一次又一次地出现在西贡那些堆集着带人造芳香的塑料假花的街道上，等候着来买她的那些从野外池塘里采下的白荷花的人。总会有人来，那个温厚的满怀爱情的人力车夫，那个寻找女儿等待赎罪的美国老兵，那个坚持买白荷花几十年的信佛的老人。

电影的结尾镜头是采荷女为诗人举行的葬礼。她找到了老人记忆中的河流，那河流一如往昔，挤满了卖水果蔬菜的乡下女人。在她们的歌声中，采荷女向水中撒满白荷花，引渡老人的灵魂。

远方的家园

在我眼中，越南是一个奇特的可敬佩的地方。那里"全民皆兵"的游击战打败了世界上最先进、最强大的军队。那里还生存着一个兼容很多不同宗教信仰却一致热爱文学的民族，即使连年的战争也不能泯灭他们对诗歌与生俱来的热爱和写诗的天分。而这一切都与家园有关。

70年代由于统一后的河内政权对自由知识分子的压制，许多中产阶级的越南人包括许多作家和艺术家先后离开家乡。他们成了加拿大小城镇上越南餐馆的主人、巴黎街头的流浪艺术家、新闻记者，或是美国政府办公室里的小职员。然而他们都是一群外乡人，家园在远方，都有无法忘怀的过去。仇恨可以使瘦小的越南人面对侵入者无比坚强，热爱却可以使他们的心灵格外敏感温柔，即使家园已一片荒芜狼藉。于是我们就看到了这些生活在别处的越南人对家园的讲述和回忆。

陈英雄是居住在巴黎的越南裔导演，托尼·裴（Tony Bui）则已经加入美国籍。他们的电影就是他们献给家乡的颂诗和挽歌，也是他们为自己构筑的一个想象的家园。

何处是我们的家园？

在什么样的夜晚，我们能看到繁星？

凌晨4点醒来，发现海棠未眠。如果一朵花很美，那么有时我会不由自主地想到："要活下去！"

——川端康成《花未眠》

少年时我们追求激情，成熟后却迷恋平庸，在我们寻找、伤害、背离之后，还能一如既往地相信爱情，这是一种勇气。每个人都有属于自己的一片森林，迷失的人迷失了，相逢的人会再相逢。

——村上春树《挪威的森林》

日本的女性文学

去年夏天在日本，有两件事给我留下了深深的印象：一是京都的寺院。在7月的炎夏中，那丰枯有致的各式庭院带给我视觉与心灵上的阴凉静穆，是我很久很久都没有体验过的。它带给我的震撼不亚于二十多年前我第一次在罗马看到那些落日中的废墟所产生的情感。二是日本人的读书。在东京的大连锁店三省堂书店和神保町书店一条街，我惊讶于人们对文艺书籍的兴趣。据统计，日本人均阅读量是亚洲第一。2015年日本人均阅读量20本，一半以上日本国民每月阅读量在两本以上。从种类上说，最流行的种类是推理小说、文学散文、趣味实用图书，其他还包括历史小说、恋爱小说和人文思想图书等。如果比较中国人的阅读，就可以看出两国国民阅读趣味的不同。当然，这固然与中日社会发展的不同阶段有关，但跟出版界、媒体和学校共同促进的"全民运动"也有关。比如已经有八九十个年头的日本两大文学奖——芥川奖和直木奖——就在日本当代文学的阅读与写作上功不可没。这两个创始于1935年的文学奖，虽然一雅一俗，但两者之间有着微妙的唱和关系——它们最初都是与文学杂志《文艺春秋》和出版人菊池宽联系在一起的，而且至今两个评审团队共用同一个大楼。这种关系也许可以解释日本当代文学的一个重要特点，那就是高雅与通俗的融合，艺术形式的探索与大众娱乐的满足间的某种平衡。当代日本文学大家，村上春树、东野圭吾、吉本芭娜娜，甚至渡边淳一，都是在畅销小说和类型小说的框架中写出严肃文学所具有的人性的深度和形式的哲理。而那些得到大众读者尤其女性读者喜爱的女性作家，如吉本芭娜娜、宫部美幸、江国香织，更是能让我们思索一些煽情的和戏剧性推理情节以外的东西，比如人究竟是在怎样的瞬间变老变丑的？或者在什么样的夜晚，我们可以看到繁星？

樱木紫乃笔下的性爱

2013 年是女作家樱木紫乃的幸运年。她不仅以《无爱》获得了第 19 届岛清恋爱文学奖，而且还终于以《皇家酒店》拿下了 149 回直木三十五赏奖。2014 年她一鼓作气出版了《繁星》。这三部作品不仅为我们展现了日本女性写作传统的现代传承，也许还给我们提供了一个探索日本当代文学魅力的机会。

樱木紫乃是以一个特殊的标签"新官能派"在日本文坛上亮相的，奠定她在文坛地位的《玻璃芦苇》和《皇家酒店》都是以色情旅馆和情人酒店为场景，因此被想当然地称为"性爱作家"，与渡边淳一相提并论。加上有着悬疑结构故事的《玻璃芦苇》在2013 年被改编成电视剧，里面的乱伦畸恋情节被那些只看断章取义的剧情简介的人想象放大，变成"日本人真是不正常的民族"

的又一证据。他们在津津乐道日本人"又黄又暴力"的时候，却忽略了樱木原作中最美好也是最坚硬的内核，那些在无爱无序和情欲泛滥的环境下长大的孩子，她们如何自救，她们还能否相信"活着是美好的"。

虽然常常被误指为"女性渡边淳一"，樱木笔下的性爱与渡边淳一的性爱其实很不相同。在男性作家的想象中，中年女性因为男性爱人的引导，发现了性爱是如此美好，它是体验亲密、欢愉和享受身体感官的秘密通道，也是女性成长发现自我的必经之途。但在这种男性作为施恩者的俯视角度中，女性和她们的身体是情欲的载体，与理性和道德注定水火不容，一旦激发，她们自己也无法控制。她们只能一再祈求、负疚，并离人世越走越远，最后以同归于尽的方式与自己的爱人相拥着走向毁灭，像《失乐园》中的松原凛子。樱木小说中的性爱却地地道道地是从女性的角度写女性的身体感受，她们的性爱体验更为复杂多维，有很多时候是被男性剥削和利用，因此留下了人性黑暗和环境戕害下的伤痕累累，"女人空虚的身体就像芦苇，割开芦苇流出来的只有沙子和溢出心灵的黑暗"。但是她们的身体也往往成为"慈悲的身体"（李维菁），成为普度众生，也拯救自己的那条船。从本质上说，樱木笔下的性爱写的是人性面对真实的生活所能感到的忧伤与搏斗。"性爱在疏解内心无法倾诉的疼痛时，成为黑暗中闪烁的微光。"这应该就是《皇家酒店》的主题。

《皇家酒店》

　　《皇家酒店》是由七个小故事组成的长篇小说或短篇故事集。称之为短篇故事集是因为这七个短篇各自独立，有不同的人物和主题，这些人物并没有什么交集，把这些故事和人物串联在一起的是那个已经成为一片废墟的北海道湿地间高岗上的"皇家酒店"。《最佳镜头》里，美幸被男友贵史撺掇着，来到已经被遗弃的酒店，在充满了死亡和欲望的三号房间里为他充当情色艺术摄影的裸体模特；《今日开业》是讲寺院住持西教的妻子千子为了帮助丈夫维持寺院运转，为供养寺院的檀家提供特殊服务，施主之一带来了酒店原主人田中大吉的骨灰，却因无人收留被放置于寺院中；《情趣店》中，酒店的经营者也就是田中的女儿雅代在酒店关门那一天，试图放纵一下自己，与来酒店接收存货的情趣店员宫川来一段一夜情，她选择了那个因一对年轻婚外情侣自杀而给酒店带来不祥的三号房间；《泡泡浴》中，被上有老下有小的生活重负压得喘不过气来的惠与真一来到酒店，寻找他们在没有隐私的家里无法安享的夫妻鱼水之乐。这样倒溯着时间的河流，我们在最后一篇《礼物》中看到了酒店筹建之初，创办者田中如何为即将分娩的情人琉璃子规划着一个美好的礼物——情人酒店。这个卑微的画招贴的师傅，刚与妻子离婚，被岳父羞辱。于是他怀着满腔的希望和爱，押上所有家业和后半生的幸福："琉

《皇家酒店》日文版书影

璃子，这景色很棒吧！要是在这儿建个情人酒店，你不觉得大家都会排着队来吗？我啊，想有朝一日成为大公司的老板，让你享享福。”

　　正是因为这个匠心独具的线索，一个贫困遥远地区的情人酒店的兴衰，使得七篇独立的短篇小说也可以读成一个有着寓意深远的生活哲理的长篇小说：关于众生交集，关于生死相续，关于时间流逝，关于沧海桑田。我们从最接近现实的废墟之地出发，借助各自走在通往欲望酒店上下坡路上的芸芸众生，抵达最初的希望和梦想，爱与温柔。从情感色调上说，小说从第一章里美幸的孤独空洞和怀疑开始，因为她的身体和欲望被男人利用和出卖，结束于《礼物》中的田中的憧憬与梦想和第六篇《看星星》中御子的爱的坚定与信念。御子是个卑微平凡、努力工作的酒店清洁工，经年累月低头清扫着别人寻欢作乐后的房间，一直逆来顺受地微笑着对待生活。贫穷但稳定的家和二儿子的孝敬是她活着的希望。但在一个寒冷的夜晚，御子听到儿子竟然是杀人嫌疑犯，在下夜班回家的路上，她实在走不动了："她总是沿着没有灯光的坡路上上下下，这是条伸手不见五指，连错车都困难的狭窄山路……御子一边小心着不要在砂石上滑倒，一边下了坡。刚要爬上没有灯光的坡路，却抬头望向天空。树叶都掉了，天空更加辽阔。这是个没有月亮的夜晚……星星的闪烁却清晰地跃入她的眼底。上了这个坡再下坡，便到了她出生和长大的家，那里有等待着她的正太郎，还有今早看的报纸以及电视新闻……然而看着星星，这一切的一切仿佛都变得十分遥远。"就在御子快被冻死的绝望时刻，"孩子他爸"正太郎寻找过来，一步步把昏迷的她背回家。"他每一次摇晃都让御子沉入睡眠中。缓缓地下着坡，努力不让自己摔倒的正太郎，也比昨天更温柔了些。"

当我们读完这些卑微挣扎却不失温柔与希望的故事，我们发现我们最初对情人旅馆的想象是多么浅薄，就像中国大陆版（南海出版公司）的封面，暗红床笫帷幕轻垂透出淫靡堕落的气息，充满感官的刺激诱惑。但是樱木紫乃却用她平实细致的语言，尤其她那充满同情和悲悯的目光，引领我们看到了欲望众生活着的真相，虽然悲凉残酷，但依然有美和温柔。正如日文原版的封面，有冰冷的线条和充满阴影的空间，色彩灰色凝重，如意大利超现实主义画家契里柯（Giorgio de Chirico）的画风。偌大的空洞的床上独坐着一个俯身抱臂的裸体女子。这个远距离的简单的线条勾勒出的裸体无意于刺激感官，而是让我们去关注人物整体的姿态，或者她的灵魂：她似乎在低头哭泣，还像从悲哀中抬起头来。这无疑是一个孤独悲哀的世界，但旁边还是有一扇敞开的窗。从那窗进入的外面的光亮，落在床上，落在女人坐着的地方。也许正是这种沉重灰暗的底色，使得这唯一的女体，和那束光亮重合，如此柔软，如此明亮。

千春的故事

在《皇家酒店》第六篇出现的"看星星"的意象后来扩展成为樱木紫乃新的作品《繁星》的母题，也是中心隐喻。《繁星》讲述一个叫千春的女人，她出生在北海道的道央，是母亲咲子未婚先孕的孩子，因此从小被在夜店谋生的母亲遗弃，在偏僻贫穷的老家被外婆养大。后来千春重蹈母亲覆辙，也在舞场和夜店谋生。先后嫁人两次却没法找到自己满意的生活，于是一次次离开家庭，自己到处漂流。小说从她 13 岁，第一次被母亲邀请出来看世界讲起，结束于她四十几岁时惨遭车祸伤残后独自回乡。从世俗的角度看，这个主人公远非成功或幸福的女性，甚至连普通的贤妻良母都算不上。那么作者为什么选取她的生活作为小说的内容，这部小说里究竟哪些人是发出光的繁星？

与《皇家酒店》一样，《繁星》的结构是匠心独特也是深思熟虑的。全书共九章，每一章都是某一个与千春有过交集的人的故事。比如第一章"一个人的华尔兹"就是千春的母亲咲子的生活截片。她在夜店的生活，她对黑道中人山先生的暗恋，以及这段萍水相逢的恋情的结束。与之平行的是女儿千春暑假来札幌度假，母女短暂的同居生活。这里，我们看到刚刚开始发育的千春，她对自己的身体的浑然不觉，以及这个小地方出来的少女与陌生的母亲和外面的世界相遇时的懵懂无知和拘谨不安。而这一切又都是通过母亲咲子的眼睛看到的，同时也就加入了一个历经情爱挫折的人对如梦少女的怜惜与担忧。第二章"岸边人"则是道央一家主妇育子的生活。她是 16 岁的千春所寄身的外婆家的邻居，靠打零工贴补家用并把所有希望放在上医学院的儿子圭一身上。所以当她发现圭一与千春有了私情而且后者怀上了孩子，她毅然又残酷地出手，带着无依无靠的千春去医院打掉了孩子。从千春的故事线索看，这是千春作为一个女人的生命成长阶段，第一次性生活以及怀孕流产。本来美好的人生体验却被伤害和羞辱所代替。而这又是通过另一个女人来讲述的，充满了育子个人的观察和盘算。通过育子的眼睛，我们看到这个没有父母照顾教育的女孩如何"迟钝"，毫无防范，甚至被鄙视，"有其母必有其子"，被利用和欺负，"决不能让这样一个女孩子耽误了圭一的一生"。从育子对千春又恨又爱的细腻的心理描写，让我们看到了一位普通的母亲和女性复杂的情感，尤其结尾充满负疚的梦境，"小千春，别再过来了，是我对不起你"。

就这样一章接一章，作者耐心地为我们展示了千春的生活轨迹，以及她之所以长成最后那个样子的原因和环境。但千春的故事只是小说的一部分，也不能完全说明小说的主题，那九个叙述者，也就是把千春故事为我们拼凑出来的人，他们的故事和人生同样重要。除了咲子、育子，我们还看到丽香旭——札幌的舞女，19 岁的千春将接替她成为陪舞女，而丽香迫不及待地想离开欢场，开始正常的家庭生活——十几年前因哥哥弑父而破碎的家庭生活，"只有哥哥和自己两个人了，愿望若小，便可实现"（"隐匿的生活"）；我们还看到木村晴彦，40 岁仍然与挑剔刻薄的母亲生活在一起的单身汉，"生活的本质就是细碎如尘埃的不满一点点堆积"。在简易法院窗口，他接待了 22 岁的超市配送员千春的咨询，并且轻易地几乎是在乘人之危的情况下娶了千春，千春美好的肉体使他第一次沉溺于世俗的快乐，甚至差点以杀死母亲来维持这种快乐（"月见坡"）；我们还看到桐子，住在跟室的理发师傅，千春第二任丈夫高雄的母亲，也是千春出走后代替不成器的儿子照顾稚子的人。在冷漠多疑的丈夫和命运的嘲笑报复之前，她不得不反省自己早年与师傅的任性出轨和目前混乱的生活之间的关系，"自己究竟是因为什么样的过错而陷入如此这般的囚笼"（"红白蓝"）。就这样，从对千春故事的再现和解释中，我们看到了这些讲千春故事的人，同时也是自己故事的主人公，以及他们的现实与心灵世界。这些人的生活与千春一样，卑微平凡，充满琐碎的磨难和无法追悔的错误；他们的挣扎和抗争也并不比千春更有力、更高尚，同样充满着人性的软弱和坚韧。所以，《繁星》讲述的也可以说是关于由千春集合到一起的一群北海道人的故事。小说的结尾，通过千春的女儿稚子的话，交代出这些普通人的生存意义。"在稚子的心中，每一颗星星都是平等的，在属于自己的角落熠熠生辉。""当她在脑海里用一条条线将每一颗气泡一般孤零零的星星连在一起时，一个女人的头像赫然浮现。所有人不分彼此，都是有生命的星星，闪烁在夜空里的无名之星。"

繁　星

那么千春为什么能成为"繁星"所勾连出的那个"女人的头像"，换句话，是什么让一个卑微的生命成为故事或者传奇，发出光亮？

在小说的最后四章，樱木紫乃探讨了一个关于文学如何拯救人生的话题。在第六章"一路逃来"，退休后开诗歌讲习班的巴五郎注意到了一向独来独往的千春，这个 38 岁的女人"没怎么读过书，文字功底近乎为零"，但是"我一直想着要写点什么"。

在大家的眼里，"她平常看上去呆头呆脑的，可是到这里后却仿佛一下子脱胎换骨了"。虽然不被老师巴五郎和其他同学看好，千春还是坚持用手写自制的诗集《女体》参加了文学奖并获奖。巴五郎虽然几乎预料到这一结果却又不愿承认甚至有些嫉妒，因为《女体》是女性的"告白和忏悔"，它如此诚实，如此抒发欲望，却又不自悲自怜，"起到对情绪的净化和宣泄的作用"。

> 一个生命从身体里滑落而出
>
> 头　肩膀　手　还有双腿
>
> 这一切　居然出自我的身体
>
> 天哪　我是成不了母亲的
>
> 我曾经　这样以为
>
> 所以我逃到了这里
>
> 一个未知的地方

"冬日的向日葵"写流落到异乡驯路的老年咲子和在逃犯忠治在海边小城隐姓埋名，相依为命，静候生命的结束。为了让即将离去的咲子放下惦念，忠治动身去寻找千春。在寒冷的夜晚，在另一个小城的酒店看到了44岁的在那里打工的千春。他还看到这个被母亲抛弃的一无所有的女人因为拥有了爱好和梦想——"想成为职业作家"——已经能镇静而微笑地应付平庸的人生。因得到她馈赠的一本书《繁星》，忠治奔波的旅途得到了回报，他终于可以安慰咲子，"你闺女有朝一日会当上大作家的"，怀揣着这本书，他陪着她安心而去，"等到了春天，雪融化了——我究竟会变成谁呢？"

他和她都会变成小说《繁星》中的一部分，正像我们知道的那样。这个从现实到虚构的过程在第八章"稻草人"中得以呈现。遁世的中年人保德在十胜的山里一边种田，一边为一个畅销作者代写散文。在一个积雪融化的早春，他偶然带回家一个迷路的满身伤残的女人。她就是在车祸中失去一条腿，脸上留有很多玻璃碎片的千春。这个神秘的女人，以及他们的彻夜交谈唤醒了保德常年压抑的灵感和想象，借助这个不断"从脸上摸出碎玻璃，放在指尖上凝视的女人"，保德这个逃离东京的"失败者"找到了自己的故事，自己的声音。"他觉得，那一块块从皮肤里钻出来的碎玻璃就像是这女人所拥有的钻石原石。他有了一种模糊的冲动，想记录下这女人搜藏的玻璃碎片。"

小说的最后一章是千春的女儿——在图书馆工作的田上稚子读到保德新出版的小说《繁星》。这个从小没有父母，新近又失去了爷爷奶奶的年轻女人淡定的外表下有一颗孤独漂泊的心，她担心自己卑微的身世会使得与男友的恋情无疾而终，因此格外骄傲和薄情，不愿意结婚。在参加父亲的葬礼，并拿到父亲培育出的良种大米后，她第一次在家里为自己做饭。"平底锅做出的米饭使她醒悟到，自己也曾有过母亲，她不愿意称之为感伤。""一种熟悉的香甜在嘴里扩散出来。不可思议的是，稚子的心里并没有洋溢起对父亲的怜悯怀念或爱戴之情。然而此刻，她对父亲的一生产生了切实的认同感。"在父亲种植的大米和以母亲为主人公的小说之间，稚子找到了一个她可以安身立命的平衡点。她终于与过去，与她死去的亲人们和解了，她理解了这一个个"离经叛道的薄情之人"，理解了他们"彼此善待又彼此抛弃，不愿意接受爱的咒语的束缚"。她知道，"一切都在慢慢地变好，每个人都按照自己的选择走完了一生"。而她自己，也会最终成为一颗小小的星星，照亮别人。

《繁星》对女性生命经历和写作、阅读体验的描写无疑是作家樱木紫乃的夫子自况。这个自小在北海道驯路附近自家开的情人旅馆中长大的女人，并不想用哗众取宠的方式写情人酒店，也不利用性爱描写来成为畅销作家。相反，她淡然而冷静的笔调，对女性宇宙的关注更为集中并且完整。在人们想象的俗套窠臼中独辟蹊径，讲述日常生活的磨难与艰辛，以及普通女性的命运与反抗。这种艰辛是因为贫困、疾病、孤独和隔绝，也可能因为我们的漠然和无爱。寒冷、落后与贫困的北海道的环境成为她所有女性人物的背景，也是她们要通过自觉的反抗来摆脱的命运。正如《无爱》中，生长在道东一个暴力、压抑、无爱的矿工家庭中的百合江和理实这对姐妹，在成长的过程中只能互相照顾帮助，给予对方温暖。姐姐热爱生活，无怨无悔，并且以在开拓团唱歌来表达她对生活的爱和对生存的渴望，这与《繁星》中把自己的磨难写成作品的千春有异曲同工之妙。"当家园废弃，当原来充满记忆的日常空间变为废墟时，所有的脚步都已经踏踏实实地迈上了虚无之途。"这种于悲凉绝望处开始的坚定的生命力想必正是樱木紫乃作品给日本读者的启示，也正是这些坚韧美好、充满着生命力的女性让我们重新相信生活中可能出现的光和它们的来源。

想象台湾的方法

我一直觉得，其实人类并非没有翅膀，而是萎缩。我能接受，人类不能飞行，是因为攒集了太多金钱而导致口袋太重，或是自筑牢笼、惧高、互相拉扯。唯一我不能接受的谎言是，人类没有翅膀。

至少至少，给我一个飞翔的眼神。

——吴明益《迷蝶志》

去花莲的路

在花莲去台东的路上，我想起了不久前刚刚读完的《复眼人》。

包租的车从玉里镇开出来时，才上午9点钟。昨夜在山里的民宿智岚雅居酣睡一夜，6点多就兴致勃勃地爬起来，到民宿旁的酸柑森林步道走了一个来回。刚好看到太阳从周围层层叠叠的山峦间升起来，"翼覆翼，光覆光"。照到远处一片片棕榈树、剑麻地和近处的芦苇丛和结满果子的木瓜树。四周空气有如溪水一般的清新流畅，偶尔夹着桂花的香气。我开始理解民宿主人十几年前从台北退休，来到这个看上去很落后的乡下小镇定居的原因。

我们走的是台东海岸公路。公路在玉里附近，一边是层层叠叠的海岸山脉，另一边则是巍峨峻峭的中央山脉。我感觉自己开始慢慢化身成小说的主人公，从遥远的北欧来的莎拉和薄达夫，希望通过沿着这段美丽的海岸线的旅行，达到岛屿的内心，那繁复多样的内心。

车过了乌石鼻，郁郁葱葱地覆盖着亚热带植被的山峦和平坦的开满油菜花的田野被长满高大棕榈树且曲折的海岸线所代替。这里山高水长的海岸线、开阔壮美的海洋景观让我想起温哥华通往威士拿的海天公路；而当车子抵达东海岸著名的地标三仙台附近，海蚀地形所形成的海蚀柱和壶穴奇观又让我想起澳大利亚大洋路上的十二使徒岩和石灰岩峭壁。原来世界是可以这样联系在一起，原来我们的旅行，就是在地球上不同的地方，找到"似曾相识"的感觉，让我们体验既陌生又熟悉的情感。

也许就是因为这样突然而来的亲近感，当我走下车，看蓝色的大海突然如此临近，眼前就是珊瑚礁海岸和三块巨大的岩石时，我几乎害怕自己会真的看到从远处海面漂来垃圾岛的情景，心中充满和书中人物一样的悲哀。我想起《复眼人》的结尾，瓦忧瓦忧岛被大海吞没的样子：

> 带着各种垃圾的巨大海啸来临时，他们一人面向海，一人背向海，分坐岛屿两侧，睁大双眼看着这一切的发生。掌海师的眼眶因为太过用力，而流出血来。掌地师则双手紧抓着土地，直至指节尽皆碎裂。他们的身体被巨浪拍打，瞬间撕裂，即使意志坚强，仍然忍不住哀嚎起来。岛上的房子，贝墙，泰拉瓦卡，美丽的眼睛，悲伤的手茧，布满海盐的头发和一切一切岛上关于海的故事瞬间湮灭。

台湾东部之行，我感觉到了吴明益在《复眼人》里所要表达的一种新的想象台湾的方法，那是通过一个恶托邦（Dystopia）来表达的警示故事：

> 让我跟你讲一讲瓦忧瓦忧岛，让你心中长出瓦忧瓦忧岛

的样子吧。

两个岛屿

一部文学作品能否成功很大程度上在于作者能否用文字建筑起一个自己设计创造的小说世界。这个世界既与现实有着深厚的关联，却又作为作者思想和想象的产物补充着现实世界，具有超出一般现实的魅力与寓意，因此而不朽。像福克纳的美国南方小镇，马尔克斯的马孔多，奈保尔的"大河湾"，或者沈从文的湘西，莫言的高密东北乡。

《复眼人》的世界是由两个既作为对比又互为映射的岛屿构成。一个很明显就是以台湾为蓝本。故事的主人公阿莉思住在台湾东部城市H，"这地方原本是少数民族的，后来是日本人的，汉人的，观光客的，现在则是不知道谁的，也许是那些买地盖农舍，选出脑满肠肥的县长，最后终于把新公路开通的人的吧"。这一部分是用写实的笔法来构造的。从环境气氛，到事件发展，再到人物动机，读者会感觉这个世界离我们很近。比如全书一开始，就交代了阿莉思对自己周围环境的漠视以及不满："开车经过市镇时，她突然感觉这里的景观跟十几年前初来乍到时并没有太大改变，差别只是在此刻，她发现这已不是当初吸引她来到这里的峡谷和小镇了。巨大的树叶，突然聚集起来的云，铁皮屋上的浪板屋顶，一段路就会出现一条完全没有水的溪流，庸俗夸张的招牌，当初看起来亲切的物事，现在都在萎缩，很不真实，逐渐和自己失去牵连。她想起来到东部的第一年，那时两旁的灌木丛和植被还离人颇近，风景和动物都不太怕人的样子，但现在山和海都被马路推到很远的地方。"很明显，这个岛屿有复杂的历史和庸俗的现实，生活其中的岛民似乎都处在一种不满和焦虑之中。而这不满与焦虑就是垃圾岛灾难事件发生的背景。

另一个与台湾岛相呼应的是瓦忧瓦忧岛，故事的另一个主人公阿特烈所来自的小岛。"岛坐落在广大无边的海上，距离大陆如此之远，在岛民记忆所及，虽然有白人曾来岛上，但从来没有族人离开岛后又带回另一片陆地的信息。瓦忧瓦忧人相信世界就是海，而卡邦（神）创造了这个岛给他们，就像在一个大水盆里放了个小小的空蚌壳。瓦忧瓦忧岛会随着潮汐在海里四处漂移，海就是瓦忧瓦忧人的食物来源。"

这个与世隔绝的瓦忧瓦忧岛，是一个神的造物，像人类之初。因此书中这一部分有神话和幻想（fantasy）的特质。

与以第三人称描写的，通过不同人物的眼睛看到的台湾不同，瓦忧瓦忧岛在小说中基本上是在记忆中存在的，就是被放逐在大海之上的少年阿特烈的记忆。因此对这个岛我们也是以一个怀乡者的感情和角度来认识它的。

他们聊天时面向海，吃饭时背向海，祭祀时面向海，做

吴明益

爱时背向海，以免冒犯卡邦。瓦忧瓦忧岛没有酋长，只有老人，老人中最有智慧的称为像海一样的老人。

随着阿特烈越漂越远，随着他记忆的生长，我们越来越多地了解这个虚构的南太平洋上的岛屿。它的特征是因为"白人的离开"，得以保持了古老的原始部落的生活习惯，从自然中谦卑被动地接受维持部落生存延续的一切。也因此他们对神（卡邦）的信仰是生命之本。岛上最重要的人物掌海师和掌地师，都是与神沟通的巫师。而依据古老的信仰和习俗，每家的次子在成年时，"会被赋予一趟有去无回的航海责任"，"因为海神要次子，岛不要"，这就是被祭祀的阿特烈漂泊在海上的原因。

因为这次漂泊，他先是遭遇了垃圾岛，然后又随着垃圾岛漂到台湾。在这里，截然不同的两个岛屿有了交集。

阿莉思的家

《复眼人》这部科幻小说的中心事件也是亦真亦幻，作者所用的素材是几年前国际新闻报道的公海垃圾的奇特事件。这个事件成了改变书中人物命运的契机。

《复眼人》里的人物有几组，但不是以外省人和本省人区分的，而是根据他们与自己居住的环境之间的互动所带给他们对自己生命的认识来区分的。

一组是小说的女主角阿莉思，她是东部一所大学的文学教授，正经历一场个人危机：儿子和丈夫登山失踪后，她对自己存在的意义发生怀疑。同时她对自己周围环境不满，心灰意懒之下想摆脱与周围世界的联系。故事一开始就是她辞去教职，安排后事，准备自杀。她周围出现的朋友和熟人，包括住在 H 市附近的少数民族猎人达赫与开咖啡屋的哈凡，他们分属布农族和阿美族，因为八九十年代岛上经济发展，离开部落到台北或 H 市发展。但也因为远离了自己的根和土地，他们都有各自的心事和对未来深深的犹疑。这是第二组人物。就在阿莉思准备自杀那天，发生了本书的中心事件，地震带来的海啸把阿莉思的家和哈凡的咖啡馆摧毁吞没，随之而来的是一座在海上漂流的垃圾岛撞到台湾岛的东部海岸。这个垃圾涡流的到来，无疑是一场自然灾难，但对书中的人物来说，也预示着新的开始。随着垃圾岛漂流而来的是来自瓦忧瓦忧岛的少年阿特烈。这个被传统放逐于死地的少年因垃圾涡流漂到台湾而看到生的希望，而照顾受伤的少年成为阿莉思这个悲伤无望的母亲重新获得生命意义的一个转机。这次垃圾涡流还带来了最后一组人，就是书中后半部的各种世界主义者，德国人薄达夫和丹麦人莎拉——他们一个是当年帮助开发东部雪山隧道的钻探技术专家，另一个是海洋生物学家，也是世界海洋环境保护组织的志愿者。他们赶来台湾，看到海岸线的入侵，海边的房屋坍塌；看到山的内心被掘空，山神已经离开；看到"这个岛已经开始在偿还它的负债了"。

书的每一章是以某一组人物的视点或故事为中心，比如书的前半部分就多以阿莉思与阿特烈的故事交叉发展，一个经历着启悟旅程的少年和他的家乡瓦忧瓦忧岛形成了与阿莉思的世界以及台湾所代表的现实世界相平行和对比的空间。瓦忧瓦忧岛似乎是台湾岛的过去或者前身；而在台湾岛这个空间里，哈凡、达赫与阿莉思也各自展开私密的内心独白。当垃圾岛抵达台湾东部海岸，这两条故事线索开始重合了。主人公们用自己的故事向对方敞开心扉，于是我们看到第六章、第七章，聚集了四位岛民各自的"岛的故事"。

这个岛的比喻是既有现实所指，就像黑暗中讲故事的每个人都有不同的生命经历，又有隐喻的意义，是英国诗人邓恩那有名的诗句所提醒的：

> 没有人是一座孤岛，
> 可以自全。
> 每个人都是大陆的一片，
> 整体的一部分
> ……
> 任何人的死亡都是我的损失，
> 因为我是人类的一员，
> 因此
> 不要问丧钟为谁而鸣，
> 它就为你而鸣。

台湾的自然写作

2009 年 11 月，温哥华，西蒙菲沙大学林思齐国际文化交流中心，我主持了来访的三位台湾作家所做的公开演讲。朱天文、柯裕棻和刘克襄在北美的巡回演讲是向学界和海外华人介绍推广台湾当代文学。也是在那次演讲中，我第一次听到台湾的自然写作和生态文学。以写鸟类生态散文著名的刘克襄先生那一天的题目却是台湾的咖啡，他以台湾高山咖啡的种植历史为线索，对经济发展与生态保护关系的见解给我留下很深的印象。他的演讲让

台湾东岸

我意识到自己对自然的生态的台湾多么无知，我开始去了解台湾人在反省经济发展所带来的环境问题上的努力。

这种努力很明显是一种集体的反省。2017年底，在从温哥华来台北的飞机上，我终于看到了台湾空拍摄影师齐柏林执导的，汇集了众多台湾文化名人的《看见台湾》。那时距离齐柏林勘景坠机身亡已经半年。

从宜兰、花莲再到垦丁，从阿里山到日月潭，高空中拍下的一幅幅画面如此壮美，似乎向人们展示着上帝造物的神奇与用心。那是一部介绍台湾壮丽景观的观光纪录片，但更是一个向台湾人提出的生态警告。它拍下被泥石流掩埋的高山村落，被大雨冲刷而下的如森林尸体的漂流木，台东旅游区的高山隧道公路，沿海岸边，水泥消波块和人造港口，桃园附近的阴阳海，还有台中火力发电站的巨大烟筒。"大地的伤势大多数人看不见，少数人假装没看见。"

也许因为这个岛屿太小，不能永远无限扩张或者堆砌废物，所以他们对自己的家园有一种急迫的珍惜。"这个岛就这么小，任何环境问题摧毁的绝对不是一个小地方，整个岛都要受影响。"还因为这个岛屿的人种文化和历史的繁复，他们需要格外认真地思考他们各自的立场、他们的身份认同，以及他们是怎样互相依存又寻求妥协。这份温和而又坚定的生态意识，在带着闽南腔的台湾文化名人吴念真的旁白中显得无比清晰："我们只是短暂地停留，我们只是过客。""我们不能等到只凭记忆和想象，凭吊山水和天空的颜色。"

"复眼人"

"复眼人"是在第八章开始集中出现，那也是书中的所有人物开始汇集在一起的时刻，因为垃圾涡流，他们从城里回到海边、山上，从北欧或南太平洋聚集在这个岛屿，开始清理海岸垃圾，建设森林教堂，进行集体心灵疗愈。

"复眼人"讲述的是书中其他人物看不见的故事，是关于失踪的男子与男孩的故事。在下面的三章里，这个"复眼人"一次次出现，当被深深的思念所折磨的阿莉思决定到深山里去寻找挚爱亲人最后的足迹；当哈凡和达赫回到山里的部落开始他们保卫森林的工作；当薄达夫和莎拉爱上这个面临灭顶之灾的异域的岛，因为这是"我们的海""我们的太平洋"。

那么，谁是"复眼人"？

"我发现他的眼睛跟我们的眼睛不太一样，有点不太像是一颗眼睛，而是由无数的眼睛组合起来的复眼，像是云、山、河流、云雀和山羌的眼睛，组合而成的眼睛。我定神一看，每一颗眼睛里仿佛都各有一个风景，而那些风景，组合成我从未见过的更巨大的风景。"

达赫所遇到的这个"复眼人"，最初是在作者吴明益的同名短篇小说中出现的。

和刘克襄相差十几岁的吴明益是台湾自然写作的新生代。在写小说之前，他曾以一种"恋爱的姿态"写下散文集《蝶道》和《迷蝶志》，把文字、摄影和手绘插图融为一体，想象了人与蝶可能存在的种种相知的方式。也许就是他对蝴蝶的入迷，在 2003 年的短篇《复眼人》里，吴明益就把他的主人公、第一人称叙述人设置成一个由文学改学昆虫学的"蝴蝶迷"。故事的开始于"我"在海上追逐蝴蝶，想揭开玉带蝴蝶迁徙之谜，直至"我"为生态观光公司寻找拍摄紫光斑蝶的景点而深入山谷邂逅复眼人结束。这个追蝶之旅也是逐步认识到大自然的神秘复杂与人的视界的单一片面，以及对宇宙之间的各种存在产生敬畏之心的过程。

"他的眼确实是由无数个小单位所组成的，但却不是规律的、蜂巢式的复眼，而像是将许多不同生物的眼所集合起来组成的眼。"

在"复眼人"的提醒下，叙事人发现"截至当时我所画的五百八十六个摄影点里，没有一架摄影机是以紫光斑蝶的视觉所看到的世界"。

而"如果生命看这世界的眼光不被理解，一切都会终止"。

吴明益后来还编过一本《台湾自然写作选》。这本书是这样定义"自然写作"的："（它应该是）记录了人们如何像一个障碍学习者，学着尊重种族、女性般，尊重土地与其他的生命形式的过程。那是感受到自然正在毁坏，又理解了自身即为奥尔多·利奥波德（Aldo Leopold）所谓'土地国一员'的人们，觉醒后借书写表述的一种仪式，也隐含着书写自然以醒觉更多心灵的意图。"

也因此，在2011年完成的这部长篇小说里，吴明益又一次重复了"复眼人"主题：

"人能感受到的世界太片面、太狭窄，有时也太刻意，你们会刻意只记得自己想记得的一些事。""复眼人"这样提醒探险家杰克森，因为他看到的世界有很多种。

"……因为人类通常也全然不在意其他生物的记忆。你们的存在任意毁坏了别种生命存在的记忆，也毁坏了自己的记忆……事实上，任何生物的任何细微动作，都是一个生态系的变动。"

但这个似乎全知全觉的"复眼人"并不全能，相反他是悲哀的，就像他眼看着杰克森和托托死去而无能为力。"他那闪闪发亮的眼睛，简直像里头含有石英似的。不过再仔细一看就知道那不是真的闪闪发光，而是某些单眼正流下非常细小的，远比针尖还难以察觉的眼泪。"

因为他"只能观看无法介入，这是我存在的唯一理由"。

岛屿的意义

我读完《复眼人》那天晚上，CNN 当天的新闻正在报道法国总统马克龙召集五十个国家领导人和商界领袖在巴黎参加峰会。那天电视讨论的议题是"我们怎样一起努力，解决气候变暖问题"，屏幕下端闪现着一行行的观众建议：电动车、退税、骑单车、禁止塑料袋、多种树……

跟其他科幻小说不同，在《复眼人》中，"复眼人"这个神奇的存在并不能拯救人类。

从类型上看，这部小说是反乌托邦的恶托邦。用王德威的话，"这种方法投射了一种世界，这个世界其实是与我们现实世界生存情境息息相关的，但是在这个世界里，所有的情境似乎都更等而下之。……在这些世界里，我们看到，人类追求纪律、和谐、幸福、效率等种种理想的努力之后，却带来了始料未及的结果。所谓的以理性挂帅的现代性、合理化的经营，或者是启蒙所带给我们的对人类理性主体前所未有的信心，在这里，似乎找到了一个反击，或者是反思的层面"。

具体到小说的层面，我们不仅看到台湾岛因一味发展经济所面临的灭顶之灾，而且更意味深长的是，临近结尾，裹挟着巨大垃圾的海啸把瓦忧瓦忧岛彻底毁灭。而瓦忧瓦忧岛和岛民，如前所述，正代表了人类与大海和自然之间的某种神话原型关系。

小说的结尾，送走了阿特烈的阿莉思在海边她被毁坏的家园唱起了一首古老的英文歌，那也是哈凡和莎拉一起在山里唱的——"暴雨将至"。是否作者想留给我们一点希望，即人类的自救在暴雨将至之时？在他们意识到自己与环境的关系，是巨大复杂的生态系统中一个有机的链接之时？

小说的灵魂人物阿特烈和阿莉思虽然来自完全不同的背景，但是他们分享很多共同的特点，比如他们对已逝的亲人都有深情的记忆，比如他们都喜欢用文字或者图画来储存记忆，还比如他们都相信讲故事的重要性，就像托托是靠阿莉思的书写活下来，而瓦忧瓦忧岛也会在阿特烈身上的涂鸦中永生。

在这里，吴明益似乎在说，人类的记忆和书写（包括各种类型，除了文字，还有刘克襄的插图、齐柏林的摄影、林怀民的舞蹈等）是把双刃剑或者悖论，书写和记忆所构筑的世界，是主观的、局限的、单视界的；但也是能帮助我们反思我们犯下的错误，并为未来的行为负责的有效的自我警醒的手段和方法。

《复眼人》于 2011 年完成。此后被译成英文、法文、土耳其文等十种语言。美国科幻作家厄休拉·勒古恩（Ursula K. Le Guin）如此评价它，"南美洲给了我们魔幻写实，现在台湾给了我们一种述说这个世界的全新方式，毫不矫情，但也绝不残酷。吴明益以大无畏的温柔，写出了人性的脆弱，也写出了人世的脆弱"。

我读的这个版本是 2016 年新经典文化出版的典藏本。出版人邀请了张又然、郑景文等五位年轻插图画家联手为小说绘插图，以各自的立场诠释这部关于岛屿命运的小说。作者吴明益亲自设计的封面是在重重叠叠的海岸山脉环抱中的大海。大海的中央是一头巨大的鲸鱼，它微微露出的头部托着一座美丽的房屋。那就是阿莉思曾经失去的，她亲爱的人为她打造的海边天堂吧。

我还看到 2016 年的暑假，出版社和作家组织了两场与小说有关联的自然出行活动，"缘溪行：步行三栈南溪布拉旦步道"和"缘海行：花莲溪出海口净滩涂与观察"。我能想象，那些台湾的年轻人在用他们的脚步回答复眼人提出的问题："以目前来说，你们要一个什么样的岛？"

《复眼人》所代表的自然写作是一种谦卑的但有温度的写作，带着反省的意识和宗教般的情感。它也是一种前瞻的行动和召唤，让我们每个读者做出自己的"生存选择"。在这里，岛屿的意义是用人类共同的命运这个大海为坐标来衡量的。

这也是台湾文学可以让我们刮目相看的原因。

在途中，读《禅的行囊》

我们每个人都从自己生命的起点一路跋涉而来，途中难免患得患失，背上的行囊也一日重似一日，令我们无法看清前面的方向。在这场漫长的旅行之中，有些包袱一念之间便可以放下，有些则或许背负经年，更有些竟至令人终其一生无法割舍。但所有这些，都不过是我们自己捏造出来的幻象罢了。

——波特《禅的行囊》

美国居士

其实在看到这本书之前，已经听说比尔·波特（Bill Porter）这个有些传奇色彩的美国人。70 年代他就去了台湾，翻译中国的古诗和佛教经典，以"赤松"（Red Pine）的笔名发表。八九十年代在大陆寻找隐士，由此成就了他的第一本游记，《空谷幽兰》（*Road to Heaven: Encounters with Chinese Hermits*）。虽然西方自五六十年代对东方的哲学、宗教感兴趣的人和书也出了不少，从旧金山湾区另类文化的始祖阿兰瓦兹（Alan Watts）的《禅道》（*Way of Zen*），到一行禅师的法国梅村禅修道场，但让中国人从自己的土地和文化中重新看到禅，看到没被完全切割断的宗教传统，波特功不可没。早在 2009 年，我先生到北京开会，多年的好友慧赠送他一本书，就是当年重版的《空谷幽兰》。听说在中国影响很大，卖了十万册。可当时的我还太沉溺于中国热闹的当下和对流行文化的研究。这本书放在我们的书架，我竟没有想到翻一翻。

与一本书的缘分也像跟一个人，有个时机和心境的问题。

中国之行

自从 1999 年回国为我的第一本书做田野调查开始，我几乎每隔一两年都会回中国。做研究搜集资料只是一个堂而皇之的借口，我是想在去国七年之后，续上我跟故土戛然而止但未曾结束的某种关系，是历史，更是情感。

也许我离开中国已经太久，也许中国变化的速度早已超过了我的想象，我的每一次中国之行都带给我身心的困扰，让我直面适应时空变化的各种困难：每一次都是以憧憬开始，想象着可以看到的朋友、书和风景，发现新的研究话题；然后在兴奋中开始旅程。但当飞机降落在北京机场的一瞬间，憧憬开始被浓重的雾霭和陌生的都市改造所代替。第一个星期我的心情和脸上的好奇还可以维持，但逐渐它们被疲倦和挫折所代替，几个星期后，我发现自己已经不耐烦地等待着回去的时刻。然而过不多久，又一个循环开始。中国吸引着我，以她的变化、新闻、各种问题和无法解释。

2012年底的这次，本来是场兴之所至、说走就走的私人旅行，却一开始就受挫：我的护照在我入境后不久就丢失了。在随后的十天里，我重温了二十年前办出国时的种种梦魇。到派出所申请挂失证明和临时居住登记就花了我两天的时间，跟那个城乡接合部根本就没处理过这类事情的工作人员委曲求全地解释"沟通"；到加拿大大使馆申请加急护照，可是发现在一家明明自称专业摄影的摄影室里照的照片却不合要求，而当天就是星期五；周二一拿到护照就跑到北京市公安局进出境管理处申办签证，却被要求必须有相关证明才能加急，虽然我的回程机票就是一星期后。

从出入境管理处大门走出来，看到街对面新建的堂皇的"雍和家园"小区，我感到"家园"两个字对我的讥笑。北京冬日的灰色天空下，街边永远没有完工的建筑工程，身边是熙熙攘攘的人群，在他们脸上我看到的是疲惫、冷漠和匆忙。而我，一个不属于这里的"闲人"，脸上同样充满不耐烦。

那个周末，北京气温骤降，下起雨夹雪。我心灰意懒，几乎要放弃与城中朋友的约会。慧家的暖气似有还无，据说这是第一次响应政府要求按需求而不是按时间供暖，提前一周，但物业因此也只做表面功夫。楼上人家在装修，电钻刺耳的声音直入脑壳。出国二十载，我几乎忘了生活中的种种不便与不公，当他们兜头向我袭来，我发现我毫无招架之功。

慧看出我的悲惨，她递给我一本书，《禅的行囊》（*Zen Baggage: A Pilgrimage to China*）。

寻访禅祖的路

波特在 2006 年春天又一次踏上去中国旅行的路时，遇到的困难和干扰一定不比我少。因为他选择的路途更偏僻、险峻。从北京开始，他的这次朝圣之旅是寻访禅在中国的发源地，也就是最重要的六位祖师开创的道场。从大同的云冈、华严寺，到石家庄的大寮、柏林寺；从洛阳的空相寺到合肥的司空山；从黄梅的五祖寺、九江的金山寺到武汉的度门寺、岳阳的云门寺；最后到达广东的南华寺和光孝寺。波特选择的是一条少有人走的路，路上有已被大多数人遗忘或根本就不知道的历史和宗教风景。当中国沿海和现代国际化都市正一日千里地以高铁的速度向前迈进的时候，他却坐火车、长途汽车和出租车，有时甚至是摩的，逆行而上，深入到中国阔大纵深的腹地——那些乡村集镇，深山僻壤。

六十多岁的波特对这次旅途的叙述是平实而淡定的。他循着禅宗发展的路线，把眼见心见的风光不做评判，不加煽情，娓娓道来。尽管读书的人可以很容易猜想到他旅途上的种种困顿：长途车的颠簸，气候和地域的多变，辗转于各种小地方的餐馆酒店的疲惫，长途跋涉却寻人 / 物 / 地不遇的失望，甚或面对某些寺院里出家人的势利与投机。毕竟是多少年的积重难返，"文革"后连禅院都大兴土木搞扩建，想的是如何与地方政府搞关系、要土地，如何发展旅游事业，如何结识有钱的香客，甚至如何走向世界。可能正因此，波特指出禅也有沉重的行囊。"行囊"可以指禅宗教义在这个崇尚文字和仪式的土壤上积累成的各种繁文缛节，也可以指当某种文化成了传统，个中人因循守旧，反而不解真义。

因此，波特这次旅行，只带了两身衣服。每到一地，他就要立刻换洗身上的一套。而备用的一套不到万不得已时绝不动用。有一次甚至因为衣服没有及时干，他不得不穿上半湿的衣服用体温烘干。对此他却感到自然而然："没有学会生活的人是不能学

比尔·波特

禅的。而生活方式越简单，进入禅修之门也就越简便。"

面对变化的一切，波特也用一种意料之中的平常心来接受。似乎世界本该如此。他甚至时不时用幽默和自嘲，来有意识地创造和发现生活里的快乐，以缓解旅途中的沉重和荒谬。比如讲到因为长时间坐车引发背痛，他不得不去按摩结果引发一场误会时，他写道，按摩后，加上按摩小姐的恭维，"我果然感到骨头大轻"。还有，在途中听说他第 N 次古根海姆基金的申请被拒后，宽慰自己，不就是"日子过得紧巴点吗，不就是用好几张信用卡拆东墙补西墙吗，有什么呀，谁还没过过穷日子啊"！这种不把自己当真，或说无我的境界，可能是波特学禅得出的一个心得。抱着这种态度，波特走完了一般人都要却步的禅宗之旅。

波特的中国

近些年来，外国人写中国的书渐多渐风行。从基辛格的《论中国》（*On China*），到商人们人手一册的《中国先生》（*Mr. China*）。其中有对中国深深理解的充满人文情怀的《甲骨文》（*Oracle Bones*），也有把中国看成一个有利可图、令人垂涎的大市场的《十亿顾客》（*One Billion Customers: Lessons from Front Line of Doing Business in China*）。连美国的地产大亨唐纳德·特朗普（Donald Trump）都夸口说他可以不费力地一口气推荐二十本关于中国的书。不过这些书大部分是关于眼下的中国，看得见的中国，这个与世界其他地方越来越像的中国。

但波特却追溯寻找一个不同的中国。在这个意义上，他在帮助中国人整理他们自己都忽略了的文化遗产，并把它们传播向世界。就像当初他在台湾翻译寒山，翻译达摩禅法，那是一种真正的惺惺相惜，一种建立在精神理解与需求上的认同。因为中国，或者更准确地说在那块土地上产生的文化、精神、生活方式和态度帮助他找到了与这个世界相处的方法。也正因此，波特所赞美的中国文化更有说服力。因为当我们心浮气躁，没有耐心去发掘自己的遗产时，当这种遗产与当下的世态人心相距太远时，也许只有一个跨越千山万水的外来者，才能对此如获至宝。波特在书中欢喜地说："有人曾经向一位西藏上师请教获得证悟的方便法门。他给出的答案是：离开你自己的国家。做一个外国人可以使你有机会重新审视自己文化中习以为常或引以为傲的东西，并选择一些新鲜的，不那么消磨意志的事物来搭建自己的生活。我选择了中国古诗和佛经、乌龙茶，还有午睡，都是些明显无害的东西。"

其实，在大力推广中国文化，或换个新词，研发国家"软实力"的今天，有关部门真的可以从波特的人和书中学到一些东西。换换几十年说来说去已经让人没有感觉的"大熊猫"、孔子、旗袍和饮食文化。"中国的僧人向西方传法时，不注意变通。往往太执着于其固有的外在形式，所以对西方人无法产生吸引力。"禅吸引六七十年代的西方人，正像它吸引一千多年前的中国人一样，是一个道理，"吸引他们的不是什么意识形态，不是某种苦行方法，也不是什么神秘神奇的东西。吸引人们的只不过是一种生活方式。他们为'道'提供了一个可操作的集体平台"。国人如果真的对自己的民族文化感到骄傲，也许应该在现代世界日常生活中找到体现这些文化的平台，而不是令其成为无所依托的空谈。

闹市中的功课

一位美国作家说，看中国应该像看一处在列车行进中的风景，如果静态地看，它当然不太美，充满各种残缺；但如果你把它看成一幅幅连贯的甚至快速前行的风景，你就会看到希望。

我于久别的故土，有一场漫长的适应的功课。我又太执着于

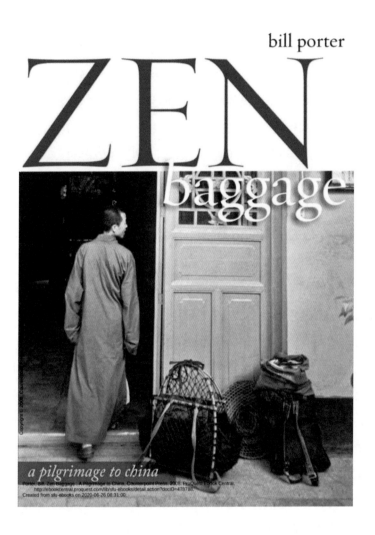

bill porter

ZEN
baggage

a pilgrimage to china

《禅的行囊》英文版书影

"现实"，需要有人把我拉到一个足够的距离，看到一幅行进的而不是静止的画面。

当我终于拿到护照和签证，重新成为一个"有身份"的海外旅行者时，《禅的行囊》已令我手不释卷。每天临睡前，当我抱着热水袋，希望把白天的经历放在脑后时，波特从容淡定却又睿智幽默的叙述总会把我带到一个更广阔的世界。我借着他的眼，他的平常心，看到二三线城市"国际"酒店的虚张声势，看到乡镇百姓脱贫致富的急切匆忙，看到双峰山中隐居道人的恬淡富足，看到诗圣杜甫墓冢前的冷落荒凉。这些风景让我开始忘记自己的那些渺小的不平和怨愤，同时给我同情心让我看到中国生活中的另一面，并尽量从生活中看到它的变化的可能。

在世贸天阶百货旁的星巴克，一位萍水相逢的海归，用自己的电脑花了半个多小时的时间帮我把一份紧急文件电邮给大使馆；在大学工作的老同学让我看到在浮躁的世界中仍有一些人在默默地做着自己喜欢的事；每天从外面疲惫归来，慧和她的先生用香甜的南瓜粥和他们菜园里收获的瓜果蔬菜温暖我；最后一次去出入境管理处，当那个曾经一脸不耐烦的办事员突然在上司的指示下改变态度，高效地办完事，悄声地让我给他们写一封表扬信时，我已经能够以旁观者的立场欣赏其中的黑色幽默。是的，我们改变不了生活，可是我们可以改变对待生活的态度。这样我们能看到生活是多么丰富，多么充满"人间烟火"。

我带着这本书去了成都。在成都的四天里，《禅的行囊》继续成为我每晚的功课，它帮我把这次寻找感官满足的外在的旅行变成了一次内心的旅行。

禅修的一个重要部分是静虑，也就是修心，时时停下来，找一个呼吸的空间，反思我们匆忙的生活。在波特的笔下，六世佛祖选择与尘世保持距离的深山禅寺正体现了这种精神。一方面，自给自足的山居生活体现了生活禅的基本信条："一日不作，一日不食。"另一方面，它为修心提供了可能。"大厦之才，本出幽谷，不向人间有也，以远离人故，不被刀斧损斫。——长成大物，后乃堪为栋梁之用。故知栖神幽谷，远避嚣尘，养性山中，长辞俗事，目前无物，心自安宁，从此道树花开，禅林果出也。"（弘忍《楞伽师资记》）

对大多数人来说，出家或进山禅修也许只能是种奢望，但如果能有意识地在生命的某些时刻，从日常的轨迹里脱离出来，保持一个距离，我们可能对自己的匆忙旅途会有个更清晰的认识。

"已经有爱，为何还不知足？"

从结构上看，《禅的行囊》效法自然，按时序讲述一个行者从春到夏、从北到南的旅行路程。行云流水，浑然天成。但是全书读到最后，却恍悟波特穿插点缀在旅行叙述中那些若有若无的有关他早年生活的回忆并不是闲来之笔，而是一条暗线。他憎恨战争、纪律，曾经从军队里开小差；他误打误撞学了汉语，却借着它发现了宿命中的旅途；他曾在台湾的寺院中隐居寻求解脱，但到老依然留恋南瓜饼的甜美和乌龙茶的芳香。原来《禅的行囊》不只是记录一次朝圣溯源的禅道之旅，对波特来说，这也是一次逆时光而上的寻找生命意义的旅行。

最后一章最明白不过地点出这个主题。年老的波特在旅途的尽头回忆起许多年前的那次远行：那年他身上揣着十三美元和一本护照，在洛杉矶伯班克机场动身去台北。被生活打击得一败涂地的父亲意外地来送行，还塞给他二百块钱。而此时年轻、跃跃欲试的波特却惦记着不久前邂逅的那个流浪汉，以及他们那番关于人生究竟该怎么过才有意义的对话。

那是这一切的开始。

在对先贤行踪的寻找中，在与诸位佛祖的对话中，这本书何尝不是波特的自我发现之旅？毕竟在日暮时分，我们都要面对一个为什么到这个世界上走一遭的问题，一个我们看到了什么、发现了什么的问题。

波特旅行到九江时听到一位美国朋友自杀的噩耗。当年他们一起在台湾做文化广播节目时还年轻，一起喝啤酒，听迈尔斯·戴维斯（Miles Davis）的歌。朋友的遗言只有三句话，"没工作，没钱，没希望"。对此波特用他的禅之旅告诉我们，对抗这些人生注定的挫折、失望、孤独、衰老，最终不是向外的扩展征服，积累更多的财物或对更高的权力职位的占有，而是内心的觉悟。这种觉悟是建立在对简单却真诚的人生的欣赏之中，也建立在对这些人生经历的不断反思之上："已经有爱，为何还不知足？"

途中的旅伴

带着深深的感激之心，在我离开中国的那天早上，我合上了书。

每次回国，总要习惯地去书店买一大包中文书带回去。可有很多次感到失望和被骗。国内出版的书越来越多，让人眼花缭乱，印刷和包装质量也越来越高，可是内容方面却不能与日渐昂贵的书价成正比。很多书掺杂了那么多的水分，更有一些只是剪刀糨糊式的拼凑剪接。像《禅的行囊》这样认真地体验，安静地把自己独到的思想写出来的作家并不很多了。人们想的是如何一夜成名，如何日进千金。而这种浮躁投机的思想通过那些质量不高的精神食粮直接蒙蔽了读者的心灵，影响着他们的生活态度，使这个世界更加尘土飞扬，真伪莫辨。

可我们读书实际上是在寻找生活旅途中可以信赖和对话的睿智的朋友。韦恩·布什（Wayne Booth）在《我们的旅伴》（*The Company We Keep*）一书中用了这个比喻，说明文学作品对于读者的关系。《禅的行囊》不愧是这样一个朋友。它那么自然地走近你，厚积薄发地指点给你路上的人和物，却不强迫你这样做或那样想。在它一路的陪伴下，你终于看到多年来你不曾注意但却从此可以改变你生活的风光。

性谎言日记：现代女性的情色写作

没有一种适用于所有人的普遍的意义。我们每个人给我们的生活独一无二的意义，独一无二的情节，就像每个人的生活都是一部书，一本小说。

日记唤醒我，让我再生，并享受生活，发现可以梦想的其他角度。

因为在日记中我把自己坦诚示人，我也成为其他女性的代言人。把她们从沉默和秘密中解放出来。所以在我的日记中不是自我，而是一个声音，为无数人讲话，联结和表达友好的声音。这里不是一个个体的我，而是无数的我们合而为一。

真相是我们很多人渴望成长发展，而渴望成长意味着对目前的自我不满足。这样的自我不是在放纵而是在苛求。

——阿娜伊斯·宁

那个声名狼藉的女人

阿娜伊斯·宁（Anais Nin，1903—1977）并不是以文学成就而出名的女作家。比如我第一次听说阿娜伊斯这个名字其实是一个卖相不错的法国香水的牌子，就叫"阿娜伊斯·阿娜伊斯"（Anais Anais）。这个自诩为"优雅世故的女性"设计的香水装在白色的瓷瓶里，白底上盛开着大朵大朵绚烂艳丽的花，有种乔治亚·奥基芙（Georgia O'Keeffe）笔下的与女性相关的神秘与生命力。第一次知道阿娜伊斯是个作家则是在北美的大连锁书店 Chapters 的情色文学部分。她的几本书赫然在架：《爱神的三角洲》《小鸟》等。在各种女性情色文学选集中，阿娜伊斯也是必不可少的一个。

后来稍加留意，就知道阿娜伊斯是三四十年代的巴黎和五六十年代的纽约、洛杉矶文艺圈中的一个有趣的角色。她那娇小的如少女般的身形，细致又时时带着戏剧化表情的脸，以及那典雅又藏着几许异国情趣的衣着打扮，共同创造了一个由生活和艺术融为一体的现代女文青"品牌"：她一生除了有两个丈夫，还有着许许多多萍水相逢、一晌贪欢的爱情。当然最使她出名的还是她与亨利·米勒的亦文友亦情人的关系——这种关系长达十余年，而其间她与亨利·米勒的妻子琼还有同性恋瓜葛。这种关系被她写成作品《亨利与琼》（*Henry and June*）。1990 年又被改编成电影《情迷六月花》。就这样阿娜伊斯把自己活成了文

MAKE YOUR ART WORK BLOG POST

BOOK NOTES

THE DIARY OF ANAÏS NIN
VOLUME ONE
1931-1934
Edited and with an Introduction by
Gunther Stuhlmann

YOU CANNOT HAVE GREAT ADVENTURES
AND YOUR BEDROOM SLIPPERS
AT THE SAME TIME.
I CLING TO THE WORLD MADE BY
ARTISTS BECAUSE THE OTHER
IS FULL OF HORROR, AND I
CAN SEE NO REMEDY FOR IT.
ONE FINDS THE EXTRAORDINARY
IN PROPORTION TO ONE'S
REBELLION AGAINST THE
ORDINARY.
THE ARTIST REALLY SEEKS
A UNIVERSAL LANGUAGE
ART HAS BEEN
MY ONLY RELIGION.
THE ARTIST IS NOT THERE TO BE
ATONE WITH THE WORLD, HE IS
THERE TO TRANSFORM IT.
HE CANNOT BELONG TO IT, FOR
THEN HE WOULD NOT ACHIEVE
HIS TASK, WHICH IS TO CHANGE.

阿娜伊斯日记

学人物。她的鸿篇巨制代表作就是《阿娜伊斯·宁日记（1931—
1966）》。这洋洋七大本日记于 1966 至 1985 年间在欧美各地陆
续出版，日记的原稿被加州大学洛杉矶分校收藏，一般人很难见到。

　　尽管从阿娜伊斯的社会身份看，她属于一个传统的依赖丈
夫生存的有闲阶级的"夫人/太太"，但她那"背道忘义"的十
分开放的私生活以及她那些大胆实验的日记写作使她在六七十年
代文化反叛和女性主义高涨期间一度被树立为女性主义的先驱偶
像。她曾经引以为耻的几本色情小说成为畅销书和研究女性情色
文学的范本；她那极度主观化、私人日记式的写作被视为女性写
作的一种典范，成为文化史和精神分析的案例。

对如此一个私生活丰富有趣的"尤物"，可想而知，传记作家们当然不会放过。自1977年阿娜伊斯·宁死后，有关阿娜伊斯·宁的传记已不下十余种。而其中佼佼者当推蓓尔（Deirdre Bair）1995年出版的阿娜伊斯的传记。作为大学教授的蓓尔写人物传记有史有据，但又流畅可读。她写的塞缪尔·贝克特（Samuel Beckett）的传记于1981年获国家图书奖，1990年的西蒙·波伏瓦（Simon De Beauvoir）的传记也深受好评。也许正是有关于另一位女性作家的写作在先，这本阿娜伊斯的传记在看似平实流畅的故事叙述中，其实隐含着很多令读者思索的女性问题，如现代女性与自我，女性的写作方式，女性的性与性别是怎样建立在与她周围的男人和女人的错综复杂的关系上，如母亲、父亲、丈夫、情人，以及女友等。

双重人格与漂泊一生

要理解阿娜伊斯日记的存在意义，首先得稍微了解一点她作为一位现代人的个人生活。阿娜伊斯在其一生中，不仅有许许多多的情人和一夜情关系，而且在其晚年，竟然"法定"下两个丈夫，一个在洛杉矶，一个在纽约。这种双重生活她维持了有二十年之久。她这种把自我建立在对爱和亲密关系的极度渴望与占有上跟她的早年生活有关，也影响了她后来的自我形成和写作方向。

阿娜伊斯出身于一个古巴贵族之女和一个西班牙音乐家组

成的家庭。但这个家庭在她很小时就破碎了。她父亲是个天才音乐家，天生风流成性。阿娜伊斯很早就已随父母在欧洲各地演出，在漂移迁居中习得多种语言。1913年她十岁时父亲终于抛弃了母亲和三个孩子离家出走。十一岁的她跟随被弃的母亲迁居纽约。二十岁时又随在银行工作的丈夫雨果（Hugo，本名Hugh Parker Guiler）移居巴黎。她在那里生活的十几年中，接触到了现代派作家如亨利·詹姆斯、普鲁斯特和亨利·米勒等，并开始了写作的尝试。与当时巴黎的艺术家共同体验着最初一代现代人的艺术和生活。"二战"期间，1939年冬，阿娜伊斯随夫搬回纽约。在纽约的格林威治村，她结识了很多流浪的艺术家，他们同她在巴黎认识的那些人一样，是20世纪现代派的开创者，也是二三十年代风行欧洲的精神分析的最早实践者。不过，阿娜伊斯在美国东岸并不愉快，她认为自己的艺术之根是在法国，美国文化的"平庸"和"粗鄙"也不接受她那"细致入微"的内心生活和"超现实的写作"，尤其是主流商业出版社。虽然雨果为她提供了纽约城内的高级公寓和去欧洲或墨西哥的假期，以及各种出入上层人物聚会沙龙的机会，她总是觉得自己在东岸不仅无根而且不被赏识。后来闯入她生活的一个普通男人鲁伯特（Rupert Pole）把她带到了西岸，在那里，阿娜伊斯建立了另一个秘密的家庭生活和艺术圈子，使她体验了另一重自我。从1947年春天开始了她每年在东西两岸穿梭的双重生活，一直延续到1977年她去世。有趣的是，当时已经很出名的她，在《洛杉矶时报》和《纽约时报》

登了两个版本的讣告,一个是吉勒(Guiler)夫人,一个是波尔(Pole)夫人。如此特立独行、大胆潇洒大概世间无出其右者。

可以说,阿娜伊斯的生命是充满了漂泊、分裂和别离的一生。不仅在物质和处所,而且在文化、语言和精神层面。这种生命在某种意义上,也的确代表了20世纪个人生存的现代性的一个重要特征。只有在理解了这种极度紧张、分裂、游移、不安全和寻找归属的生命背景上,我们才能理解日记写作对女性生存和意义寻找的至关重要性。

现代女性的精神分析

阿娜伊斯从十一岁时开始写日记,在被抛弃的母亲带着她从欧洲移居纽约的途中。她最初的日记是以信的形式出现,对象就是那个英俊潇洒、才华横溢却又移情别恋、永远缺席的父亲。渐渐地,正进入青春期的敏感的阿娜伊斯几乎完全依赖日记来建立自我与外面世界游移不定的关系。据传记称,她一天的大部分时间都用在写日记上,而写日记成了她少女时代与世隔绝的最好借口。“我决心不在家人之外交朋友,也不再需要其他感情。因为一个人不知道会在哪里待下去。而当离别的时候,分离的痛苦无法让人忍受。”日记为她屏蔽出一块儿自我的天地,在那里,她可以避开外部世界的干扰和威胁,同时可以随心所欲地建立一种想象的但永远忠诚的关系。在这种意义上,如果说出生于20世纪初的阿娜伊斯代表了现代人的最初生命体验，那么日记这种形式在她那里正是作为安全毯（Security Blanket）的形式给了现代自我一种时间和地点的连续和归属感。

这里要加上几句关于安全毯的解释。我最初对安全毯的认识是通过一位好友的两岁的女儿。那年，她刚刚被人从国内外公外婆家带回在加拿大的父母身边。可以看出，这个虽只有两岁的孩子，她在陌生的环境中有一种极度的不安全感。每次开门，她都要走过去看是不是外公外婆。她小小的手中总是攥着一块儿小毛毯，无论走到哪里。小毯子已经在地上拖得很肮脏，可她的母亲怎么也无法说服她放弃这块毯子，甚至换下来洗一洗。那孩子是一睁眼就抓着它，晚上睡觉也不离手。

后来我看了儿童心理学方面的书才知道这其实是儿童成长时期的一个很重要的现象——安全毯现象。在孩子早期的自我发展中，建立对一个地方的归属感是极为重要的部分。而一块长期陪伴她的毛毯或一个玩具就是小孩子能够认同的物质存在，可以随她移来移去而不变化，因而它为她制造了一种熟悉感和安全感。

当我们长大成人，好像是走出了安全毯的阶段。但事实上，这种归属情结和在陌生中寻找熟悉的渴望将贯穿着我们的一生。不妨仔细观察和分析一下，就会发现，这种安全毯情结是以各种各样的形式出现。建立一个稳固的家庭，对家乡故园的留恋，甚至在饮食习惯、文化语言等方面，都可以看到安全毯情结的痕迹。

回到阿娜伊斯的话题。日记对青春期少女的自我正是起到这种安全毯的作用。它帮助她化解与外部世界的陌生和敌对关系，并确认自我。对于阿娜伊斯，日记却日益成为她最隐秘生活的一个部分。她的日记对每日生活中发生的巨细事件都加以记录，直至她阅读、思考和感情的最细微点滴，而这一部分因为她的终日无所事事而格外丰富。更有意思的是，大量的思考和情绪又是建立在对以往日记的阅读之上。阿娜伊斯很早就这样概括自己的生活，"我的生活是一个灵魂的故事，是关于内心生活以及内心对外在世界反应的故事"。

"随身携带的家园"

阿娜伊斯嫁给雨果后，日记写作并没停止，反而随着她个人生活的日渐复杂而占据了更重要的位置。在巴黎，她出入艺术家、文人的沙龙聚会，开始与很多人建立或长或短的关系，常常它们又是以"性"邂逅的形式出现。在她看来，这是"渴望成熟"的生活实验。1931年底，亨利·米勒和他的妻子琼闯入阿娜伊斯和雨果的生活。阿娜伊斯与亨利灵与肉的纠葛比起她以前种种萍水相逢的关系要深切得多。亨利·米勒作为艺术家的视野和独树一帜的放荡不羁的生活方式强烈地吸引和影响了她。他们之间建立了一种奇特的物质利用和精神互助的关系。亨利在巴黎一贫如洗，他每日的开销几乎都是通过有钱的朋友的资助来应付。雨果夫妇这样的银行家加艺术爱好者正是他的"乞助"对象。从那时起到 1934 年他们分手，十余年里，阿娜伊斯每月给他固定数额的钱，帮他打点公寓，充当他的情妇，甚至考虑过跟他私奔。阿娜伊斯与琼的关系也很复杂，琼作为一个有同性恋倾向的美丽神秘的女人后来一直占据着阿娜伊斯的想象力和写作。与此同时，阿娜伊斯还与一位持共产主义信仰的混血秘鲁的印第安人冈萨罗有近十年的关系，并一度不得不在亨利和他之间跑来跑去搞平衡，1938 年她搬回纽约时还设法把两人都带上。再后来在她晚年，她往返于东西岸的长达二十年的双重婚姻生活也可以说是这一阶段情爱模式的重复和延续。这种双重(甚至三重)的性与感情生活，看似刺激好玩，但无疑也是令人紧张和疲惫不堪的。她一直也没有离开雨果。因为多年建立的习惯和感情，更因为雨果无条件的爱尤其是经济上的保证是她得以维持这些关系的物质基础。但无疑，这种"不安于室"的行为也给她带来很多精神困扰，在日记中，她坦言她多么不想伤害雨果，这个无条件爱她、支持她、养她的男子，但另一方面，她又急切地想了解生活的各个方面以达到自我的最多体验和"成熟"。阿娜伊斯把应付这些复杂的关系和情感的感想，包括她的负罪感和困扰感都记录在她的日记里。写日记变成了倾吐这些生命不可承受之诱惑的秘密和缓解与此相关的焦虑和困扰的一种手段。这一点在她与父亲的乱伦关系中表现得最为明显，的确，这一现实只存在于两个当事人之间，而日记是他们唯一的见证和同盟。只有日记才能理解这种乱伦之恋后面的种种创伤情结和内心挣扎。

日记对现代女性的这种医疗功能被阿娜伊斯表达得很清楚。1928年在纽约短暂逗留期间，她的一位同性恋情人／表弟给她介绍了刚刚在欧洲兴起的精神分析。一开始，阿娜伊斯对精神分析是拒绝的——虽然后来随着精神分析在社会中上层和艺术家们中的流行，阿娜伊斯和雨果都加入了看精神医生的时髦潮流，并且这一习惯延续了他们的一生。她说："我很为自己骄傲。我无须向另外一个人来解释自我，因为我与日记的关系就像某些人与精神分析的关系。通过日记我获得一种自我认识。一种对别人来说是模糊、无意识的东西的极端意识，一种对自我欲望的了解，对自己弱点的意识，对我的梦想和我的才能的知识。"

从1928年开始，她就把日记锁起来，随身携带的钥匙用一条金链挂在脖子上。在历次的迁移中，日记也是她首要考虑的，她一度把它称为"可以随身携带的家园"。

日记式写作的三个悖论

但日记对于艺术家也有着悖反的一面。虽然作为一种私人写作的形式，日记似乎代表了"忠实的记录"，起码是主观的真实。但现实生活中，因为种种原因，尤其是其主观性特征，日记可能也是最扭曲"真实"的伪证，是真挚的谎言。

从1925年开始，阿娜伊斯着手把早年的日记都打印出来。也就在这种整理已往日记的过程中，她意识到"今是而昨非"，

阿娜伊斯·宁

因此在写下新日记的同时，她开始有意识地修改旧日记。所以她打印出来的日记与最初手写的原始日记时有出入，反映了她转录时的意愿和想法。而她的反复修改又常常把日记的顺序搞乱，连她自己都搞糊涂了，花更多的时间修改。这种重新整理打印和修改贯穿了她所有的日记。尤其是40年代初，当阿娜伊斯已经考虑发表自己的日记的时候。当时她的日记已有六十余册，记录了她过去的生活和种种有价值的关系，尤其和亨利·米勒的关系——当时亨利·米勒已经成名，在艺术家圈子里颇有"当代英雄"的地位了。阿娜伊斯自己先一本本把日记"手抄"出来——在这"手抄"过程，她大幅度地对过去进行修改，比如删除她与父亲的乱伦关系部分。然后，再把这些手抄本交给一位助手打印出来。她向出版社和朋友出示的当然是这些打印本，不过她声称这个版本是从原始本一字一字照搬下来的。而原始本和手抄本都被她锁在一个只有她才能进入的地方。

阿娜伊斯有意识地修改日记，当然是和她不断变换的主观记忆和思想有关——而记忆可能是最不可靠的东西，但另一个客观原因就是要发表或出版。这里，日记作为一种写作显示了另一个重要的悖论。一方面，日记似乎有着绝对的私人性，是不予示众的，这一特征决定了日记的许多其他特点，比如自我诚实性、非虚构性；但另一方面，对许多艺术家来说，任何写作都意味着对隔绝的突破和与他人建立关系的渴望，日记正因为能表达个人至深的感觉而成为这种突破和渴望的最好形式。在阿娜伊斯看来，她的艺术感觉和才华都表现在日记上，那也是她花了最多心血的艺术品。所以阿娜伊斯从 30 年代后期开始，花了近三十年动用各种脑筋和手段——包括性的魅力——想让人了解她的日记，发表她的日记。她曾对另一位女作家多萝西·诺曼（Dorothy Norman）表达她找不到愿意出版她作品的出版商的挫折感："我觉得自己好像是被迫与世隔绝。对我来说，不被发表就意味着孤寂，与世隔绝。我不善于讲话，我用写作来说话。如果不写，我就真的成了哑巴。在写作中，我触摸人们。所以当我不能发表作品，我就觉得，我的存在被否定了。这并不是自恋的疼痛。对我来说，这是一种被拒绝的爱。"但一旦考虑发表，阿娜伊斯就情不自禁地要修改自我的形象和自我与他人的关系，尤其有时还将涉及法律上的问题。所以，这些六七十年代出版的日记，固然是很好的文化史资料，但任何学者在使用它们时，都必须清醒地认识这一事实，那就是，它并不一定代表真实，事实上，它恰恰反映了对真实的修改和伪饰。可是真实可以寻找到吗？即使那些极少数可以看到阿娜伊斯日记原始本的研究者——阿娜伊斯死后，拥有日记的监管权的鲁伯特对谁可以查看那些原始日记十分严格。再进一步说，不正是这种现实与日记的"人为距离"暴露了自我意识的存在吗？

日记作为阿娜伊斯一生致力的写作形式的第三个悖论，就是日记对她的小说写作的影响，准确地说，是阻碍。早在巴黎，阿娜伊斯就开始尝试小说的创作。可以想象，她的小说也多取材于她的日记，并以她个人内心生活为线索。但是小说写作对阿娜伊斯是非常挫折和失败的经验，不是不能完篇，就是被出版商拒绝。那时，像她这样用主观视角写内心生活的小说作家不是没有，比如英国的弗吉尼亚·伍尔夫，比如法国的普鲁斯特，但是她的小说写作可以说因为一直笼罩在日记的阴影下，因而无法建立一种独立的美学形式。比如小说作为文类，应该有的基本情节和结构感，再比如小说叙事所应有的视角规定，尤其是作者与主人公应保持的反讽的距离，这些都必须超出日记写作的考虑。阿娜伊斯在小说写作上可以说是屡败屡试，屡试屡败。她后来甚至用自己的钱卖下一所小印刷所，自己印行自己的作品。虽然她的几部小说作品如《乱伦之屋》（*House of Incest*）、《爱屋中的间谍》（*A Spy in the House of Love*）和《玻璃钟下》（*Under a Glass Bell*）

也曾被某些艺术评论家和年轻艺术家称道，被认为是独特优美的现代派作品。最为反讽的是，她在 40 年代初为缓解经济上的压力，委屈自己为商业出版社写的两本情色小说《爱神的三角洲》（*Delta of Venus*）和《小鸟》（*Little Bird*）后来却很畅销，并且作为研究女性情色文化的案例而备受重视。但在文学史和大众舆论中她从来离小说家有"一箭之遥"。这是一心想成为伟大的艺术家的她一生中最大的屈辱和挫折。

爱的进化论：中年人的情感教育

爱就是仰慕心爱对象身上那些可望对我们的软弱与失衡予以矫正的特质，爱就是追寻完整。

引发我们性欲的特定事物可能听起来古怪又不合逻辑，但只要仔细检视，即可发现其中呼应了我们在人生中其他号称比较理智的领域中所渴望的特质：理解，支持，信任，和谐，宽容与亲切。许多情欲背后其实都潜藏着若干最深沉恐惧的象征性解决方式，也代表了我们对友谊和理解的渴求。

——德波顿《爱的进化论》

超越浪漫主义

> 结婚以前，她原以为心中是有爱情的；可是理应由这爱情生出的幸福，却没有来临，她心想，莫非自己是搞错了。她一心想弄明白，欢愉、激情、陶醉这些字眼，在生活中究竟指的是什么，当初在书上看到它们时，她觉得它们是多么美啊。

这是《包法利夫人》的第五章，刚刚结了婚的包法利夫人或准确地说修道院教育培养出的爱玛已经对婚姻生活和乡村医师包法利先生感到了厌倦。

这种厌倦对很多中年人来说并不陌生，虽然它也许来得没有这么快、这么强烈，以至于使福楼拜笔下的在外省沉闷生活里憋屈的女主人公为此铤而走险，最后负债累累、身败名裂而服毒自尽。在一百多年后的今天，对这种厌倦以及它所产生的后果我们已经发现很多种方法来稀释，或者逃避，但它在我们婚姻和家庭关系上所散发的毒性并没有因此减少。日积月累之间，我们对生活的渴望，对所爱之人的投入都被这毒性所腐蚀，我们的心灵逐渐变色衰竭。

因此，成年人对爱情与婚姻的关系最俗套却似乎也最准确的认识就是，婚姻是爱情的坟墓。看透了的人就守着这坟墓，或者这围城，为自己营造些可以喘息或者走动的空间；看不太透的，就想摧毁这坟墓，或者不断地绕着围城进进出出。

细究一下，婚姻是爱情的坟墓这个有点自暴自弃的结论与我们对爱情和婚姻截然不同的态度不无关系。这有点像家长对待孩子考国外名牌大学的情形。大多重视的是只要考上了，拿到那一纸录取书。所有的功夫与付出都集中在考上大学之前。至于上了大学以后如何，孩子的学习能力、自我管理能力或者社会交往能力，能否让他顺利完成学业，找到一份胜任的工作，并把那份工作变成职业生涯，都不在父母的考虑之列，即使考虑了也是无可无不可的态度。

我们对爱情和婚姻也从恋爱时的殚精竭虑、百折不挠到结婚后的高枕无忧、一成不变。没有意识到，爱情与婚姻，不仅争取时需要奋斗和维护，维持时更需不懈的努力和坚持。这种结婚后维持爱情的努力尤为艰难，因为这种努力不仅需要激情，更需要耐心、自律，以及反省的能力：

因为"（他）必须学会爱乃是一种技能，而不是一种热情"。

这是德波顿最新著作《爱的进化论》（*The Course of Love*）的一个命题。

这本书是讲建筑在浪漫主义爱情观上的婚姻关系的危机与解决之道。

德波顿的生活哲学

阿兰·德波顿（Alain de Botton）对中国读者来说应该不太陌生。这位成名甚早且一直多产的英伦才子的十几本书都被翻译成中文。德波顿把自己的写作定位为"生活哲学"，因为他喜欢从哲学或说形而上的角度来探讨各种日常生活中所遇到的问题，比如，《身份的焦虑》（*Status Anxiety*）、《哲学的慰藉》（*The Consolations of Philosophy*）、《旅行的艺术》（*The Art of Travel*）；当然还有工作［《工作颂歌》（*The Pleasures and Sorrows of Work*）］、性［《在爱情与欲望之间》（*How to Think More about Sex*）］、家居［《幸福的建筑》（*The Architecture of Happiness*）］和宗教［《写给无神论者：宗教对世俗生活的意义》（*Religion for Atheists:A Non-believer's Guide to the Uses of Religion*）］。这些老生常谈的话题，德波顿总能把它们谈出新意。他的过人之处不只是他的智慧与洞察力，更难得的是他的幽默和同情心，因为后者才能使得这样聪明的人不至于变得势利犬儒、油腔滑调和玩世不恭。比如他在 TED 上有一个著名的演讲，建议我们要拥抱一种更宽容、更温和的成功哲学。他举了一个例子，解释为什么有些成功者一定要炫耀奢侈品，开法拉利。他的分析是，其实，人们渴望成功，大多不是为了物质财富，而是随之而来的情感上的奖励。"下次你再看到那些开法拉利的人，不要蔑视他们而要同情。不要想他们是贪婪的人，其实他们是情感上脆弱的人，他们想以此获得他们需要的爱和关注。"

德波顿的种种话题和他的极具个性的写法带有很深的自我体验的性质，或说强烈的自传痕迹。令他声名鹊起的第一本作品是1993年出版的《爱情笔记》（*Essays in Love*）。那一年他才23岁，那本书在全世界卖出了200万册。其实他的题目很老套，讲述一个年轻人陷入恋爱与失恋的过程。但是德波顿把那个年轻人和他的情感写得如此荡气回肠，千回百转，让每一个经历过恋爱的人都能想起我们曾经有过的那种超越日常经验几近与神接触的神秘时刻，以及伴随那种时刻而陷入的种种情感体验：自卑、胆怯、狂喜、飞升、焦虑与绝望。我们因此知道，恋爱是生活给予我们的最美好、最丰富的恩赐，不管结果如何。

看着爱丽丝说话，看着她点上熄灭的蜡烛，看着她端着一大堆盘子冲进厨房，看着她拂过脸上的一缕金发，我发现自己沉浸于浪漫的怀旧。当命运安排我们与本会成为我们爱人的人儿——但我们又注定无法知晓是谁——相见之时，这浪漫的怀旧就油然而生。又一种情感生活选择的可能性让我们意识到我们此时的生活只是千百种可能性中的一种，也许是因为不可能一一去体验才让我们倍感忧伤。我们渴望回归不需要选择的时代，我们渴望避免选择（无论多么美好）必然带来的失落所产生的忧伤。

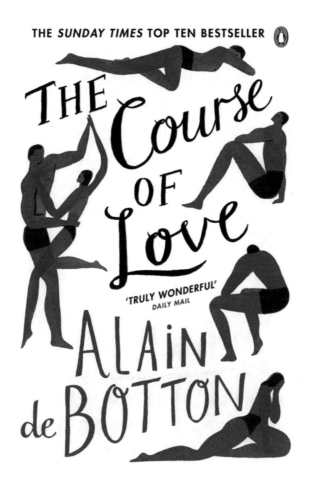

THE *SUNDAY TIMES* TOP TEN BESTSELLER

THE *Course* OF *Love*

'TRULY WONDERFUL'
DAILY MAIL

ALAIN
de BOTTON

《爱的进化论》英文版书影

理解同情人类对亲密关系的渴望以及对这种亲密关系的无微不至的刻画，使得德波顿成了我们这些心怀浪漫之爱的人的隐秘知己。在他的作品陪伴下，我们跟德波顿一起经历了人生的各个阶段和体验，长大成人。2016年，德波顿46岁了，跟他作品中的人物或者他作品的读者一样，他对爱情有了完全不同于23岁时的理解。

《爱的进化论》可以看成《爱情笔记》的续集，不是因为延续年轻时的浪漫主义爱情观，而是因为它对浪漫主义爱情观的反思与批判。

拉比的情感危机

德波顿的这本小书采用写实的叙述方式来讨论中年人的爱情婚姻问题，无疑这是一种有意识的选择。因为通俗文化里描写爱情婚姻的文字多不喜欢写实：一类是琼瑶，或者国外的禾林（Harlequin）系列的浪漫爱情小说，另一类就是像《我的前半生》或以韩剧为代表的家庭娱乐电视剧。前一类一般终结于"他们从此过上了幸福的生活"，后一类则开始于"幸福的子君在一个早上醒来发现她结婚十年的丈夫要离婚"。在这些给未谙世事的年轻人或脑残中年看的爱情婚姻故事中，缺席的永远是中间那段平常的日子，那些琐碎、平庸、重复却持久的日常生活。于是，那些可以发现亲密关系出现碎纹裂变的时刻，也许就是未来的离婚或者小三问题的根源，就常常被这样轻易忽略了。

德波顿的新书关心的就是这种潜藏着日常问题和情感危机的日子，而且比起早年的深情与善感，他如今的叙述波澜不惊，平铺直叙。

拉比是这个全球化时代的一个典型的中产阶级。父亲来自中东，母亲是德国人，自己在伦敦受教育和生活，最后落脚在英格兰北部的古城爱丁堡。这个平庸的建筑设计师看上去拘谨、稳重、深沉，其实他内心敏感，尤其耽于浪漫主义的爱的幻想。

爱的观念萌生在拉比16岁那年的夏天。那是一种古典的浪漫主义的观念：相信灵魂伴侣，相信爱就是找到自己的另一半，而那个人就是我们在人世间所有问题的答案。因为爱，我们的孤独寂寞就会有彻底终结的机会。

不得不承认，在浪漫主义的爱情婚姻观上，中西或男女大抵是没有多大的差别。

31岁那年，拉比结识了与自己完全不同的苏格兰女人柯尔斯滕。作为市政勘测师的柯尔斯滕，精明务实，坚定自信。因为在她身上发现了自己渴望拥有的特质，前后交往了四五个女友的拉比最后选择了向柯尔斯滕求婚。"他之所以求婚是因为他想保留住，想'冻结'他与柯尔斯滕两人对彼此的感受，他希望借由结婚的举动，永久保存这种狂喜的感觉。"

但除了这份对所爱之人与众不同的欣赏和对自己的着迷的

确认，拉比跟我们大多数人一样，对婚姻一无所知。而"狂喜的感觉"远远不够应付未来的漫长岁月。

　　第二部分的标题是"从此过着＿＿＿＿的生活"。这个空白不同的读者可以填上不同的字眼，但肯定不是"幸福"。因为从这一部分的几个章节的名称，你就可以想象拉比和柯尔斯滕跟我们大多数人一样，在度过了最初的爱恋以后，婚后的生活远没有第一部分的标题"浪漫主义"那么迷人，它们分别是"愚蠢琐碎的小事""生闷气""性与禁忌""无端怪罪""教导与学习"。跟这些题目所暗示的一样，婚姻生活或夫妻关系呈现的是琐碎、矛盾、误解，甚至猜疑、挑衅。在越来越近的距离里，他们看到了对方不那么令人喜欢的怪癖和残缺；他们对职场和社会地位的焦虑，妨碍如实传达自己内在生活的真实状态；甚至沟通也可能因为在意对方的反应变得令人疲倦。

　　然后他们有了"儿女"，进入第三部分。先是依瑟，三年后又有威廉。孩子是可爱的、令人欣喜的，甚至可以带给初为父母的拉比和柯尔斯滕共同的奋斗目标和情感纽带。但是孩子也是有很多需求的，他们不仅占去了很多时间和精力，而且从根本上打破了他们以前的生活模式，比如让他们意识到"性生活与父母身份"的某种矛盾："在一天结束之际，柯尔斯滕根本不想让拉比触碰，不是因为她不再爱他，而是因为她觉得自己已没有什么足够的精力可以提供给别人，……她也回答了太多问题，勉强自己穿了太多的小鞋，对别人恳求哄劝了太多次，她急需与自己备受忽略的内在恢复沟通，而拉比的触摸却像是对此一延续已久的沟通所加注的另一道障碍。"结果是，这两个近在咫尺的女人和男人分别在其他地方，她是在电视真人秀，他则是在电脑聊天室，满足了自己的性幻想。他们觉得这样比和自己的配偶相处轻松得多。这并不代表他们不再彼此相爱，"是他们的人生已经深深交缠在一起，以致他们不再有内心的自由"。

于是第四部分"外遇"不可避免地展开了。拉比在柏林开会时认识了来自洛杉矶的罗伦。那场一夜情让"他觉得自己仿佛唤醒了内心他以为早已死去的部分"。在随后的几个星期或几个月里，在浪漫主义爱情观里长大的拉比挣扎在支持外遇和反对外遇的两难中，最终意识到人性的无可调和的两种欲望，渴望安全，也渴望冒险。"不管他选择当个偷腥者，还是忠实的配偶，都不是完全正确的答案。这是个没有解答的难题。"

"在那场外遇之后，对于婚姻的目的拉比有了不同的看法。年轻的时候，他认为婚姻是对于一套特殊感觉的封圣：包括柔情、欲望、热情与渴求。不过他现在已理解到婚姻也是一种制度，而且这种性质的重要性毫不亚于内心的感觉，这套制度的目的在于常年保持稳定，不受其中的参与者变化无常的情感所影响。婚姻的理由存在于比内心感觉更稳固也更长久的现象当中。"

认清婚姻的本质，放弃浪漫主义的爱情观，这才是婚姻之爱的开始。

爱的学习

德波顿这本书的英文原名是"The Course of Love"，可以翻译成"爱的过程"，也可以翻译成"爱情课程"，因为两者都是德波顿书中想要表达的意思。那就是爱恋发自激情，但要维护延续，则需要技能。而且在这个爱的成长发展的过程中，相爱者需要时时反省、更新，或说学习，爱并不可能一劳永逸。

为表现这两层含义，德波顿选用了交叉叙述，正文叙述是上面描述的用写实的语言来记录主人公和他所经历的爱的过程；另一种用斜体印刷来区别的叙述则是穿插在这些写实叙述之间的分析。比如，"性生活与父母身份"一章里，在讲述了拉比和柯尔斯滕各自通过性幻想满足后，作者的一段分析："从一个观点来看，必须炮制幻想，而不是努力打造一个能够让白日梦实现在真实生活中的人生，似乎是一件可悲的事情，不过，面对我们互相矛盾的多重愿望幻想通常是我们能够采取的最佳做法，可让我们置身一个世界，而不至于摧毁另一个世界。幻想可让我们关爱的对象不必目睹我们的冲动当中那彻底不负责任而且令人害怕的古怪面相。就其本身而言，幻想其实是一种成就，一种文明的象征，也是一项体贴的举动。"这些分析与其说是关于拉比个体的，不如说是在个体之上对人类本性的心理学与哲学的洞察与总结。作者无疑深信苏格拉底的名言：没有思考的人生是不值得过的人生。

德波顿在首尔的生活课堂

而我们去思考,是因为思考是自我改变的起点。

于是,德波顿让拉比在经历了失眠、偷情、隔离等种种情感逃离后,并没有放弃婚姻,甚至没有放弃柯尔斯滕。他意识到"外遇所背叛的将不再是两人的亲密喜悦,而是彼此承诺以勇敢与坚忍自持的态度忍受婚姻当中的种种失望"。他们决定一起去看婚姻咨询师,因为他们承认作为两个独立的个体,他们不可能自发地了解对方,他们需要学习和帮助。这里,德波顿让他的主人公们去了解费尔贝恩博士的《婚姻关系中的安全依附与焦虑依附》。他们学会放弃浪漫主义的梦想,练习着检视家庭生活中某些看似微不足道的时刻,为婚姻再次做好准备。

本书的第五部分名为"超越浪漫主义"。在这部分里,拉比在(个人)失业和(岳母)死亡的洗礼后,终于得以摆脱以自我为中心，成熟起来。在结婚了十三年后，拉比才觉得他为婚姻做好了准备，原因是他已经放弃了对完美的追求，原因是他已经愿意爱人，而不只是被爱，原因是他明白了性与爱永远都无法和谐共存，原因是他已厌倦了爱情故事，因为电影与小说中呈现的爱情极少合乎他的亲身经验。

成熟的拉比摒弃的是浪漫主义的爱情观，"现在他已经知道浪漫主义的（爱情）观念其实是一条通往灾难的道路"。

德波顿的这句话听上去有点石破天惊，但其实起码有两位伟大的小说家，在19世纪就通过他们笔下的女主人公，对浪漫主义进行过最无情也是最同情的批判。福楼拜和托尔斯泰让爱玛和安娜带着浪漫的幻想和无知的肉欲走进婚姻生活，然后在婚外情的无法自拔中把自己变成一个在社会上无法容身的人。"当福楼拜开始强调爱玛的失望时，我们见证了她的文化背景。……那就是爱玛初期的女性浪漫主义仅仅是女学生对真实世界的低级解读。她的浪漫精神是由司各特的小说、拉马丁的抒情诗塑造的。所有这些作品都掺杂了大量未经甄别的亚文学垃圾：东方歌谣、感伤小说、纪念品专辑、图画书和爱情诗。福楼拜认为女人一辈子都容易轻信，永远是那些平庸幻想的服从者、消费者。"

德波顿对笔下的柯尔斯滕和拉比更尊重些，认为他们有思索能力，摒弃浪漫主义的爱情观，因此相信婚姻中爱情持续的可能。"浪漫主义的婚姻观强调找到'对的人'的重要性，意思就是一个能够认同我们各种兴趣与价值观的人，但长期而言，其实不可能有这么一个人。真正适合我们的伴侣，不在于其各方面的品位都奇迹似的与我们相同，而是在于能够以智慧与风度调适双方的差异。'对的人'的真正指标与其说是某种概念上的完美互补，不如说是容忍差异的能力。相容性是爱的成就，不该是爱的前提。"

拉比也更相信亲身经验教给他的智慧。"他现在已经知道极少有事物能够达到完美，他已懂得度过人生，需要相当大的勇气，即便是像他这样极度平庸的人生也不例外。确保他持续拥有供养家人的能力，确保他的婚姻存续下去，确保他的子女健康成长，而这些任务所需的英勇表现并不逊于一则史诗故事。"

德波顿算是我的同龄人，他二十余年的写作某种意义上是我们这一代生命旅程的记录与反省。近些年除了写作，德波顿还通过电视节目和他于2008年开创的"人生学校"来传播他的信念，"让文化帮助人们在生命的旅途中不至于迷茫，以及发现当中的智慧"。

如此看来，我还是喜欢中文译者精心选择的书名，"爱的进化论"，因为这个意译表明一种态度：在一个爱情犬儒主义的时代，在一个浪漫主义不再的时代，我们仍然可以选择一种积极的、理智的和提升人类本性的可能，通过情感教育，通过爱的学习。

旅途中的
风景

写在墙上的诗：书城莱顿

自由之堡垒（Libertatis Praesidium）

——莱顿大学校训

人们来来往往，生生死死，但是书是不朽的，那是种怎样的感觉。我小时候希望自己长大后成为一本书，而不是成为作家。人可以像蚂蚁那样被杀死，作家也不难被杀死。但是书呢，不管你怎样试图要将其进行系统的灭绝，也会有一两本书伺机生存下来，继续在雷克雅内斯梅岭、巴利亚多利德或者温哥华等地，在某个鲜人问津的图书馆的某个角落里享受上架待遇。

——阿摩司·奥兹《爱与黑暗的故事》

骑自行车的小城

　　到达莱顿是 5 月初。从伯明翰飞往阿姆斯特丹的飞机上俯瞰，比起英国乡间起伏的丘壑，荷兰的田野真是平坦，那是荷兰人填海造田从大自然手中讨出来的结果。再近些，就看到一片片整齐而色彩缤纷的彩色地毯。过了很久才恍悟那是大片的郁金香农庄。5 月的郁金香，是荷兰特有的风光。

　　大学城莱顿在荷兰最大的两个城市阿姆斯特丹和鹿特丹之间。从阿姆斯特丹坐火车只要十五分钟。城市真的不算大：从最北边的中央车站横穿老城中心到我位于城市南端的临时公寓，走路也只要半个小时。据说人口也只有十万多一点，其中五分之一是莱顿大学的学生、教授或者我这样来自世界各地的访问学者。

　　小城的魅力以它别具一格的自行车向我展开。从中央车站的游客中心取了公寓钥匙，我走向车站广场。三三两两的年轻人，放松地享受着 5 月的阳光；一个卖热狗和烤肠的食品车；街边的店里走出的一对恋人拿着令人眼馋的冰激凌；不远处矗立着一个荷兰的标志性的大风车，一副小地方的温馨和亲切。没有汽车来往鸣叫，却看到旁边停车场里铺天盖地上下几层的自行车，气势蔚为壮观。显然，因为地势平坦，街道比较狭窄，加上城市本身不太大，这里是以自行车为主要交通工具。去住处的一路上看到的都是匆忙而快乐的骑自行车的人，轻捷地穿过密集的后巷和纵横交织的河道。在明媚的五月天里，他们看上去都那么健美、年轻。即使年纪大的人，因为骑车都显得富有活力。车子跟人一样，高大结实，大多是用了很久的老车破车，看不出在北美自行车被用来做运动竞技的那些名牌或其他花样，但自然就有一种笑傲世俗的潇洒和实在：世界上还有像自行车这么好的交通工具吗？又环保，又锻炼身体，而且不用花时间精力跟别人比虚荣心。它令我想起了大学岁月，校园里那些破旧却永远年轻的自行车。可毕业后，我们那么轻易甚至迫不及待地丢弃了它们，去追逐似乎速度更快的汽车和别的东西，然后堵在空气污染、不断扩张的城市，不知自己其实已经南辕北辙。

这个一直骑自行车的小城自信而富足，充满着书生气。

莱顿的书店

小城的另一个魅力就是她的书。我从没有看到过有一个城市能有这么密集的书店。

从我临时住所，位于南城的 Hogewoerd 144 号到我临时上班的办公室，位于城西莱顿大学旁边的亚洲研究国际交流中心（IIAS），只有约十分钟的路程，可是除了第一次上班的那个早上，我以后都要花少则半小时，多到两个小时的时间在路上。因为路上的诱惑太多，有太多的东西可看：在纵横交错的运河上看形态各异的桥，在古城中心看残留下来的文艺复兴时期的建筑市政大厅（Stadhuis Van Leiden）的壮观设计，在此起彼伏的教堂的钟声里，看沿河的高大民居的墙上用异国语言写的诗句，还有那些穿插在大街小巷里的古董店和书店。

记得到达莱顿的第二天，我从办公室出来，在回家的路上决定在市中心的那家 V&D 百货商店买急需的床单和浴巾。从 Breestraat 街的主门进去，一进门竟是书籍和文具部分，而且铺开一大片，几乎是一家小书店的规模。这一不寻常的安排陈设让我对莱顿刮目相看。如今世界上还有几家大的百货店进门处不是化妆品或者首饰？

Breestraat 街是莱顿城最繁华的两条商业街之一，而除了辉煌宏伟的市政大厅坐落其上，它还以"书店街"出名。仅在我上下班经过的这后半条街上，就有三家卖新书的书店。最有档次的是正对着市政大厅的 Van Stockum（Breestraat 113）书店。这个书店坐落在有着高屋顶的 17 世纪建筑中，高大敞亮，室内装潢却很现代。进门迎面的高墙上就是英国诗人济慈（1795—1821）的诗《死》（On Death）：

Can death be sleep when life is but a dream

And scenes of bliss pass as a Phantom by

The transient pleasures as a vision seem

And yet we think the greatest pain's to die

How strange it is that man on earth should roam

And lead a life of woe, but not forsake

His rugged path; nor dare he view alone

His future doom, which is to awake

（生，若是梦，那么死，可是睡眠？

幸福的场景可是如幻影逝去？

瞬间的欢乐消失如烟云过眼，

我们却认为死是最大的痛苦。

多么奇怪啊，人在世上要流浪，

要度过悲惨的一生，却不能抛开

一路的坎坷；也不敢大胆想一想

将来的死呵，只是从梦中醒来！

——屠岸译）

　　浪漫主义诗人这忧郁华美又有些轻灵超脱的诗句一下子就把从喧闹的大街上走进来的人拉到一种静寂与反思的心境中。读读书吧，让忙碌的脚步有一刻停歇。

　　书店里主要的书都是荷兰文，跟一般书店一样按主题分类。中间长桌上推介的是畅销或最新出版的。荷兰语是个小语种，当代荷兰作家也不多，但是书店里荷兰语出版的书铺天盖地。多数是翻译过来的，世界各地最新的书在这里似乎都能找到。以小小的荷兰人口计算一下书的市场，可以想象荷兰人读书的勤奋和对世界的好奇。荷兰人几乎都会说一口流利的英语，问起原因，他们很谦逊地说因为我们是小语种，就要学习其他语言。但实际上，这种出版各种语言的书籍的传统是有历史渊源的，18 世纪欧洲最重要的政论报纸《莱顿公报》（*Gazette de Leyde*）就是用法文出版。

书店楼下还有专卖大学课本的部分，为莱顿大学直接提供合作服务。

出来沿街走过几家店铺就是另一家书店，Boekhandel De Kler（Breestraat 161）。它看上去似乎更通俗些，因为一进门有很大的杂志和畅销小说部分。可是稍往里走，才发现内中丘壑。不仅各个主题的书的选择颇有章法，而且有相当数量的英语和法语书籍。这个书店其实也有一百四十多年的历史，最早是 De Kler 家族拥有，故得名。在荷兰有五家分店，各地选书都有自己的特色。莱顿这家分店目前似乎在重点推介惊悚小说，好像在打开通俗市场。果然，与店员聊了一会儿，发现他们也在感慨做实体书店越来越难。

在两家书店之间，还有一个专卖儿童书籍的书店。我没有进去，但看着门面五颜六色的招牌和橱窗里的喜人陈设，可以想象孩子路过时会如何动心。后来发现莱顿全城大概有四五家专门卖儿童少年书籍的书店，即使像一般的书店，也都无一例外专门设有儿童阅读角落，装饰得花花绿绿、舒适温馨。让孩子直想坐下来，跟爸妈一样看书。

Breestraat 街过了桥就叫 Hogewoerd，也就是我住的那条街。沿街的房子与河边那些高顶的带花园的公寓比算不上好的居住区域，都是三层的出租公寓，密密麻麻，每隔几步一个大门。门外的名号牌上有着十来个住户的名字。住的大多是学生、游客或访问学者。街上面也有很多各式各样的店铺。咖啡馆、室内装潢用品店、自行车店、二手货古董店和西饼店。大部分商店门脸与北美或中国的比起来都太小了，有的如果不加注意会以为是民居的一部分而错过。它们静静地趴在这些建筑的一楼，不喧哗，不夺目，融为日常生活的一部分。这条街上面的"五月花书店"（Mayflower Bookstore），在莱顿也算小有名气，因为专卖英文书。进入书店右手边是新书，左手边是二手书。左边靠窗部分，背靠背放着两架钢琴，而稍后的一角是摊满书的一张长桌。几乎就是一个家庭图书馆的感觉。偶尔有一两个人进来，四周看一看，与热心的女店主打个招呼，让她帮着订一本书，走了。小店又恢复了宁静。

在实体书店日衰的今天，在人们越来越浮躁只想刷屏的今天，到了莱顿，徜徉在各种各样的书店里，即使多数书我读不懂，也满心喜悦。有种奢侈，有种感动。

"莱顿书阁楼"

对那些喜欢读书但又不想买书或怕背着太沉重只想随手捡几本书在客居时看看的旅行者和背包客来说，莱顿还有一个秘密的好地方,那就是可以享受免费书籍的大书库"莱顿书阁楼"〔Book Attic Leiden（Boekenzolder Leiden, Middelste Macht 38）〕。它在城东一条美丽优雅的街上。中午时分,从刚刚泛绿的树丛后面可以看到年代久远的 Marekerk 教堂圆拱顶。近处整齐的院落里一簇簇的盆花在盛开。38 号的大门紧闭,上面写着某个慈济会的名字。经过路人指点,我才看到旁边像是车库的院落才是通往阁楼的大门。

"书阁楼"在一个堆满杂货和弃置的雕塑作品的大仓储间里。通往"书阁楼"的楼梯陡陡的、暗暗的,但一走上去就豁然开朗。足有二三百平方米的大空间里是一架架、一堆堆的书。这里的书都是由个人或各种机构、图书馆、书店捐出的,也包括出版社多余的书或者样书。因此是各种语言、各种类型的书籍大杂烩。除了荷兰文外,英文、法文和西班牙文书籍最多。书籍也大多是旧的,甚至有些年代很久的。不过都是免费的,每个人都可以任选七本带走。也欢迎来客把不用的书再留在这里,让后来的人受益。

听说建立这个书籍回收中转站的主意是一群莱顿的志愿者想出来的,两年多前付诸实施。每周三次服务,周二晚上 7 点到 9 点,周四、周五下午 1 点到 5 点。我去的那天在这里工作的五六个人都是各种年龄的志愿者。他们在不同的角落里拆包登记,给书上架,或帮来访者找书。听我说想了解荷兰作家,一位叫彼得的老先生热心地向我推介荷兰畅销女作家 Cissy Van Marxveldt（1889—1948）。Cissy 在 20 世纪二三十年代写作,拥有大批年轻女性读者，以她的系列小说 *Joop ter Heulz* 最为著名。这个系列从 Joop 作为高中女生到恋爱结婚、生儿育女，里面穿插很多书信日记，塑造了一个有主见、不断成长的20世纪荷兰新女性。我不好意思拂老人的好意，告诉他这好像太古老了。因为一个星期下来发现，在莱顿，时间好像可以很慢，而且过去与现在也不见得有那么大差别。老人还帮我找到几盘专门供中文母语者使用的学荷兰语的磁带，介绍我认识另一位志愿者玛塞拉。玛塞拉是智利人，来荷兰也有二十年了。现在在莱顿大学读硕士，每天抽出两三个小时来这里帮忙。当发现我跟她一样，是满世界跑的世界公民，她圆圆的脸上闪着激动和热情，留下电话，约我再见面。又指着墙上的一个告示，说周日这里还有一个读书会，完了之后大家会换个地方去喝酒。

朝圣者博物馆

除了新书店和免费书店，莱顿可能也是拥有最多古董店和古董书拍卖商的地方。你想，大学里有那么多藏书丰富的老教授和收藏家们，再加上悠久的历史，东西南北复杂来历的居民，这里的古董和珍奇书籍自然丰富。

莱顿卖古董书的老字号拍卖行叫 Burgersdijk & Niermans。坐落在莱顿最古老的街区，靠近圣彼得大教堂的 Pieter Skwartier 那一带。那周围有保存最好的古老建筑和很多高档古董店。走近这间看上去不起眼的三层建筑，最明显的标记就是写着拉丁语的黑铁招牌"所罗门的圣殿"（Templum Salomonis）。这个店名和建筑都来自14世纪有名的法学家和书籍收藏家Philips Van Leyden（1328—1382），这里是他的住宅，因他的私人图书馆而得名。几个世纪来这个房子几易其主，但都跟书有联系。不是印刷工就是书商。B&N公司的两个创始人Pieter Burgersdijk和George Niermans本来也都是大出版集团Brill的雇员。1894年两个人接手Brill原来的拍卖和古董书收藏部分，并在现在这个地址上开始了他们的生意。

店铺分前后两个部分：前面是书店，主要是卖一些珍本书、古典系列书和学术书。后面就是办公室。公司每年举行两次拍卖活动。5月的这次刚刚结束。雇员们正紧张地把拍卖出去的书打包邮寄。

B&N自己也出版一些小众型的图书，尤其是有关荷兰和莱顿的文化历史。有18世纪三个最有名的书商的旅行日记，有关于莱顿城的建筑历史，还有一本再版多次的英文历史书《老城新人：美国朝圣者在莱顿》（*Newcomers in an Old City: The American Pilgrims in Leiden, 1609–1620*，J. Kardux & E. van der Bilt）。这本书帮我意外地了解了莱顿与新大陆的联系，还把我引向莱顿另一个有名的地方——朝圣者博物馆（Leiden American Pilgrim Museum）。

博物馆实在很不起眼，就在市公共图书馆和艺术中心

（Bibliotheken Plus Centrum Voor Kunst en Cultuur, 简称 B Plus C）的斜对面，我却转了两圈，问了三拨人才找到。在一个低矮的 13 世纪的老房子里，朝圣者博物馆的馆长也是导游 Bangs 博士一边带我和另一对参观者看不大的两个房间，一边讲解朝圣者的历史。

原来，当年欧洲 16 世纪宗教改革后，从天主教分离出来的新教在英国成为英国国教，也叫圣公会。圣公会内部的一些教徒反对僵化固定的教会仪式和严格等级规定，认为除了《圣经》是最可靠的上帝之词外，个人有权选择与神沟通的方式。他们后来被称为分离教派，也就是清教徒。分离教派在英国受到打击和排挤，很多教徒被罚款甚至入狱。于是一批教徒在 William Brester 和 John Robinson 带领下离开英国，寻找可以给他们宗教信仰自由的地方。他们来到荷兰，在阿姆斯特丹和莱顿安顿下来。更多的人陆续投奔这里。最多的时候达到五百余人。他们聚居在一起，在这里生活了十几年。这就是后来被称为"朝圣者之父"（Pilgrim father）的那批人。

这个博物馆展示的就是 17 世纪一个比较有地位的传教士家庭的大致情形。住处分成内外两个部分，里面以靠近壁炉处为中心，是家人活动吃饭的地方，而外面的一半的空间就是用来纺布的。Bangs 博士对这里的一切很熟悉，对我们无知的提问也很耐心。他一口英语说得实在太完美，一问才发现其实他是美国人，芝加哥大学毕业后就来莱顿大学读博士。后来就留下来，因为他的研究兴趣是 16—17 世纪的莱顿艺术史，因此创办了这个博物馆。

但他的主业其实是收集历史档案资料、研究和写书。他最近的一本书就是关于朝圣者在莱顿的历史，书名叫"陌生客和朝圣者"（*Strangers and Pilgrims*）。据他解释，当初英国的教徒之所以能在莱顿安身，是因为当时荷兰对宗教信仰相对宽容，而莱顿繁荣的工商业也使这些人找到可以做的事。莱顿大学成为他们传播思想的平台。当时 Brester 在莱顿大学教英文，Robinson 在大学注册攻读博士学位，并参加当时的宗教辩论。他们还印刷小册子，传播他们的宗教思想。后来这部分人在莱顿生活一段时间后，又一次起航，登上"五月花"号轮船，于 1620 年到达北美洲，在东部麻省的普利茅斯落脚，这就是新英格兰最早的欧洲移民。普利茅斯和感恩节一样，奠定了新英格兰的传统，是今日美国精神的基石。但也有一些朝圣者客死莱顿。比如 Robinson，于 1625 年去世，他的墓碑就在莱顿城中的圣彼得教堂。

离开博物馆时，我发现 Bangs 博士脸上的一丝落寞。又是一个写书人，一个在文字中寻找家园的人。他看上去也有六十岁了。当初他来莱顿并留下来，是因为什么？他在客居莱顿的那些朝圣者身上，看到他自己的影子了吗？

莱顿的出版传统

莱顿对书的情有独钟是有历史渊源的，莱顿的出版印刷也有其独特的传统。

中世纪时，与法国、英国和西班牙有各种各样联系的荷兰是罗马天主教和欧洲君王权贵割据相争的对象。荷兰几个世纪在封建割据中试图独立的状态，可以从处于新旧莱茵河交界之间的小丘上的圆形堡垒 Burcht van Leiden 看出一端。这里已经成为莱顿从 1203 年到 1420 年再到 1574 年几次被围但终究生存下来的象征。

自 15 世纪末开始，莱顿的印刷业和纺织业开始驰名欧洲，尤其是粗棉毛布和羽纱，成了莱顿的名牌产品。Burcht 旁边的市图书馆的老房子就是当年接待来往商人的客栈，至今，如果你去逛当地的周末集市，看到很多摊贩上卖的还是大幅的布匹。

小镇在 16—17 世纪开始繁荣，繁荣的原因之一就是 1575 年莱顿大学的建立。据说，欧洲"八年战争"期间，莱顿人站在反戈的荷兰贵族一边，抵抗当时的西班牙统治者。1574 年 5 月到 10 月间，小城整整被围困了近六个月，有一半人失去生命。后来通过河道才运进物质供给，市民得到拯救。这一情形在当时的画家 Otto van Veen（1526—1629）的画作《莱顿的解围》（*Relief of Leiden*, 1574）中得到栩栩如生的表现。如今每年的 10 月 3 日，都是莱顿的"胜利日"，是要举城欢庆的。今日荷兰王室的祖先，当时的奥兰治亲王威廉一世（William I, Prince of Orange）为感谢莱顿人，让莱顿人在减税和建一所大学之间选择一项，作为奖赏。有眼光的莱顿人选择了后者，也因此成就了小镇此后几百年的名声。

1721 年莱顿大学博士学位授予仪式

《莱顿的解围》

当时莱顿最有名的工商业除了纺织还有印刷。荷兰在欧洲文艺复兴和宗教改革运动中，以对宗教、信仰和言论的宽容态度闻名。而莱顿大学的成立，吸引招徕了欧洲各地的学者、宗教分离主义者和持异见者，成为一个论坛和思想传播集散地。新教的理论家以大学为基地，热衷于编写大量的神学著作，各种民族语言版本的《圣经》也相继出版，莱顿因此也成为欧洲印刷和出版的一个中心。

这一阶段莱顿历史上出现了几位很有名的书匠，最有名的是克里斯托弗·普朗坦（Christophe Plantin，1520—1589）。这个出生在法国，却在比利时安特卫普成就了自己事业的印刷工既是一个手艺非凡的书匠，也是一个见识渊博的出版家。1583 年，他在安特卫普的生意被西班牙人搅乱，而莱顿这个新建的大学城又急需一个好的印刷工，他就迁居莱顿建立了自己的印刷所。普朗坦的到来使莱顿印刷出版上了一个新层次。他出的希伯来文、拉丁文和荷兰文的《圣经》因校对准确、印刷精美成了后世的典范。普朗坦还出版了大量的希腊罗马经典、法语和拉丁文图书。同时期另一个书匠叫洛德韦克·埃尔策菲尔（Lodewijk Elzevir，1540—1617），他曾在安特卫普跟普朗坦学艺，后定居莱顿，是埃尔策菲尔印书馆（House of Elzevir）的创始人。这个印书馆因 18 世纪出版了被教会视为异端的伽利略学说而为后人所铭记。

可以看出，莱顿的印刷人、出版商在欧洲文艺复兴和近代科学知识传播上的巨大贡献。他们本人不只是术业有专攻的技工，而且都有远见卓识，敢于为思想知识行动。

买卖图书的书商们与莱顿大学的关系也十分密切。17 世纪当地很多书商都是一边卖书，一边出书。世界上最重要的学术出版社 Brill 的创始人就出自一个有名的书商 Luchtmans 家族。Brill 创办于 1683 年，借助莱顿大学里众多教授和学者的力量，当时以出版各种语言的《圣经》、东方语言、神学、种族学的书籍为强项。三百年来，这个古典语言和人文学书籍的传统一直得到延续，并在法律和社科方面也有发展。一方面，Brill 出版很多大学教授的学术研究；另一方面，其中大量的书籍被用作大学教材，成为一个国际性的大学术出版商。不过 Brill "二战"期间与纳粹合作提供多种语言的军事手册和课本，公司声誉一度受到影响。20世纪80年代资金紧缩，Brill关闭了伦敦和科隆的办公室，90年代后又有所发展。至今，在莱顿和波士顿有两间办公室，每年出版有一百余种学术杂志，六百余种学术著作和参考书。其中的莱顿汉学书系（Sinica Leidensia）20世纪30年代开始，由最著名的汉学家组织编写，丛书收录有专著、文集和翻译作品，以古典汉学和权威作者而著称。近年来，Brill也开始积极组一些当代研究的书稿。前些年我还应邀为他们审读过一部书稿。

写在墙上的诗

前几天在网上看国内的一个凤凰网读书会栏目，在清华教书的加拿大人贝淡宁（Daniel Bell）正为他与人合写的一本新书《城市的精神》对话汪晖。在讨论什么是城市精神和爱城主义（civicism）时，贝的一句话让我很有感触。他说，独特的城市精神才能让人产生归属感。

到莱顿已经不知不觉快两个星期了。我对小城的大街小巷、名胜古迹也差不多走熟了。在这片到处都是学生、学者和书店的地方，我有一种久违的宾至如归的感觉。

天气好的时候，沿着小城外围的Singel河从城南到城北绕城一周，可以看两岸草地上的绿柳红花，看运河船里喝酒作乐的人，看写在墙上的诗、来自世界的各种各样的文字。阴天下雨，

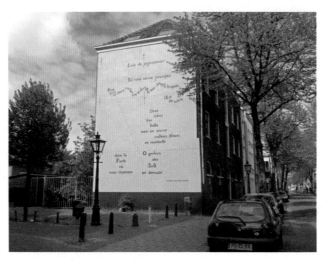

写在墙上的诗

就可以待在书店、图书馆，或者去朝圣者博物馆隔壁那家古董店，在一堆堆故纸里，挖掘17世纪的荷兰版画（engraving）和各种各样的地图。窗台上摆的青白瓷罐很眼熟。原来这就是著名的代夫特陶器（Delftware），盛行于17世纪和18世纪的荷兰特产，最初正是模仿中国青白瓷器，是当时在欧洲流行的"中国风"（Chinoiserie）的一部分。

　　如果用一个字或一个意象来形容莱顿的精神，我想就是书吧。这里的人是读书人、写书人和出书人。连这里的墙上也写满了字。"写在墙上的诗"是莱顿城一个文化项目，从1992年开始已经有逾百首来自世界各种语言的诗被精心描画在大街小巷各式建筑的墙壁上，包括美国诗人威廉姆斯（William Carlos Williams, 1883—1956）的这首诗：

Love is like water or the air

My townspeople

It cleanses, and dissipates evil gases

It is like poetry too

And for the same reasons

（爱像水，像空气，

城里人，

它清洁，消除邪恶之气。

它也像诗，

因为同一个道理。）

英伦文学地图

了解另一个国家的灵魂的最好方式就是阅读这个国家的文学。

——阿摩司·奥兹

多少次
在黑暗中，在各色各样无聊的白天里，
当无益的纷扰和世界的热病
沉重地压在我的心上，
使它不住地狂跳，多少次
在精神上我转向你，啊，树影婆娑的怀河！
你这穿越树林而流的漫游者，
多少次我的精神转向了你！
……
经过多年的浪迹天涯，漫长岁月的
分离，这些高耸的树林和陡峻的山崖，
这绿色的田园风光，更让我感到亲近

——华兹华斯《丁登寺》

湖畔的华兹华斯

去英国旅游的人一般只去伦敦或牛津、剑桥大学城，顶多再去几个有名的古堡或大教堂转转。这些景点固然可以看到英国文化的若干精华，但要了解日常的风光景物和人文精神，必须走一走英国的乡间路。据说，英国最流行的户外娱乐活动就是行走。小小的英伦岛，有16个国家公园，每年8300万人走在这些田野乡间，骑车、骑马，最多的还是步行。记得当年一个美国朋友在牛津学习一年，他发给我的第一张明信片就是一张英国乡间村庄的景色。上面匆匆写着周末走科茨沃尔德（Cotswolds Walk），从巴斯到埃文河畔的斯特拉特福德（Stratford upon Avon）那一段路的花园和艺术之行。脚上磨出泡。

1994年我第一次去英国，一个星期里开车从南部号称英国花园的肯特郡，一直北上，经剑桥、利兹、杜伦，一直到苏格兰的名城爱丁堡和格拉斯哥。就在那次乡间自驾中，我第一次深刻体会了英伦岛美丽的乡间景色：那种葱绿和起伏的田野之美是北美那样以自然著称的地方都少见的，仿佛脱胎于19世纪那些田园画，而交叉曲折的乡间路和点缀其间的农庄、教堂，让你不禁遥思过往的历史和文明。此后，每隔几年我们回英国探亲，都会在乡间和自然中行走。二十年间经历了从东南部乡间的河道里泛舟，再到西北的湖区漫游，从坎特伯雷的朝圣古道徒步，到开车沿途看约克郡的环法自行车大赛，一次次近距离体验英国的回归自然的乡间路。

文化上，回归自然的乡间漫步与 18 世纪末起始的浪漫主义运动有关，而浪漫主义运动的发源地就是位于英国西北的著名的湖畔区。这里，十二个最大的湖连成一个巨大的湖畔国家公园。夏天一到，英国人从伦敦、曼彻斯特或利兹城开车至此，寻找一片呼吸纯净空气的空间，也寻找被现代化社会挤走的与自然相处的日子。

湖畔区成为英国的文化圣地跟这里曾经最著名的住户——浪漫主义思潮的首倡者华兹华斯（William Wordsworth，1770—1850）有很大关系。18 世纪英国工业革命使得环境变化，城市扩张迅速，英国人最早体验与自然的阻断以及工业的邪恶。出生在湖区的华兹华斯年轻时曾向往法国大革命，漫游欧洲。但后来对法国革命的向往幻灭，强烈思乡使他 1795 年后又搬回湖区，并且在妹妹多萝茜陪伴下，在那里找到志同道合的诗人柯勒律治和骚塞为友为邻。此后一直居住在湖区。在湖畔诗人那里，湖区成了工业革命将人与自然隔离后，重新欣赏自然之美，为现代人寻找的心灵栖息之地的象征。

2014 年夏天我们来到格拉斯米尔（Grasmere）湖边的鸽舍。这里是 1799 年后诗人的住处。在这里，华兹华斯写下的著名诗篇有《每当我看见天上的彩虹》《孤独的收割人》等。在 1798年就开始动笔的自传体长诗《序言》也在这期间完成，于 1805

湖畔的鸽舍

年发表，其被认为是英国浪漫主义的宣言。这个白色的两层农家住宅掩映在乡间不起眼处。里面的房间也家常低调，最大的奢侈是临窗可以望到很远的湖边景色。鸽舍旁边有个很大的修在坡上的花园，里面种着各种蓝铃和苔藓，从遮住的高台上，可以看到附近的山谷起伏。当年，诗人最喜欢在这里独步遐思。

鸽舍里保存着很多诗人的手稿、信件和他妹妹的日记，最显眼的就是那首每个英国人都能吟咏的诗句《水仙花》：

> 我孤独地漫游，像一朵云
> 在山丘和谷地上飘荡，
> 忽然间我看见一群
> 金色的水仙花迎春开放，
> 在树荫下，在湖水边，
> 迎着微风起舞翩翩。
>
> 连绵不绝，如繁星灿烂，
> 在银河里闪闪发光，
> 它们沿着湖湾的边缘
> 延伸成无穷无尽的一行；
> 我一眼看见了一万朵，
> 在欢舞之中起伏颠簸。

1802 年 4 月的一个雨天的散步，诗人看到一长行水仙花，纯净，美好，他们在春天的风中，在自然中起舞，如幻象，如神启。这一刹那的相遇让浪漫主义诗人看到他一直寻找的与自然的和谐。

> 粼粼波光也在跳着舞，
> 水仙的欢欣却胜过水波；
> 与这样快活的伴侣为伍，
> 诗人怎能不满心欢乐！

> （飞白 译）

另一个在湖区产生影响的文学人物就是波特小姐，以写儿童绘本出名的比阿特丽克斯·波特（Beatrix Potter，1866—1943）。这个出生成长在伦敦上层阶级家庭的维多利亚时期的女性，酷爱动物，也是一个自然植物学家。经常在湖区度假。她对林间湖畔自由自在的生活的热爱体现在乡间动物的故事，三十多岁的她自己出版了手绘的《彼得兔的故事》，大获成功。1905 年波特小姐在湖区买下一块山顶农庄。她后来创作的二十余本儿童绘本都是以当地的动植物为蓝本。这些在林间湖畔自由自在生活着，有着鲜明性格的乡间动物如此打动人们的想象，使她成为当时最成功的儿童作家。她用出版书籍的收入，不断大量购入周围的农庄，她还是当地濒临灭种的赫德威克羊（Herdwick sheep）繁殖能手，最热心保护湖区的活跃分子。她死后把自己所有的地产和版权留给国民托管组织（Natioanl Trust），湖畔有以她名字命名的林间小道，在旅游小镇温德米尔（Windermere）的小店里，可以看到以波特小姐动物绘本为主题的各种纪念品，这里还有孩子们可以观察到当地动物的动物之屋。一代又一代的孩子们是在这些在林间湖畔自由自在生活着、有着鲜明性格的乡间动物身上看到被工业革命和城市化毁掉的自然曾经的样子。

在巴斯客居的简·奥斯丁

"在六个星期以内，巴斯是令人愉悦的；但是超过六周，它是世界上最令人厌倦的地方。"这是小说《诺桑觉寺》里亨利·蒂尔尼向刚来到城里的凯瑟琳介绍巴斯时的尖刻的评价，你几乎可以看到作者简·奥斯丁（Jane Austen，1775—1817）写下这几句话时那种带着嘲讽的微笑。

1800 年底，简的父亲乔治从汉普郡（Hampshire）的史蒂文顿（Stevenston）教区的堂区长职位上退休，决定搬到南部的巴斯居住。也许他对常年在乡间生活已经有点厌倦，现在终于可以改变生活方式，到一个热闹时尚的地方，何况巴斯还是他和太太结婚的地方；也许他想找到一个有很多富裕上流人士出没的地方，好让他两个女儿卡桑德拉和简有更多找到未来丈夫的机会。

不管怎么说，1801 年他们搬到了悉尼街 4 号，一个并不宽敞的出租房产。随后的五年里，简·奥斯丁在那里度过了并不愉快的岁月。那五年间，她的写作也鲜有进展，只是把以前写的一部叫《苏珊》的作品进行修改，那就是后来的《诺桑觉寺》。但是巴斯在简的生活和小说中都留下了很深的痕迹。简的几乎所有小说，都提到了巴斯。而她最后两部小说《诺桑觉寺》和《劝导》，故事发生地干脆就是巴斯。

位于阿旺河谷底部四面环山的巴斯几乎不像英国城市。金黄色的岩石建筑和华丽奢侈的罗马浴场不像是英国人的低调风格。

巴斯在 18 世纪末和 19 世纪初是英国最时髦、最浮华的地方。这跟它以温泉起家的历史有关。公元 1—5 世纪，强大的罗马帝国统治英格兰。当时，葱郁起伏的阿旺河谷中有一处温泉，有神奇的治疗皮肤病的功能，酷爱享受的罗马人，就在这儿建立了一个以温泉浴场为中心的城市，这就是巴斯名字的来历。

从市中心的古罗马公共浴场遗址仍然可以想象当年罗马人的豪奢和气派：巨大的长方形的浴池，四周环绕的拱门，廊柱都是金黄色的石头砌的，从宽敞高大的回廊向外望，中央一池活动的清水，蒸汽腾腾上升，汇入上空的蓝天。屋檐上耸立的女神雕像，像是守护着这人间的一方乐土。

也许就是这个罗马渊源和灵感，使得这座古老城市在 18 世纪英国工业化社会富裕之后，又迎来了它的第二个豪华时代。罗马衰落后，巴斯的温泉水仍然远近闻名。但是直到 17、18 世纪，工业革命积累了大量财富，贵族们有钱有闲，但是大而乱的伦敦

简·奥斯丁时代的巴斯城

满足不了上流社会社交聚会的精致需要。18世纪初，安妮皇后连续两年夏天来此度假，于是皇室贵族们蜂拥而至，巴斯从古代遗留的小城，一跃成为18世纪英帝国上升时期的社交中心。紧挨着罗马浴场的水泵室就是当年喝茶的地方，宽敞华丽的大厅，婉转优雅的乐队音乐，精致考究的茶具和点心，仍可以感受到乔治亚时代的豪奢气息和精致品位。

巴斯王庞纳什（Richard "Beau" Nash，1674—1761）适时充当了城市礼仪长的角色，为新兴的有钱无趣的暴发户们，规定了秩序、情趣、风格和礼貌，城市的街道干净整齐，乐队训练有素，女士、绅士的衣装和举止都有一定之规。巴斯从自然平淡的乡野村姑，变成风情万种的窈窕淑女。这里成了上流社会或希望跻身上流社会的男女们展示自己、寻找猎物的地方（《理智与情感》）；经济上困窘的父母，把乡下的庄园出租出去，带着女儿来寻找有钱的丈夫的地方（《劝导》）；女友们喝茶打探消息或者逛街购买婚纱的地方（《诺桑觉寺》）。

可以想象这样一个肤浅夸张、虚荣奢华的城市给生长在汉普郡乡间，习惯了田园安静简朴生活的简·奥斯丁带来的震惊和不适。

简跟她小说中的女主人公一样，家境一般，父亲是牧师，从小住在教会提供的乡间住宅，但没有遗产可以继承；她在成长中受过良好的教育，喜欢阅读，对历史戏剧感兴趣。少女时代的她最愉悦放松的生活就是跟家人一起，朗读评说她刚刚写就的小说。她也喜欢跳舞社交，但都是跟邻里或者是在小镇的市政厅里，温雅有度。她从少女时代就观察周围的人情世故，尤其女性的爱情婚姻与家庭经济的关系。但是只有在巴斯，简才深刻地认识了经济地位和社会压力对女子及其婚嫁的影响，尤其是没有多少嫁妆和遗产的长相平常的女子。在这里，从地主、乡绅到银行家、暴发户，以及那些在社交场合出入入待价而沽的女子，使她看到18世纪英国工业革命后兴起的资产阶级对社会观念的改变，以及女性社会地位及经济保障是如何赤裸裸地与婚姻联系在一起。

简·奥斯丁从不是浪漫主义者，她从写作之初就有清醒的现实头脑。她的主人公们都活在经济关系和社会网络中，知道自己的嫁妆和继承的遗产意味着什么，婚姻成为阶层进退的重要砝码。但在奥斯丁的笔下，最聪明、让我们同情的女主人公并不完全屈从经济关系和社会压力，她们有能力用自己的教养、智慧和心灵在错综复杂的人事中为自己的爱情找到一个平衡。事实上，奥斯丁的小说都可以解读成女性的心灵成长史。伊丽莎白、爱玛、凯瑟琳、安妮，她们经济地位都不太美妙，但靠自己的头脑，靠她们对自我与周围世界的认知，结成好姻缘。

事实上，就是在巴斯这个危险且充满诱惑的地方，简差点成了她自己小说的主人公。她接受了一个叫哈里斯·彼格－威瑟（Harris Bigg-Wither）的人的求婚。他长得不吸引人，好像也少语无趣。但他刚刚继承了一大片家族的地产。嫁给他，简就可以保证她的父母有个舒适的晚年，她亲爱的姐姐即使不出嫁也可以有个永久的居住地，甚至她的兄弟们也能得到或多或少的帮助。

但是答应求婚的第二天早上，简意识到自己犯了个错误，立即收回了她的婚姻承诺。从此以后，简完全放弃了女性的幸福就是嫁给一个更有钱的男人这一选择。与那些常常把自己与主人公分不清的女作家不同，两眼明亮的简注定以一种冷静老练的叙述者存在。她冷眼看着她的主人公们在 18 世纪变动的社会中得到或失去她们的幸福，自己却选择置身故事之外。毕竟，遇到有钱有趣、善解人意又有道德标准的达西或者奈特利先生是奥斯丁理想化的想象，只能发生在小说中。

后来父亲去世，留下母女三个，家庭陷入经济状况被动和不稳定的局面。她们不得已搬到另一家便宜的出租屋，还不时到亲戚朋友家借住。1806 年，她们接受刚刚结婚的兄弟弗兰克邀请，离开巴斯，搬回南安普敦（Southampton）跟他一家住。直到 1809 年，她们的另一位兄弟爱德华慷慨地把自己在汉普郡乡间的一所房子让给她的妈妈和姐姐住。所以简人生最后八年是在乔顿（Chawton）农庄度过。她能安静地阅读写作、做家务，很少社交，有时间教附近的女孩子读书。这是她要过的生活。在那里，她写完了《爱玛》，卖出了《理智与情感》《傲慢与偏见》《曼斯菲尔德庄园》的版权。她在生前看到自己可以凭写作挣钱，这令她骄傲。

1814，简在给侄女范尼的建议中说，"以前我总是告诉你要抓住机会，找到一个人嫁出去。现在我更倾向于事情的另一面。那就是你不必让自己出嫁，如果不确定自己真的爱他。这世上没有比没有感情的婚姻更不能让人忍受的"。

在 19 世纪初的英国这无疑是个勇敢的选择。

如今在巴斯，每年的 7 月 1 日，有以简・奥斯丁命名的舞会；9 月有简・奥斯丁节。这些文化活动都成为这个旅游城市的招牌节目。简生前住不起这里的豪屋，却留下巨大的精神遗产。这也许是智慧如她当初也无法想象的。

约克郡高原上的勃朗特姐妹

车进入约克郡峡谷，英格兰特有的葱绿起伏的山坡，安详雍容的田园气息，就被一片荒凉贫瘠和苍茫的高原旷野所代替，天空也变成阴郁的灰色，只见被低矮残破的石墙隔出的农庄上，枯黄的草瑟瑟发抖，紧贴在地皮上，有时可望见草地的近处，露出狰狞的岩石。风挟雨肆无忌惮地掠过，刺骨地冷。关上车窗，我不理解，在这样荒凉遥远的地方，人们怎么生活？他们的心灵靠什么来滋润？

我来到这里有一种朝圣者的心情，我是来寻访简·爱的故乡。

我在读简·奥斯丁之前就读了勃朗特姐妹的书。那一年我14岁，刚上初中三年级。

八十年代的中国，那个刚刚开放的时代，我们从国外引进的文化还多是西方经典，甚至电影都是"文革"前译制的老片。从巴尔扎克到罗曼·罗兰，从《红与黑》到《简·爱》。班里有个女生，一头短发，身心早熟，大胆泼辣，课余传抄外国民歌二百首，还常常带一些一般人不知道的外国小说。我们俩走到一起，是因为她家所在的化工研究所宿舍跟我家的师大宿舍是一个方向。后来在回家路上她发现我也喜欢读书，甚至读过《简·爱》，我们就成了朋友。就是在她那里，我第一次看到艾米莉·勃朗特的《呼啸山庄》。

勃朗特姐妹的故乡小城哈沃斯

　　记得她那时经常跟我抱怨她的家，说想逃离。她父亲当时在国外学习，好几年了，母亲一个人带着她和哥哥。可是女友说起妈妈，是无边的怨恨和愤怒，有点歇斯底里。我就沉默地陪着她，听她快速激烈地诉说，像书中那种放肆淋漓的情感，带着死亡意愿。那时在中国，很少有父母或者老师理解青春期少年脆弱又强烈的需要；也很少有适合我们的书，帮助我们理解我们正在经历的那个阶段。我们只有在小说中，在勃朗特姐妹那样的书中，借他人的语言来表达我们青春期强烈的感受。

　　于是，在我们从少女长大成人的岁月里，从中学到大学校园里，那个长得瘦小、平淡的英国家庭女教师，像一个幽灵，走动在我们对爱情和自我的期待和梦想中，"你不要以为我穷，我平淡，我矮小，我就没有灵魂，没有感情，那你错了，我的灵魂可以和你的灵魂对话，就像穿过墓地，站在上帝面前，我们是平等的"，这戏剧性的话语，今日听来，有点夸张和煞有介事，但那时，这有如岩石一般坚硬的自我期许，让年少孤独的我们如此俯首动心。

勃朗特姐妹的家乡哈沃斯（Haworth）小城，在一片高原上。细雨绵绵中，我们爬行在陡峭的石阶上，可以窥见街两旁人家的日常生活，很平静、很平淡，似乎没有其他名城的招摇和骄傲的神情。事实上，勃朗特一家和这小城也没有什么联系，就像她们位于小城边缘的牧师住宅，跟神和死亡的关系比跟现世和普通人生似乎更近。

牧师的住宅在教堂旁边，是一个朴素的规则的二层长方形的灰石房屋，没有装饰，清寡寒素。周围没有人家，只有带着高高钟楼的教堂和教堂旁边的一大块墓地。教堂的石碑和木板经过风吹雨蚀，都已经发黑，墓地四周，是高高的浓密的大树，新鲜的阳光再强烈，投射下来也成了阴影，一群群乌鸦从空中飞下，倒挂着落在墓碑上，像黑色的死神的碎片，墓地里埋的都是本地人，墓碑上刻的岁月，表明他们生命大多很短暂。

勃朗特姐妹的父亲是当地牧师。他出身于爱尔兰农民家庭，妻子在给他生了六个子女后感染肺结核离世。牧师后来也没有续弦。他对牧区里穷人、病人的兴趣大于对家庭生活的兴趣。

对孩子除了满足他们阅读的要求外，其余的日常照料都留给她们的姨妈和家中的一个女佣。女孩子们所受的正规教育就是在牧师神职人员的女儿开的慈善学校，以及后来一年多在地方女子学校。后者还是因为大姐夏洛蒂在那里做助手，两个妹妹可以付很少的钱读书。她们比小镇上的贫民生活要好，还受过教育，但她们的人生选择有限，或者出嫁，或者做家庭教师养活自己。

可以想象，三姐妹从屋子的窗户望出去，看到的就是阴郁的、被死亡笼罩的生活。事实上，她们不用望出去，在她们自己委屈而短暂的生命中，痛苦和死亡就经常光临。她们少年入寄宿学校学习，两个同学一入学就先后因肺结核夭折，她们自己匆匆从学校退学，却也终生染上了肺结核。最有艺术才华的弟弟勃兰威尔是家中的希望，但也许是压抑的环境，也许是健康的原因，他酗酒，还吸食鸦片，年纪轻轻也死于肺结核。三个女人有才华、有梦想，却没有世俗的快乐所需要的一切，安妮和艾米莉，都只活了不到30岁，终生没有结婚。夏洛蒂在38岁时才嫁给一个牧师，次年也去世了。这个丈夫不是她的罗切斯特。她在比利时遇见的喜欢的男人从没回过她的信。

也许正是这贫瘠的现实和家庭的悲剧激发了三姐妹几近疯狂的对文学的热爱。在贫穷、隔绝和阴冷的环境中，阅读想象和文学写作是她们表达生存和爱的意志的方法。她们从小就编故事，写诗，画画，然后做成一本本小书，互相传阅各自的作品。当时流行的哥特小说和拜伦式英雄也成了她们喜爱的对象和文学创作的标本。她们希望遇到一个像希刺克厉夫那样的灵魂伴侣，让她们投射无处表达的内心激情。

女性主义批评家桑德拉·吉尔伯特（Sandra Gilbert）和苏珊·古巴里（Susan Gubar）就是通过《简·爱》中阁楼上的疯女人这个意象揭示维多利亚时代女性写作的秘密。勃朗特姐妹的作品都有哥特小说的形式特点，书中那些遥远的荒原，风暴咆哮的夜晚，阴森的古堡，死去的幽灵，秘密阁楼上的阴影和忽闪忽灭的烛光，神秘悬疑的气氛都是爱情故事的必要背景。这些敌对的环境以及主人公在追求真爱时遇到的重重障碍，表现了18世纪女性作家在表达自己的越界的激情欲望时内心深处的恐怖和矛盾。在这个意义上，阁楼上的疯女人和出走的家庭教师是同一个人。

在牧师住宅改建的勃朗特姐妹博物馆，陈列着她们的衣物、纸笔和作品。我看到一双属于她们姐妹，但不知是谁的鞋，很小，几乎像童鞋一般，可以想象它负载的身体之纤细柔弱。而正是这小小的身体，产生了燃烧着《呼啸山庄》和《简·爱》的灼人的热量和激情。

天晚了，我们开到一个叫劳赛谷的农庄，找到一家家庭旅馆住下。与下午的旷野不同，这附近是一片葱绿的谷地，主人听到我们讲勃朗特姐妹，就告诉我当年夏洛蒂在不远处一个很大的庄园做过家庭教师。

女主人把我们引到门口，指给我们那个房子的方向。门前街的对面，就是一个小水库，绵长的河道边是绿绿的草坡，一直延伸到远方，在金色的夕阳里，草绿得出油，羊在草坡上专心地啃草，空气中有股牲畜的膻味儿，四周很宁静，偶尔有一两个人，背着大皮袋，穿过村庄。不知当年夏洛特是否散步至此？

达利与《爱丽丝漫游奇境记》

话语之存在，是为将你引入歧途。

——达利

最后，她想象了这样的情景：她的这位小妹妹，以后将长成一位女人。而她将在此后成熟的岁月里，始终保留着童年时的单纯爱惜之心。她还会召集孩童们，给他们讲许多奇异的故事，或许就是许久以前的这个梦游奇境的故事，让他们眼睛变得更加明亮热切。她也将分享他们简单的烦恼，单纯的快乐。并回想起她自己的童年，以及那些愉快的夏日。

——刘易斯·卡洛尔《爱丽丝漫游奇境记》

多义的爱丽丝

《爱丽丝漫游奇境记》是维多利亚时期英国作家、数学家、逻辑学家查尔斯·路德维希·道奇森以笔名刘易斯·卡洛尔（Lewis Carroll，1832—1898）于 1865 年出版的一部儿童作品。虽然这本书并不厚重，英文原著不到二百页，写作情景据说也有点半游戏的性质，但与很多儿童经典一样，这是一部成人更能欣赏，有着很多层次、多重意义的文本。这本书的奇妙之处和难处都在它的语言游戏和多义性。作者卡洛尔在向我们充分展示了语言的非实用性、纯粹性和游戏性的同时，书中大量的警句以及许多精彩的描写与对话，又不乏意义深长的警醒、反讽、启示与澄明。短短两万多字的篇幅，很大一部分情节就是纯粹由这种语言游戏组成。比如第七章"疯狂茶会"所有的对话和情景描写几乎都是各种语言玩笑，在各种双关语（pun）、童谣民谣的谐拟（parody）和图像诗（pattern poem）的藏头露尾中，大量暗含英国维多利亚时期人物、习俗和思想，甚至很多深奥的哲学与神学的含义也常常包含在看似无关的胡言乱语的语言游戏中。据说在英语著作中，《爱丽丝漫游奇境记》是被引用得最多的书之一，仅次于《圣经》和莎士比亚作品。与中国庞大的"红学"研究一样，国外的"爱迷"也一直孜孜不倦地发掘这部经典的隐藏含义。比如加拿大作家戴维·戴（David Day）在他的新书《解码爱丽丝》（*Alice's*

卡洛尔

Adventures in Wonderland Decoded）中，就从希腊神话及古典教育和 19 世纪牛津大学的改革争论纵横两个方向来解读爱丽丝一书中的隐含意义，颇有收获。

也许就是因为这本名著后面的更深厚的背景和寓意以及它所激发的想象和灵感，它自出版以来就不断再版，不断被翻译，甚至被不断改编成音乐、戏剧、电影，甚至游戏。根据 2015 年新出版的《爱丽丝的文字奇境》（Alice in a World of Wonderlands: The Translations of Lewis Carroll's Masterpiece）第一卷的翻译综述，《爱丽丝漫游奇境记》一书共有 174 种翻译，9000 余种版本（包括重印），包括那些快要消失的语言，比如苏格兰方言、夏威夷土语，还有十一种不同的印度语，以及十种西班牙语。与此同时，一百多年来，大约有七十多位著名插图画家为《爱丽丝漫游奇境记》插图诠释。

《爱丽丝漫游奇境记》最早的插图要追溯到作者本人。卡洛尔1863年圣诞节把自己手写装订的绿皮《爱丽丝漫游奇境记》，送给书的原型爱丽丝·李德尔（Alice Liddell）做礼物。这部珍贵的"原著"在1928年的苏富比拍卖中就已经高达15万美元，相当于今天的200万美元。里面手绘插图的初版本，包含了37幅最早的插图。卡洛尔的这些手绘插图成了后来约翰·丹尼尔爵士的经典木刻插图的范本。约翰·丹尼尔是作者的同时代人，以政治漫画著名，是19世纪中后期英国有名的讽刺与幽默漫画周刊杂志《笨拙》（Punch）的主要撰稿画家。也许正是看中其作品中的怪诞和嘲讽风格，卡洛尔请丹尼尔为爱丽丝一书绘制插图，两个人在创作过程中有很多商讨互动。所以1865年7月出版的《爱丽丝漫游奇境记》里的42幅插图被认为是最权威也是最经典的。自此以后，世界各地都有艺术家前仆后继地用自己的绘画语言为爱丽丝的漫游做出解释，有政治隐喻的，有女性主义的，有精神分析的，还有日本艺术家草间弥生那些由彩色圆点组成的极具儿童心理特征的插图。

如果说一部经典是有着很多层次、多重意义的文本，那么优秀的插图艺术家，会引领我们看到不同的内容；用他们独特的诠释，帮助读者展开一个又一个隐藏的意义。

达利的爱丽丝

1999年夏天，在巴黎蒙玛特达利博物馆的墙壁上，我第一次看到达利为《爱丽丝漫游奇境记》绘的插图。与那几幅色彩绚丽但画面诡异奇幻插图的不期而遇让我对这部经典又有了一次全新的理解。

记得最早读到此书是高中二年级。被应试教育捆绑得失去想象力的我，说不上有什么自己的理解。因为此书被定位在儿童文学，又有1951年迪士尼的动画片做注脚，使得我脑海中长时间地保留一个温和甜腻的爱丽丝版本：金发蓝眼睛的女孩，在一个花园与各种虽有些奇怪但不失可爱的动物嬉戏于仙境。一切都只是孩子们纯洁无辜的想象。

出国以后，我接触到了《爱丽丝漫游奇境记》和《爱丽丝镜中奇遇记》的原文。被一种我还没有把握的语言隔膜着，那些莫名其妙的情节、人物和对话的意义变得可疑和模糊。爱丽丝的世界似乎比我想象的要复杂黑暗，而且有着不好捉摸的题外之意。在温哥华市中心的一家旧书店我翻到一本有约翰·丹尼尔爵士的经典木刻插图的版本。带阴影的轮廓边线，准确的细节，包括那些人体变形以及人与动物身体的嫁接，给景色人物甚至道具都赋予怪诞的性格特征和凝重的气氛。在丹尼尔插图的暗示下，我发现书中的人物和对话有一种我以前没有发现的怪诞和嘲讽。后来我又在图书馆看到拉尔夫·斯特曼德的插图本。与约翰·丹尼尔一样，斯特曼德也以政治漫画著名。他继承了丹尼尔的英式夸张，同时赋予它一种现代的风格和大胆的能量。在他的笔下，柴郡猫是一位喋喋不休的电视政评人，毛毛虫是一个吸食大麻的迂腐之士，疯帽匠像智力竞赛的主持人，以刁难他人为乐；而红心国王和王后的政治权威逐渐被爱丽丝增长的智慧所瓦解。这两个人的插图让我对原著中的社会讽刺和英式幽默有了理解，是我以成人的眼光解读爱丽丝故事的开始。

而达利那梦魇般的插图，又带给我们怎样一个解读《爱丽丝》的角度？

色彩鲜艳的梦境

达利插图给我的第一个印象是各种浓烈绚丽的色彩，如泼墨般，饱和得像要从画面上滴落而下。而画面是模糊和迷幻的，但还是可以辨认出充斥画面的各种不合比例的动物昆虫：长长的长着邪恶的双眼的毛毛虫，身上燃烧着金色火焰却留下暗紫色阴影的素甲鱼，巨大的如充血的蘑菇和行走在树上的粉红色的猪，它们扭曲夸张，阴险可怕，带着一种进攻和威胁的色彩。与他之前或之后的《爱丽丝》一书的插图不同，达利的插图并没有清晰地展示原著中的故事情节，而更像是插图者在描绘故事氛围和心理效果，把它们具象化。比如园中茶会这幅：图中空无一人，画面

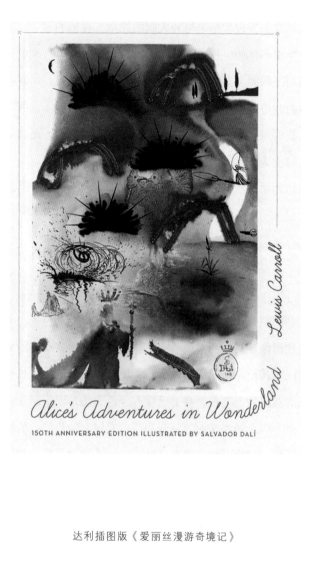

達利插图版《爱丽丝漫游奇境记》

中心的桌子是张扭曲溶化的达利钟面，表针永远指向 6 点，这无疑是下午茶的时间，但似乎又在影射文中爱丽丝和疯帽匠们关于时间的讨论。一棵从时钟中间长出的树纵贯画面，红色的枝干上挂满五颜六色的蝴蝶，书的左侧是把倒悬在空中的金钥匙。

在马克·伯斯坦（Mark Burstein）为普林斯顿大学出版社出版的达利插图的 2015 年版本写作的序言中提到，达利采用的是洗印凹版照相（Heliogravure）的技术做的这一系列插图。即把纸张覆盖在涂了油墨的铜版画面上，用铜版线条的深浅造成底片画面上的不同浓淡。显然画家十分偏爱这种技术造成的亦实亦虚的独特效果。达利这个艺术加工的过程，本身就是一个表达超现实主义的内核与方法的艺术实验：用一种以精确写实为特征的摄影技术，摄取的却不是我们肉眼看到的现实，而是我们的潜意识或梦境。那么达利插图中这些诡异瑰丽的图像是谁的幻觉？谁的梦境？

仔细观察，在这十二幅变幻不定的插图中，唯一清晰持续的影像就是一个黑色线条勾勒出的跳绳女孩的轮廓。她顽固地出现在每一张画面的边缘角落，与那些占据画面中央的各种怪诞和危险的动物形成一个对比，一种戏剧关系。

无疑这个跳绳女孩是我们了解这个梦魇般现实的线索。

孤独的跳绳女孩

跳绳女孩的形象，并不是第一次出现在达利笔下。在 1935

年的《怀旧的回声》（*Nostlgia Echo*）和 1936 年的《有跳绳女孩的风景》（*Landscape with a Girl Skipping Rope*）中都曾出现。画面上，这个拖着一个长长阴影的跳绳少女孤独而顽强地出现在荒寂的空城，在带阴影的回廊和有钟楼的古堡之间，她是唯一跳动的灵魂。马克·伯斯坦指出她的原型：另一个超现实主义画家意大利的契里柯（Giorgio de Chirico）《一个街道的神秘和忧郁》（1914）里面的女孩。她手执圆圈奔跑在空寂压抑的街道上，四周带着重重阴影的建筑将她包围，她将不可避免地与向她压过来的阴影相遇。

那纤细清晰的圆圈和跳绳，那奔跑跳跃的姿势，是一种心灵状态的隐喻，隐喻着即将失去的童真 / 童贞。

在达利博物馆空地上，还有一个青铜雕塑。她是插图中跳绳女孩更清楚的翻版，也叫爱丽丝。那是一个跳着绳的卷发少女，少女的身体与荡起的飞绳构成一个椭圆形，简洁完整。她的卷发和高举的双手是玫瑰花朵，她纤细的身材强调的是正在发育的胸部。十分明显，达利把卡洛尔笔下的那个性别特征还有些含混的女童，清楚不过地改写为一个青春期的少女，正从女孩向女人过渡。而她的梦境，带着童年的记忆和象征，更带有青春期少女的朦胧的欲望，深深的焦虑和恐惧。那些巨大蘑菇，那些被夸张的巨兽们，它们虽然模糊不清，却是实实在在的威胁，带着某种性的暗示。

达利的画让我想起我的月经初潮。那一天，我注意到来自陌生男人的注视。我也第一次意识到身体的存在，感到身体带给我的脆弱和敏感、欲望和羞耻。从那时起，一个月中总有几天，我是如此易感，脆弱，厌恶自己，孤独无助。就在这种种与变化的身体的挣扎中，我们长成女人。

每一个迎接青春期的少女，都经历过如此黑暗的地下旅程，而这通道就是她的身体。

蝴蝶的蜕变

达利的这种对爱丽丝的性别和身体的解释，其来有自。其实细心的读者，尤其是受过弗洛伊德和现代主义文学浸染的读者，对《爱丽丝》书中关于地下、洞穴、颠倒、梦幻、镜像的描述，自然会有精神分析和潜意识的联想。尤其是卡洛尔笔下爱丽丝那不断缩小和膨胀的身体，正是青春期的身体变化的隐喻。

达利插图另一个标志性的物体就是蝴蝶。事实上，卡洛尔原作中并没有出现这一昆虫。即使毛毛虫也不是以蝴蝶的前身出现的。但是在达利的十二幅插图中，至少五幅图中出现了那些漫天飞舞、无处不在的蝴蝶。第三幅《一场会议式赛跑和一个长故事》更把毛毛虫和蝴蝶并置，他是在暗示一个主题：蜕变。

蝴蝶是变形的原型，在宗教和神话中，也是精神和灵魂的象征。古希腊文中，蝴蝶即 psche，是灵魂的意思。

而所谓青春期，就是生理上经历身体的变化，心理和精神上与母体分离并开始自我意识的成长。是一个由毛毛虫转变成蝴蝶

达利插图中的蝴蝶与弯曲的时钟

的过程。

戴维·戴在《解码爱丽丝》中认为爱丽丝漫游地下世界的初始情境可以追溯到希腊神话中在恩纳采花的少女珀尔塞福涅。这个春天的女神被冥王掠走，成为冥界的王后。而这个神话与原始部落的启悟仪式有着共同的结构和意象。

那么，这个貌似无辜的童话实际上是卡洛尔用古典教育的形式写的一个启悟故事，是为牛津教堂学院院长李德尔（Henry Liddell）的三个女儿准备的成人礼。

遥望童年

在依然相信古典精神，相信逻辑和理性的维多利亚知识分子卡洛尔笔下，爱丽丝代表着个人成长的可能，她是一个荒谬世界里唯一清晰理智的声音。这个声音从微弱的怀疑逐渐强大起来，到最后面对独裁者大声宣布："谁怕你，你们不过是一叠纸牌而已。"在好奇与荒诞、勇敢与恐惧中，她完成了一个独特的启悟旅程。

而经历了两次世界大战和阅读弗洛伊德后的达利并没有把梦和现实区分得如此清楚，他为爱丽丝绘的插图大多数画面都是梦魇般的潜意识。混乱，残缺，带着死亡和威胁的气息。

但即使是达利，也不忍心这样残酷地对待爱丽丝。于是他在最后一幅插图《爱丽丝的证据》中，描绘了一种近乎宗教般的情感：失去的完整的可能回归。画面上，不再是那些巨大可怖的昆虫或怪物，而是两个女性的亲密相拥。让我们想起《珀尔塞福涅的归来》（*Return of Persephone*，Frederic Leighton，1891）。穿蓝裙的女性伏在穿金色衣裙的女性的膝上，在她的安抚下，似乎在慢慢苏醒或者渐渐安睡。画面中的姐姐有着中世纪宗教绘画中圣母的特征，她高高举起的左手中擎着一枝小花。画面前景那鲜艳的红色花朵，预示着重生。就像达利那幅有名的画作《纳西西斯的蜕变》（*Metamorphosis of Narcissus*，1937），在荒瘠的死亡背景下长出的那朵水仙花。"最后，她想象了这样的情景：她的这位小妹妹，以后将长成一位女人。而她将在此后成熟的岁月里，始终保留着童年时的单纯爱惜之心。她还会召集孩童们，给他们讲许多奇异的故事，或许就是许久以前的这个梦游奇境的故事，让他们眼睛变得更加明亮热切。她也将分享他们简单的烦恼，单纯的快乐。并回想起她自己的童年，以及那些愉快的夏日。"

西岸的野性：艾米莉·卡的画册

我觉得一个人的艺术是一种内在的成长。而成长是无法解释的，安静而微妙。正如你不能拔起一株植物来观察它如何成活。

——艾米莉·卡

很少人，非常非常少的人，才拥有宝藏。如果你真的拥有，那你就千万不要放手，你别让自己路遇拦劫，把它从自己身边丢失。

你也不要把它堆在衣橱里，掩埋在其他东西下面，直至最终把它忘记。

——艾丽丝·门罗

一种陌生的画

第一次在温哥华艺术馆看到艾米莉·卡（Emily Carr，1871—1945）的画，感到一种陌生的震撼。

艾米莉笔下的加西海岸的森林土地和山峦天空，有着梵高式的凝重与疯狂。大面积浓重的色块，扭动痉挛的笔触，象征化的物象。流动的岩石，深邃的森林，旋涡形的天穹，带着自然界起伏流动的力量，甚至她的阳光，也是一块块白色的化不开的光柱。在森林和土地之间，耸立的是印第安人的威严而沉默的图腾柱，带着它原始的神秘、诡异、激情和力量，从过去遥望未来。

那铺天盖地的厚重的墨绿色，把人的灵魂和自然的灵魂，完全包裹融合在一起。这景色与我平常看到的纯净自然、阳光明媚的英属哥伦比亚有些距离，那充满表达力的笔触，有时甚至达到极度凝重，甚至压抑的地步，让人不敢太长久地注视。但我和无数加拿大人一样，被那画中的情感和力量所打动。因为她画出了我们自己未曾注意的这片土地独特的力量和灵魂，那种尚未开垦驯化的前殖民地时期的野性，那种与自然相遇时的恐惧，以及那些消失了的文明与美的痕迹。

加拿大著名画家、七人画派的领袖劳伦·哈里斯（Lawren Harris，1885—1970）当年就如此评价艾米莉的画："英属哥伦比亚（与东部相比）是另外一个天地。艾米莉·卡是第一个发现

艾米莉·卡的作品《鸦》

它的艺术家。她不倦地（与艺术）搏斗着，有意识地寻找一种能与英属哥伦比亚的伟大崭新的意念相匹配的技巧。正是这种漫长深入的搏斗使得她的艺术现代而富有生机。她对英属哥伦比亚的气氛、神秘以及壮观的热爱使得她的描画有一种发自内心的精神性，就像印第安人曾感受的那样。也是因为她和印第安人和土著文化的亲近，并分享他们对生活和自然的理解，使得她笔下的图腾柱、印第安人村落和森林有一种其他任何白人艺术家都没有达到的品质和力量。"

是怎样一双敏感的眼睛，怎样一颗骚动不安的灵魂才能看到那样不同的景色呢？

远　行

与温哥华隔海相望的维多利亚城，怎么看都不像是艾米莉·卡的城市，温馨、甜蜜、鸟语花香，到处充溢着冒牌儿的英国维多利亚文明风光。从皇家伦敦蜡像馆的王室成员塑像，到皇后大饭店的英式下午茶，从莎士比亚妻子的茅舍（Anne Hathaway's Cottage），再到集各地园艺于一体的宝翠花园。处处都提醒着这里曾经是大英帝国的后花园。

在离城中心不列颠哥伦比亚（BC）省立法院不远的政府路上（207 Government St.）是70年代中就开始开放的"Carr House"，艾米莉·卡出生和长大的地方。那乳黄色带白边的二层小楼里，从厨房里的食物、客厅卧室的家具摆设，再到花园里的花，都是典型的维多利亚时期的英式风格。但是那个自称为"住在无人之地边缘的小老太婆"也许与这个修缮一新、人来人往的小黄房子没有什么关系。事实上艺术家成年后自己独立居住并进行了大部分创作的地方是在不远处的她自己建的"Hill House"，它看上去破败笨拙，与周围环境格格不入，更像画家当年的境遇。

19世纪末的维多利亚，是大英殖民地在北美大陆西北部的一个安全的角落。那里的生活是平和、保守和慵懒的，古老文明西落的阳光，培育着这个小城居民的生活方式和艺术趣味。

艾米莉·卡的英国移民父母开杂货店，是早来的拓荒者，有些房产。他们是勤劳的好人，但不是喜欢或懂得艺术的人，他们死后，艾米莉和四姐妹住在父母留下的房子里，在小城的温情和平庸中，眼看着会一天天老去。

艾米莉是借着艺术的翅膀飞出那命定的小天地。

16岁，她还没读完高中，就决定要动身去那"庞大""邪恶"的旧金山。她在旧金山的艺术学校学习了三年多，打下了绘画基础。回到维多利亚后，她把家里的牛棚的阁楼改造成自己的工作室，在那里建立了自己的天地。作画之余，还要教孩子画画，以补贴家用。

当时的加拿大，尤其"落后的"西岸，文化艺术上还谈不上自己的传统和身份。欧洲依然是他们心甘情愿认可的源头和模仿的对象。因此打定主意以艺术为生的艾米莉1899年动身去英国，在伦敦和以艺术著称的海边小镇圣艾夫斯（St.Ives）待了并不愉快的五年。在那里，她感到了殖民帝国的文化势利眼，发现被漠视的自己并不属于"英国"。在艺术上她也无法认同英国传统，那种关注细节的"如画"的英式风景画并不能帮助她表现心中的加拿大西岸景观。一心求艺的她却进步甚微。焦虑和水土不服使她病倒了一年半，几近精神崩溃。

从英国回来后，艾米莉在封闭的维多利亚没住多久，就搬到温哥华独自生活。这时的温哥华是开始富裕起来的港口城市，已经有钱投入艺术和娱乐。她在格陵兰街上的蒙特利尔银行大楼里开了一间绘画教室。因为用心和有个性的教学方法，吸引了很多孩子，几年间建立起不错的声誉。不上课的时候，她就到附近的史丹利公园散步，也常常到北温看望她的印第安朋友索菲一家。那些肃穆壮观的森林和残存的印第安部落景物，触动她作为艺术家的直觉。但是她感觉到她现有的英式画法表现不出这种景象和情感。四年后，攒了足够钱的艾米莉又开始计划另一次旅行。这一次，她想了解正在欧洲风起云涌的现代艺术运动，她想找到能帮助她画出西岸风景的方法。

幸存者

1910年，39岁的艾米莉在姐姐爱丽丝的陪伴下，先是从西到东穿越加拿大，然后从魁北克市出发，穿越大西洋到达英国再转到巴黎。她到欧洲不久就病倒住院两次。直到第二年春夏才有机会跟旅居巴黎的英国艺术家哈里·吉布（Harry Gibb，1870—1948）学习。吉布深受塞尚影响，与马蒂斯、布拉克和斯坦因等交好，对刚刚兴起的现代主义艺术极为推崇并付诸实践。他自己的风景画就放弃了英式的精确复杂的写实传统，代之以自然和稚气。艾米莉跟他学习了四个月，先在巴黎远郊的乡村，然后是海边的度假地，这是她在法国生活得最愉快、艺术上进步最大的一段时光。吉布让她意识到绘画不一定是视觉的精确模仿和"复制"，艺术家可以通过颜色和形式的实验，可以用最纯正的颜色、更多的光、简单的形式、忽略细节甚至不顾视角这些传统规范，来捕捉更大的现实。艺术是表达艺术家的独特视界或者想法。艾米莉开始把自己从常规中解放出来，开始探索另一个向度上的现实。她把自己在西岸画的印第安部落的图腾柱等水粉画拿出来，吉布也很支持她的这种题材试验，因为原始艺术和文明常常是现代主义实验的灵感，就像非洲艺术之于毕加索，塔希提之于高更。

但让艾米莉激动的这种现代主义的绘画观念对加拿大西岸的生活和艺术都还为时过早。从欧洲回来，她在温哥华举办了欧洲习画的展览，展出了在法国画的 70 幅水粉画和油画，但艺术圈子的反应却"几乎让我心碎"。闭塞的加拿大的西岸狭隘的艺术圈子对她从法国带回的这种现代观念持怀疑的态度，博物馆和收藏家对艾米莉所选择的表达方式和题材的反应也是漠视。她的画一张也没有卖出去，甚至影响了她在温哥华开画室招收学生。

艾米莉回到维多利亚，用父亲遗留给她的那份地产借钱，造了一个有四套公寓的房子，这就是 Hill House。一套带工作室的她自己用，其他三套出租。她想以这种方式来维生，养活她的艺术。可是不久她就发现自己成了一个每天和五花八门的房客打交道的房东太太，几无闲暇写生画画。而且光凭房租入不敷出，她还得种水果，制作陶器，养鸡兔，繁育狗。

从一位邻人的回忆可以看出艾米莉当年的形象："在锡姆科（Simcoe）街上，每天上午，她会准时出现在街角，推着一个婴儿车，里面是那只叫 Woo 的爪哇猴子，猴子身上穿着女主人给它织的红黑相间的明艳的外衣。六七只牧羊犬前呼后拥地跑着。几个小时以后，她又会走在回来的路上，有时淘气的孩子会跟在身后，嘲笑这个古怪的女人。"

在维多利亚城的生活景观中，艾米莉无疑是个不和谐的边缘人。她不结婚，她以画画为生。

但从 1913 年到 1927 年，在本该是她创作最旺盛的成年期，艾米莉几乎完全停止了作画，床、碗、饭菜、房租，这些从不是她生活中的基本要素，但它们占了首位，扼杀了她的艺术创作。在后来写的回忆录中，艾米莉称这段时间是她的蓝色时期，或"痛苦岁月"。

在那个时期，她认识了中国画家李南（Lee Nam）。她十分欣赏这位中国花鸟画家,在她的画室给他开展览,把他介绍给维多利亚。在日记里她说,"他希望我教他,我更觉得是要他来教我。他有我缺乏的东西:空灵,生动,优雅。更多是那种生命的'精致'。他的东西既单纯又好看,偏重于生命多于偏重绘画。东方人的看法是多么地不同呀!我该想到我们的笨拙与沉重对他们有多大的伤害"。

加拿大著名作家玛格丽特·阿特伍德在80年代为加拿大文学修史的时候,用"幸存者"(survivor)来概括加拿大文学和艺术独特的主题,她认为在恶劣的自然环境下,在英国文学的岛屿文化和美国文学的拓荒者形象的夹缝之间,加拿大文学艺术所呈现的是对牺牲者角色不同的反应和立场,那就是各种各样的恶劣的自然和人文环境下的"幸存者"形象。

艾米莉就是这样的一个幸存者。她所经历的困难和障碍不只是自然和物质,更多的是社会和文化环境针对女性和艺术家的狭隘和敌意。也许正是这种边缘人的感受和幸存者的勇气把她领向印第安人的世界。

西岸的灵感

艾米莉·卡第一次接触印第安文化是在1898年,跟一位传教士一起去温哥华岛外的叫"Ucluelet"的印第安人保留地。她的一位姐姐在那里学习做传教士。在用雪松的树墩和树枝搭起的也兼做教堂和学校的临时住处，她第一次跟印第安人接触。在他们那朴素的举动和悲哀的眼神中，艾米莉辨认到她叛逆的心灵可以认同的东西：与边缘的文化命运俱来的孤独和恐惧。而那些印第安人也喜欢她，一个率性自然、喜欢大笑的白人，他们给了她一个印第安名字"Klee Wyck"，意思是"大笑的人"。

1907年夏天，她和姐姐爱丽丝来到BC北部，在锡特卡（Sitka）看到那些海达族的图腾柱和图腾装饰的部落房屋。她第一次用画笔临摹下这些神秘富于象征的图像。在那里她还遇到了最早把印第安艺术带到外面的美国艺术家西奥多·理查森（Theodore Richardson），他鼓励她从印第安艺术中寻找灵感，"定下高的目标，相信你的翅膀"。

从此以后，印第安图腾和西岸的土地和森林，成了艾米莉素描和水粉画主要表现的题材。"我要在它们消失之前，把所有的图腾柱和村落用笔保存下来。"每年夏天，她带上她的牧羊犬，不顾旅途的艰难和住宿的困顿，独自一人北上。她收获最大的一次是从法国回来，也就是1912年的夏天，六个星期里她坐船沿着斯基纳（Skeena）河北上到鲁珀特王子（Prince Rupert）港。沿途走访了很多印第安部落，一路上画了大量的素描和水粉。这些作品成为她日后创作的素材和基础，也是加拿大艺术家保存得最早的原住民题材的作品。

西部未开发的野蛮与空间，印第安图腾所表现的神秘与想象打开了艾米莉的眼睛与心灵，她内心深处的激情终于在无边无际的原始森林里找到了安栖之地。

她说，"印第安艺术开阔了我的视界……它的博大和完整的现实使我们白人困惑。我是跟印第安人一样生长在加拿大，但是除了加拿大的环境，我的背后还有旧世界的遗产和前辈。新的西岸呼唤我，但我的旧世界的遗产、传统的教育又把我拉回来"。

1927 年，加拿大国立美术馆馆长布朗（Eric Brown）先生为筹划印第安题材展览到访西部。在维多利亚的一个杂乱的画室，他看到"最多最有力量"的以印第安艺术为题材的原创作品：速写、水粉画、油画覆盖了画室的四壁，还有各种以印第安图腾设计为装饰的陶器和挂毯。他对维多利亚的居民们宣布，那个有点矮，有点胖，行动有点古怪甚至带有敌意的妇人，是"全加拿大最有意思的画家之一"。艾米莉的三十几幅作品被送到渥太华参加加拿大西岸印第安艺术展。随之而来的东部之旅，不仅把艾米莉的画带到外面的世界，而且使她结识了艺术上的同路人，东部的"七人画派"，受欧洲现代派艺术影响但专注于描绘加拿大风土人情的艺术家们。她和其中之一劳伦·哈里斯的友谊，是一个艺术家所能期盼的，最好的天赐：理解、引荐、支持和鼓励。在孤独的日子里，他给她温暖，在不自信的时刻，他给她灵感，"没有人会感受到你所感受的"，"生活是创造，而艺术，创造的艺术就是生活"。

在朋友的帮助下，艾米莉绝处逢生，重拾画笔，开始她艺术人生最辉煌的阶段。

白色教堂

印第安教堂，也叫白色教堂，代表着艾米莉·卡绘画生涯的一次突破与飞跃。

从东部得到其他艺术家对她印第安题材的绘画的承认和鼓励后，艾米莉又一次回到西岸的森林。1929 年一个雨夜，在努特卡附近，在雪松、道格拉斯冷杉以及各种各样的高大松柏间，在被苔藓的暗绿色包裹的阴冷的森林之中，她看到一个只有一个房间的简单的印第安人的教堂和它旁边的小房子。回到维多利亚，她把这幅速写画成油画。在这幅画中，艾米莉用立体主义的近乎雕塑的形式以及强烈的色彩对比来描绘人类精神与自然的复杂关系。油画正中间，那座被她简化到极致的白色教堂被四周无边无尽的森林包围，它的底部加入一圈十字架形的墓碑。她用厚重的墨绿和褐色色块来描画原始森林，表达自然的厚重的威胁和无尽的力量，在它的脚下，人类的一切显得脆弱和短暂。但是有着白色的十字架顶端的教堂又刺穿着这种自然的混乱和暴力，散发一种烛照黑暗的光芒。

这幅画得到哈里斯的极度赞赏。他认为艾米莉已经超越了单纯模仿图解印第安艺术的阶段，找到了她自己对西岸风景和土地的理解。这的确是艾米莉在画中探讨自然与上帝的关系，并为自然赋予形式的代表作。在她晚期也就是 30 年代的作品中，她已经克服了在西岸未被开垦的森林中的孤独、质疑和恐惧，开始用她自己的色彩和笔触给予森林生命和形式，她大胆地使用那些扭曲的痉挛的螺旋式、S 形，或者连在一起的圆圈，像土地、森林或者上帝的呼吸；也像把所有矛盾的对立的因素融合起来，共同组成一种自然成长的巨大力量。

艾米莉与她搏斗一生的艺术与自然达成和谐，她成为上帝的载体，表现着创造的过程。

在她的晚年，艾米莉·卡的画得到了更广泛的承认，1936 年，她的个人画展在多伦多大学展出，加拿大国家画廊也收藏了她的作品。1938 年，温哥华艺术画廊举办了她的个人画展，她终于让西岸展示出它们自然和灵魂中未曾被表述的一面。艾米莉·卡有生之年的最后两个画展是 1943 年和 1944 年连续两年在蒙特利尔市举办的，在最后的画展中，展出的 60 幅画，卖出了 57 幅。1945 年 3 月，想必是很欣慰的艾米莉·卡在维多利亚静静地去世。

今天，维多利亚艺术馆和温哥华艺术馆都有艾米莉的永久收藏，Carr House 也成了国家和 BC 省的保护遗产，如今艺术史甚至认为她与乔治亚·奥基夫和佛里达·卡罗（Frida Kahlo）是美洲艺术的三位女杰。在温哥华的格兰维尔岛上有艾米莉·卡艺术和设计学院。那里，每年都有新的、年轻的、充满激情的面孔，用色彩和线条勾画他们不安分的灵魂。

写　作

在她的晚年，艾米莉也用另一种媒介——文字——来书写她的感情和生活。这缘于她作画时手边总有一个小册子，记下那些转瞬即逝、一时无法画出的思想和感受。后来她年老住院，医生禁止她到野外作画，于是，"当一种方法被切断，我来试另一种。把深深感动我的东西形诸词语"。

在故事里，她又一次摆脱身体的羁绊，回到她一生的旅途中。

艾米莉·卡关于印第安部落的故事，在 UBC 的一位英文教授的帮助下，在加拿大广播公司电台播出后，大受欢迎，随后整理成书，名为"大笑的人"。1941 年出版后即获当年的总督奖——加拿大最高的文学奖项。第二年，她回忆童年生活的《小人书》（*The Book of Small*）出版。艾米莉去世后，她的朋友把她遗留在废纸箱里的手稿分门别类，编成了四五本书，有人甚至断言，艾米莉的文学成就，高于她的绘画成就。

艾米莉的文字简洁明快、幽默。她对人性和自我的观察与了解至深，但又有一种少年的坦率和真诚，也许因为老年的艾米莉终于可以心平气和地回想过去了吧。她的自传《成长的痛苦》（*Growing Pains*）在她 74 岁时完成，当时正逢第二次世界大战。

半个世纪后的一个雨夜，我在温哥华西区四街的一家书店里，翻开了一本新出的艾米莉·卡的全集，里面收录了她的四部作品。

老年的艾米莉·卡

　　春天是年轻的，而我已经七十了。我置身于春天，在林中的一片空地中速写。空地上已经涌现出一片新的生命：松苗，云杉，雪松，青藤，蕨菜。

　　虽然一切静悄悄，你却能感到空地到处充溢着生长的力量，树液在树叶中奔腾，花蕾啪啪啪地爆裂，青藤曲折地延伸，每时每刻万物都在扩展，但又如此隐秘，你根本都看不到这发生的一切。

透过书页，我恍惚看到那个戴着一顶黑色小帽的胖胖的老妇人在她宠爱的牧羊犬的包围中，依然住在离我一箭之遥的海对面的岛上，作画，写书。

台北人文咖啡馆

这是一个既能让人独处却又不会孤单的地方，如同颤声独唱需要合唱的支持。……那片刻间亲切甜美的冷漠，令人享受。

——波尔嘉（Alfred Polgar）

如今我想到，自己真正中意的，较之咖啡味道本身，恐怕更是有咖啡的场景。我眼前竖着一面青春特有的光闪闪的镜子，里面清晰地映出自己喝咖啡的样子，我身后是切成四方形的小小的背景。咖啡如黑夜一样黑，如爵士乐旋律一样温暖。每当我将这小小的世界喝干时，背景便为我祝福。

——村上春树《某种咖啡的喝法》

从温州街到武昌街

这次来台北住在温州街 22 巷中的台大客籍学人宿舍。温州街一带是台北著名的文化地标。日据时期有很多日本人住在此地，至今仍有一些日式房屋改建的痕迹。1949 年以后也是外省人，尤其是知识分子和文化人聚集的地方。当年为国民党负责文化工作的张道藩给他的情人蒋碧微在台北购置的就是温州街上的一处独立日式小院。我住的这一段时期，在每天来来回回的路上，依次发现了殷海光、梁实秋和在此写了《巨流河》的齐邦媛的故居。

因为靠近台湾大学和台湾师范大学等著名的高校，这一带是台北最有书卷气和文化感的地方。从古亭到公馆一带的商圈，除了专门做大学生生意的衣服摊、小吃街和各种特色创意小店，还密布着几十家独立书店和二十多家人文咖啡馆。而且它们分布在街头巷尾，龙泉街、永康街、青田街、丽水街，再加上北边的同安街，以及主路罗斯福路。让我这个文艺中年日夜徜徉其间，享受着精神文化的饕餮盛宴。

逛这里的书店时，就会想起当年有名的"温罗汀行动联盟"。八九十年代台湾社会加速商业化，很多资本雄厚、以营利为主的大型连锁书店，如诚品、金石堂和联经，侵吞了独立书店的空间。2005 年春天，专营女性图书的女书店、同志书籍的晶晶书库、左派图书的唐山书店和台湾多元社群意识的南天书局等，代表着从温州街罗斯福路和汀州路周边的小众人文书店，串联起来，联合抵制商业连锁的狂潮。如今又是十几年过去了，当年的一些书店已然消逝，如晶晶书库；还有一些仍然屹立，如秋水堂、山外图书社，当然还有更多的新书店涌现出来，像胡思二手书、专营简体书的明目书社等。每个书店大小门面不一样，各有各的特色，它们的背景经历听上去也很沧桑，布满台北文化历史中的逸事趣闻。有时在巷子里一转身，在一个敞开的车库改造的小店铺，或者在熙熙攘攘的大街上，一个通往地下的楼梯间，就会看到书店的标识。他们的主人多亲自坐镇，似乎并不是在做生意，而是随心性所至，消磨打发时光而已。把家里的陈年旧物，那些自己珍惜收藏的东西，拿出来翻晒，或者修复；与碰巧经过的也是爱好者的路人分享。如果双方都有空闲，还可以借机聊聊，交换一下自己读书藏书的个中体味。都是真正的爱书人，没有那么多的利益打算，那么多的商业气息。

除了独立书店，我在温州街一带体会最深的还有人文咖啡馆，因为我们楼下，就是一家叫"栾树下"的咖啡馆。在台北逗留的六个星期里，它几乎成了我的书房。

"栾树下"和"飞页"

像温州街一带很多的咖啡馆一样，"栾树下"门脸不大。有一张六到八人座的大桌，五六张两三人的小桌，一对矮矮的沙发，里面还有一间隔出来的雅间，也只能容纳两三张小桌子。涂成墨绿色的墙上极少装饰，几个厚重的大原木书架隔开咖啡馆的不同空间，自然又有气质。这里供应咖啡和各式奶茶，也有简餐和蛋糕甜点，这就是台北很普遍的咖啡简餐厅，有点像香港的茶餐厅。简单、方便，但多了一点从容和文化气。

"栾树下书房"其实是经典创意出版社编辑部经营的，院外的栅栏上贴着海报，报道着新书发布活动。我经常看到编辑样子的男女围在那张大桌子旁讨论着什么。这里有大量的人文艺术书籍，多是近些年出的，有经典自己的，也有其他出版社的，主要是文学、哲学、历史、台湾文化和人文旅游。据我观察，虽然台湾图书市场很小，但爱书、读书甚至卖书、印书的却大有人在，而且很多人文、历史和艺术书籍。记得上次离开台湾前，我跟一位也爱书的朋友吃饭，她告诉我，2017年台湾博客来网络书店卖得最好的一本书竟然是志怪小说《妖怪台湾：三百年岛屿奇幻志·妖鬼神游卷》。作者何敬尧成立了个"百鬼工作室"，搜罗台湾历史典籍中的各种妖怪、神魔与怪谈，最后完成了这部集中了上至17世纪初大航海时代，下至1945年"二战"结束台湾三百年间妖怪与奇谈的百科全书。

往来于"栾树下"咖啡馆的也多是出版人、编辑和读书人，他们或轻声讨论问题，或埋头读自己的书，背景音乐也非常轻缓低调，很适合在这里消磨一个多雨的台北冬夜。而且它陈列的书籍正是我感兴趣的那些，所以在台期间我成了"栾树下"的常客，甚至会朋友，都要邀请他们来这里。

另一个我常常光顾的书店加咖啡简餐店就是大安森林公园对面小巷里的"飞页书餐厅"。"飞页"美丽能干的老板叶丽晴女士，也是远景出版公司的执行人。说起远景，大凡了解台湾文学出版的人都知道。1974年沈登恩与王荣文、邓维桢等创办远景，大规模系统译介外国名著，出版了《世界文学全集》130册。远景还致力推广台湾文学，召集了如黄春明、陈映真、白先勇、陈若曦和高阳等重量级作家，并出版了日据时代的台湾前辈作家如钟理和、吴浊流等的全集，以及钟肇政、叶石涛主编的光复前台湾文学共十二册。但后来，合伙人之间意见相左，沈登恩因为执意出版诺贝尔文学奖全集受挫，从理想巅峰直落财务深渊，从此一蹶不振，沈先生也于2004年去世。

沈夫人叶丽晴没有放弃远景的事业，并于2015年创办了这家集二手书店、艺文活动和文人餐饮于一体的"飞页书餐厅"。店内楼下有近七千本文史哲和艺术类二手书，楼上的新书展列的是当代台湾依然惨淡经营的文学出版，像联经、联合文学、远流，还有远景自己的书。精心布置的空间里，处处是台湾文化历史的痕迹：墙上是大量不同时期的文人墨宝，书桌上是各类手稿和文献，书箱里堆积着大量的黑胶唱片，甚至它的餐饮用具上都印有几十年里在岛屿上写作的诸位笔耕者的介绍。

"飞页"的特色是举办各种艺文展览和文史讲座。上一次访台我在"飞页"有幸参加了洛夫《石室之死亡》重版的发布会活动，

栾树下

台湾的新老诗人济济一堂，在那里认识了诗人向明、罗智成、管管，以及几位大学教授和评论家。临走前也是在"飞页"，又参加了李敖的讲座"我与文星杂志"。就在那次活动上，李敖宣布他患了癌症，还有三年好活。但言谈之间依然嬉笑怒骂，怼所有人！那一天，为了配合讲座，"飞页"满满一大面墙壁上陈列着《文星》杂志的所有期刊，提醒着人们《文星》杂志曾是五六十年代台湾最重要的自由主义刊物。

这次来台，与十几年未见的曾在 UBC 一起学习的陈怡真联络上，陈怡真当年是《中国时报·人间副刊》的主编，见证了台湾八九十年代的文化出版。所以我们就约在"飞页"吃中饭。吃饭期间，老板叶丽晴和作家杨树清加入进来。大家唏嘘感慨了一番远景和其他文化出版社的历史和近况。

饭后，我又参加了远景的新书《以地名认识台湾》的发布会。"飞页"组织的每次活动都是由业内行家精心筹划的。当然有商业的动机，卖书卖餐饮，建立商业资源和人脉，但也有底蕴和深度，是很好的公共领域的扩展。对于我这个好奇的过客，更是一个不可多得的了解台湾的文化历史的机会。

人文咖啡馆的前世今生

台北的咖啡馆（大多也都卖茶饮品）各种各样，有整齐单一的国际连锁店，像星巴克、丹堤、伯朗，也有以本土和特色为卖点的个性咖啡馆，我看到过以自行车为主题的，还有以拼画游戏为主题的，甚至有以布拉格和葛乐蒂（Galatte）为主题的。在跨国雄厚资本高压下竞争激烈的咖啡馆市场，街头巷尾仍然有各色咖啡馆前仆后继。大概没人能说出台北有多少家咖啡馆，很可能成千上万。台湾虽然这十几年经济低迷，但是毕竟生活水准已经是发达地区水平。从这个城市的消费热点，从各种创意工业的流行到各式咖啡馆、餐馆这类烧钱的地方之层出不穷，可以看出这也是一个基本生存需求得到了满足之后，人们可以在生活品质上下功夫的地方。你看任何一本台北导览，比如我手头的这本《Youbike游台北》，里面介绍的就是美食小吃、公园美景和文创小店，地地道道的“小确幸”。

我在诚品看到刚出版的一本《台北瘾咖啡》。书里介绍了台北七十家不同风格的咖啡店。从职人到深夜，从电影主题到异国情调设计，从甜点系列到手冲咖啡，实在是咖啡瘾君子的指南。

但我其实并不是一个咖啡瘾君子，在温哥华和悉尼的家中自己都很少煮咖啡。咖啡馆对我来说，更是一个环境和气氛，一个可以与他人会面沟通的场地，有点像民国时期北京的茶馆。我在台北最地道的咖啡经验就是跟一位朋友去湛卢喝了手冲咖啡。而大多数情况都是一杯美式咖啡或者一壶奶茶而已。

因此从我的角度，台北最特别也不能错过的当推它的人文咖啡馆，像"栾树下""飞页"这样的，光在公馆区附近就有二十多家。所谓的人文咖啡馆，就是"咖啡店经营者愿意开放自己的盈利空间，举办各项文艺活动或文化展演，并作为文人聚集的一个文化场域"。这些咖啡馆其实和台北的文人活动与文化传统有很大的关系，这种关系，吴美枝写的《台北咖啡馆：人文光影纪事》中做了较为系统的梳理。我也是在"栾树下"的书架上，看到了这本书。

根据吴美枝的研究，台湾在 20 世纪初就引进了源于西方的咖啡馆。日据时代台北的咖啡馆主要集中在城内的乐町、万华的西门町以及大稻埕的大平町，都是娱乐商业繁华的地带，是文人、艺术家聚会的地方。这也是经由日本介绍的西化和现代化的一个方面。台湾大规模种植咖啡也是由此开始，30 年代成为主要经济作物，供应日本，甚至远销英国。直到 50 年代，台湾的咖啡在亚洲还有一席之地，但是后来因为政府不重视，产量不足，没有竞争力，咖啡产业逐渐没落。

插一句题外话，我从自然作家刘克襄的一次演讲中了解到，台湾咖啡种植复兴是近二十年的事。"9·21"大地震后，相关部门发现台湾中部等地大规模的土石流是因为槟榔树的原因。因此政府和环境组织鼓励农民种植水土保持作用较强的棕榈树和咖啡树，尤其两种植物的混植。而台湾社会对咖啡饮品的需求，也为咖啡种植提供了很好的市场。由此咖啡成了台湾新兴的经济作物。云林古坑、台中东势出产的台湾高山咖啡尤其著名。

比较咖啡种植，台北的咖啡馆文化则与台湾的人文环境关系更密切些。

可能因为繁复的历史和多元的人种构成，台湾是一个高度接受外来文化的地方。咖啡馆能够流行固然跟这一特点有关。但在吴美枝的笔下，台北咖啡馆文化的成长还与曾经政治文化高压禁锢的历史与环境有关。换句话说，咖啡馆曾经是在公共场域并不发达的社会里，"文艺激荡，思想冲撞"的地方，是知识分子、艺术家和学生们借西洋文化来与官方抗衡、抱团和喘息的地方。"50年代初期以聆听西洋古典音乐为主，之后有一批创作前卫艺术及超现实诗歌的现代艺术家与诗人进驻，随后现代主义文学在此萌芽发展。在国民党的威权统治下，文人借由西方文艺作为逃避现实的出口，使得咖啡馆成为文人消极抵抗官方文艺的文化领域。60年代末期，咖啡馆里的文人试图让文艺回归现实，旋即遭到官方的打压。……因此，受困于官方政府的思想围城里，文人也只能在咖啡馆里高谈阔论。"那时有名的咖啡馆有"朝风""田园""文艺沙龙""野人""天琴厅"等。

到了 80 年代，台湾经济发展，商品社会和消费文化逐渐形成。都市里咖啡馆大规模兴起，成为日常行为。而且随着其他抗议运动和抗争手段的发展，人们可以走到咖啡馆外，寻找建设公共领域的可能性。咖啡馆也进一步世俗化。80 年代末解严以后，在一个多元变动的社会，后现代主义成了文化创造的灵感。人文咖啡馆与小剧场、美术展览、乐团演出以及书店、出版社结合起来，出现了像"聂鲁达""甜蜜蜜""流浪观点"（专门放映纪录片）、"摇滚看守所"和"海边的卡夫卡"等著名的咖啡馆。

从古典音乐、文人阅读写作，到大众流行文化，台北的咖啡馆在一个变动的社会里，名副其实地充当了文艺圈的归属认同与展示自我的公共空间。它也在许多文人的回忆与文字中，或真实或虚构地成为他们／她们集体成长的人生学校，比如刘大任的《浮游群落》，季季的《寻找一条河》，朱少麟的《伤心咖啡馆之歌》，当然还有白先勇的《明星咖啡馆》。

没有周梦蝶的明星咖啡馆

武昌街上的明星咖啡馆在台北文化圈已经成了一个传奇。在离开台北的前夜，我终于一偿夙愿，和一位朋友去那里喝了咖啡。

晚饭是在中山堂对面的梅门防空洞的"洞素食餐厅"。餐厅所在的这所大楼原是宋美龄的妇联会使用，建有很好的防空洞。后来被李凤山师父梅门买下经营，用作梅派师徒在衣食住行中传道练功的一个场所，里面的服务生都是义工，以师姐师兄相称。餐厅雅致安静，套餐口味简朴纯粹，廊道两边橱窗里有陶瓷艺术品的展览。

吃完晚饭我们就溜达着走向明星咖啡馆。不到十分钟的工夫，就看到城隍庙热闹的灯火。庙的街对面，就是有五六十年历史的明星咖啡馆。

由白俄老板开的明星咖啡馆民国时期在上海就有。台北的这家是1949年初开业，后交由简锦锥经营。"明星"之所以名气很大，是因为蒋经国的太太蒋方良思念家乡的味道，常到这里买俄式面包点心，连留俄的蒋经国也一度经常光顾，约会外国朋友。所以最初"明星"是和"圆山饭店"一样，有达官显贵的背景。我们在走上二楼的楼梯角，就看到20年代上海老明星的照片和一张俄文介绍。

但"明星"在文艺圈中出名是在60年代中期以后，文艺界人士在此聚集，成了台北的文化沙龙。陈映真、黄春明、白先勇在此编《笔汇》《文学季刊》《现代文学》，台大外文系的学生在此讨论现代主义，很多诗友、作家也在此约会交际。简老板对文学青年们友好尊重，不以势利眼待人，"明星"因此成了文学青年的朝圣之地。我采访台北文化的"活化石"诗人管管时，八十岁的老人就动情地跟我讲当年还是兵哥的他每次有回岛休假的机会都会来"明星"，希望一睹那些名人、作家的心情。而诗人周梦蝶在"明星"下面的骑楼摆了个书摊，都是他挑选的佛学和现代诗歌的书。在简老板的照顾下，一摆二十一年，是地道的闹市里的隐逸者。"那时人们的标配是光顾周的书摊，到'明星'喝咖啡，浏览文学杂志。"这些人和书、物的照片如今摆在玻璃陈列柜里，写《台北人》时的白先勇和写《蝉》时的林怀民都还那么年轻！

"明星"80年代末曾一度歇业。2004年在西区再造的号召下又重新开业。楼上两层，窗帷低垂，旧式卡座，花式吊灯，都是按原来的样子布置。桌上摆放的灯罩，墙上挂着的油画，都是台湾画家李梅树的作品。色彩斑斓，但是有些旧意。与咖啡馆的整个风格一致，低调厚重的华贵，带着一种过去时光的温暖与感伤，是一个时代的背影。

临窗可以看到对面城隍庙的灯光烟火。我们坐到打烊，沿着狭窄的楼梯下楼。骑楼柱间，灯光明暗处，却不见那位瘦瘦高高的诗人。

2013 年，途中的书店

莎士比亚图书公司是西尔维亚·比奇开设在奥德翁剧院路 12 号的一家图书馆和书店。在一条刮着寒风的街上，这是个温暖而惬意的去处，冬天生着一只大火炉。桌子上和书架上都摆满了书，橱窗里摆的是新书，墙上挂的是已经去世的和当今健在的著名作家的照片。

——海明威《流动的盛宴》

我不是一个精明的书商，而是个落魄的小说家，书店的每个房间都是小说里的一章，托尔斯泰和陀思妥耶夫斯基对我来说甚至比隔壁的邻居还要真实。一百年前，我的书店还是一间红酒铺，隐匿在塞纳河旁一家医院的偏厦后面，后来那栋建筑给拆了，改成一个花园。再往前追溯，大约公元 1600 年的时候，这儿还曾是一家修道院，那时候每家修道院都有一个掌灯人，职责是在夜里把所有的灯点亮。

——乔治·惠特曼 [巴黎西北风 (Le Mistral) 书店店主，
莎士比亚图书公司继承人]

二月，悉尼

悉尼的独立书店多集中在格里布（Glebe）和纽敦（Newtown）这两个靠近大学的内城区。几年前我在悉尼大学教书时常常淘书的地方，除了悉尼大学书店（那里每年有一次专门为教师开设的特价书日，但都是学术书籍），就是 Glebe 街 49 号的格里书店（Gleebooks）。

格里书店是当地的一个地标，典型的专营人文艺术的独立书店，在那里可以找到世界各地出版的文艺书籍，我去的那天就看到刚刚获奖的莫言作品被摆在陈列的位置上，有三本葛浩文翻译的小说。这里每星期都有图书首发式，本地作者对话和国际作家的演讲等活动。不过我过去淘书的地方是几个街区外的 Gleebooks 的分店，专营二手书和儿童书籍。记得里面常常有很多其他二手书店不可能有的文化研究和东亚研究方面的专业书，大概是附近悉尼大学的教授研究生淘汰下来的。可惜这次来，看到这个部分被大大削减，后面的一大块店面都给租出去了。

与格里书店相邻的就是萨福书店 / 咖啡馆（Sappho Books Café）。这个集二手书店、咖啡馆和酒吧于一体的杂拌儿名副其实地卖弄着一种"希腊文艺女神"的范儿。除了书架上罗列各种精致的文艺设计类书籍，这里的读书会和诗歌之夜也是它的特色。但最有名的还是它的后院——露天咖啡馆 / 酒吧。在香蕉树的阴影和茉莉花香中，从午后直到午夜这里都是高朋满座，聚集着附近的大学生和闲人们——艺术家、作家和各种各样的自由职业者。上面画着五颜六色的涂鸦的围墙把这里隔出一个乌托邦的世界。

随着本来是蓝领阶层和嬉皮聚居的纽敦这些年被开发成时髦的中产阶级的城市屋和排屋区，其主街繁忙杂乱的国王路（King Street）上也挤满了大大小小的古董店、泰国餐馆和当地品牌设计店。要了解悉尼的本地另类文化，这里的各种店都很值得进去看一看。国王路上还有几家很有名的独立书店。比如，兼卖很多设计新颖的文具和卡片及艺术品的"伊丽莎白"（Elizabeth's, 257 King Street）。还有专卖文艺和哲学类书籍的"不读书毋宁死"（Better Read than Dead, 265 King Street）。最体现纽敦特色的是古尔德书廊（Gould's Book Arcade, 37 King Street）。这里的二手书巨多而且杂乱无比，从五六十年代至今的杂志和各种杂书，只要你有耐心，什么稀奇古怪的书籍估计你都能找到。这里原来的店主鲍勃·古尔德（Bob Gould）是60年代悉尼反文化运动（Countercultural movement）的一个传奇人物，因反越战还进过监狱。不过这次来，他已经去世了。不知道这个另类书店还能存在多久。

另一个不在格里布也不在纽敦但值得一去的是东区邦代（Bondi）的"格特鲁德与艾丽斯"（Gertrude & Alice, 45 Hall Street）。邦代靠近有名的海滩，是冲浪者和背包客的天堂，也是时尚人士聚集地。这个书店据说在悉尼的地位有点像"莎士比亚书店"（Shakespeare & Company）在巴黎的地位，带点文化上的国际主义、文学上的同道精神。20世纪上半叶，侨居巴黎的美国人格特鲁德是欧洲现代主义不遗余力的推销者，又以文化导师自居，而她和恋人兼仆人的艾丽斯同居四十年的生活更是同性恋者的先锋典范。在悉尼这个同性恋文化大本营，书店打这块儿招牌也算适得其所。我个人感觉，从文化和时尚品位上，澳大利亚更势利地靠近欧洲的影响，或准确地说，更愿意以欧洲为样本，对美国暴发户是有些不以为然的。"格特鲁德与艾丽斯"这里就是模仿当年"莎士比亚书店"那种文化沙龙的气氛，有蓝色的沙发和 Chai 茶，还有一间以海明威命名的房间。

如果想读中文书或者了解中文出版的最新情况，那就得去市中心的纪伊国屋书店（Kinokuniya）。众所周知，这家日本最大的连锁书店是以气势取胜。世界上以卖亚洲书籍起家并能做到英语世界的主流书店大概也就仅此一家。当年纪伊国屋借助美国人对日本动漫的热情，一口气在美国东西海岸连开几家书店，使日本的漫画书成了美国流行文化的一部分。八九十年代以来纪伊国屋在东南亚一带又开了很多店。但在澳大利亚却仅此一家。这家店相当成功，从 1996 年开业到现在，快二十年了。占据着市中心最繁华的地界，在时尚购物中心 Geleries 的二楼，正对着老牌奢侈的维多利亚女王购物中心（QVB）。纪伊国屋走的是装扮成小资品位的大众路线，卖各种各样的文艺设计类书籍，还有就是世界各地各种语言的畅销小说。

偌大的书场装饰得明亮、欢快，带着日本文化的干净和讨巧。每个角落都精心布置，令人驻足。此时正逢农历新年来临，书店进门的右手边就是用各种红色和东方设计装点的"中国角落"。上面陈列的书是翻译成英文的中国小说或用英文写的以东方中国为背景的小说。让我想到北京三里屯的老书虫书店。

我一个月里去了纪伊国屋两次，还只浏览了不到三分之一，其最精彩的日本部分还根本没来得及看。这里的中文书籍也占地不小，还分成简体和繁体两部分，繁体部分多是台湾出版的各种畅销书和杂志，而简体部分则是大陆最新的畅销书。本年度最畅销的《五十度灰》（*Fifty Shades of Grey*）已赫然有中译本，旁边一对年轻的留学生正讨论该买中文还是英文。记得五年前这里的大陆书籍还没有现在这么多，这么好看，现在大陆出版的书已经可以跟台湾、香港平分秋色了。不过，也可以看出在畅销和时尚书的制作策划上，台湾对大陆的影响。

临走买了北岛的《时间的玫瑰》和名不见经传的昂放的《66号公路》。昂放是一位在世界各地游荡的中国摄影师，这本书就是他沿美国著名的州际公路 US Route 66 从芝加哥开到洛杉矶的记录。除了精彩的照片，这本书的句法和节奏也别具一格，而其中对美国公路文化的了解更让人刮目相看，是我看到中文写得最好的"公路文学"之一。而且作者是住在魁北克省的加拿大华人，让我有惺惺相惜的感觉：大家都在路上。

四月，香港

近年来，我发现自己越来越多地喜欢去香港做研究和学术交流。这里的图书馆中英文书籍和资料都很齐备，香港学者也很踏实，不浮夸，办事有效率。近些年香港的大学致力于国际化，于是海峡两岸、香港和海外汉学家们常在这里进行碰面交流。我经常去的是香港中文大学。在新界的山上，远离闹市，很有做学问的气氛。但坐火车又十分方便，校园就有一站，近到港岛，远去罗湖，都是举足之劳。居港期间，我常常用早上和午后时间读书写作，下午4点以后就乘车出发，探寻香港各个角落。几年下来，随着我对香港文化的了解，我逐渐喜欢上这个都市。乃至即使要去内地办事，也把香港当一个方便的落脚点。

不过香港来来回回很多次，却很少逛过书店。一开始是因为抱着八九十年代内地人对香港的成见，香港是文化沙漠，那里有的无非是港式流行音乐、通俗小说、八卦新闻和购物文化。也的确，如果我们自己都被香港的免税奢侈品或减价商品所诱惑，自然看不到香港文化的多面。后来在了解了一点香港文化后，才开始欣赏香港文化人的那种特立独行，以及在国际都市和商业文化背景下创造的混搭、多样、前卫和另类风格。曾读过陈冠中对比三个地方文化人的一个评价，觉得很中肯：台湾人其实跟大陆文化人很相似，比较传统也容易滥情。但是香港可能受英国文化影响更多些，在情感表达上反而讲究克制和理性，比较"冷"，或比较cool（酷）。

其实想想，像内地文化人多年来在国家扶植的体制下谈文化是容易的。倒是香港文化人在那样商业的环境里还能孤独坚持，黄家驹的《再见理想》，或70年代的《号外》杂志，那才是真正的少数人自己争取来的文化至上。

我这次终于注意到了香港的书店，就在最繁华最拥挤最寸土千金的地界上——九龙旺角西洋菜街。临街的店铺无一例外卖的是运动鞋、箱包、小吃、冷饮和化妆品；不远处的女人街纵横几个街区，琐屑杂乱，挤满讨价还价的脸；在几乎遮住天空的花红柳绿的霓虹灯牌中间，忽然就看见田园书屋（西洋菜街56号）那白底绿色的招牌时，我几乎有种超现实的感觉。

这就是传说中的悬空而立的香港二楼／阁楼书店。据说这些书店始于香港文化的理想主义时代，即六七十年代。当时这附近曾有近十家阁楼书店，由香港的知识分子和独立出版人发起经营，出售冷门的文学、电影、哲学一类书籍，希望借此提升城市文化水平，宣扬自己的理想。

陈旧狭窄的楼梯把人引向不足四十平方米的二楼书店。田园书屋里能利用的空间都见缝插针地用来储书，直抵屋顶。在其他的阁楼书店都开始卖畅销书和励志书籍时，这里面的文史哲社科经典仍是最全面、最有分量的。田园书屋是幸存下来的坚持者，但那逼仄窘迫的空间还是让我感到一丝辛酸。北京最人文的万圣书园都能一迁再迁，不断扩展，可见内地书店的生存还是要比香港容易些。

当然香港书店也不都是这般悲壮。事实上更为游客认同的或说代表新式香港书店的当推库布里克书店。之前几次来香港，就分别有温哥华和北京的朋友推荐我去库布里克"参拜"。可是位于油麻地的库布里克（众坊街3号）十分难找——因为我错过了地铁油麻地站C出口，那天傍晚我在油麻地曲折迷离的大街小巷徘徊了近一个小时。难找的一个原因也是沿路上几乎没有一个当地人知道这个书店。看过王家卫的《旺角卡门》等电影的人想必知道，油麻地是香港最底层、最世俗的一个区。

不过一旦找对骏发花园的方向，就不会错过这个书店。就在这个偌大的新建小区大门旁边的购物和活动中心的中间。书店旁边是百老汇电影中心，还有西式快餐厅。

库布里克的空间占地，跟西洋菜街上的阁楼书店有天壤之别。一楼宽敞的店铺错落有致地陈列着最新的文艺书籍。库布里克主攻电影和戏剧艺术，包括大量翻译的著作，的确够齐全。隔壁还有家专卖影碟的店铺。不过音乐、设计、时装和文学书籍也不少。还有来自台湾、内地的书籍杂志，应有尽有。在老牌古典的台湾《联合文学》旁就是一本上海的新式城市文化杂志《城客》（*I City*）。漂亮的图片印刷和夺目的策划标题让我情不自禁地拣了两本《城客》。一期的专题是"毛细香港"，正对我探究香港的好奇心；另一期是"创意城市"，把本土的城市发展和国外的创意文化概念结合起来，很有见识。而其中"N城便利店"的题目更是从街角小店入眼，描画出国内不同城市的风韵、变迁和记忆。

这无疑是针对新一代城市人的杂志，编辑和读者也有很大的互动空间，个人博客摄影和搜藏等栏目都很有人气，也有品位。记得前不久刚刚在凤凰网读书会看到汪晖对话贝淡宁，大力提倡"爱城主义"。也许像《城客》这样从世俗日常的角度来呼吁热爱我们居住的城市才更贴切，更深入人心。

书店很大的一角是咖啡店。墙上贴着黑白的艺术照片和电影海报。座上的人多装扮得一丝不苟，时尚另类。一看就是来这里让人看也来看人的文艺青年，是活动的城市风景的一部分。

这就是香港或台湾中产阶级的新型书店。其模式正被内地复制。我在广州太古汇的"方所"，北京凤凰汇的"字里行间"都看到了它的影子。由有名的室内设计师设计出最煽情小资的空间，经营最时髦的艺术设计类书籍，最好有台版和外文的，再混搭地摆设出各种新兴设计师的时装、瓷器、工艺品，旁边开个咖啡馆或茶室，成为时尚人士的"集散地"。

六月，牛津

六月的牛津正是考试和毕业的季节。在街上就看到胸前别着或红花或白花的穿着黑袍的年轻的学生。穿得这样正式其实是去参加考试的。据说牛津学生在校期间只有两次大考试，一次是在第一年末，另一次是毕业考。看到他们考完试骑车嬉笑着远去，风中长发飞扬，让我怀念大学的岁月。

牛津城虽小，但历史悠久，可看的东西很多。所以到处都是慕名而来走马观花的游客。他们拥挤又匆忙地在各个学院标志性建筑前面照相留念，再浩浩荡荡转向另一个目标。所以闹哄哄的市中心其实一点也反映不出牛津真正的气质。

这个大学城的魅力是要住下来，慢慢品味的。周末跟孩子在艾施穆琳博物馆（Ashmolean Museum）走上一天，看看这个大学人类学和艺术系的实验课堂；或独自坐在最古老的学院贝利奥尔学院（Balliol College）庭院安静的一角，遥想当年来自苏格兰的"交换学生"亚当·斯密（Adam Smith）在这里如何水土不服；或和朋友在泰晤士河边的酒吧，坐在长凳上一边喝啤酒，一边看河里荡舟的人；再或者，于夏日的傍晚在圣约翰教堂听国王合唱团（King's Singers）优美和谐的男声吟唱着17世纪诗人约翰·多恩（John Donne）的诗句"没有人是一座孤岛……"。这时才能体味到些许牛津的空气。

在牛津住的两个月里，却没有发现牛津有太多特色书店。除了高街上蓝色门脸的牛津大学出版社门市部，就只有老牌子的以经营学术书籍课本和专门供应大学图书馆而著名的布莱克威尔（Blackwell）书店。莫不是因为每个学院都有自己的图书馆，这里的读书人反而不用去书店了？另一个可能就是都被布莱克威尔垄断了。听说布莱克威尔在英国主要大学所在地都有分店。单牛津就有七八个分店，除了总店隔壁的音乐专门店，同一条街上不远处的艺术和招贴画书店，还有卖珍本书、卖儿童书籍、卖地图的分店。总店在牛津城宽街50号（50 Broad Street），正对着科

Blackwell 书店

学史博物馆。紧邻着著名的三一学院（Trinity College）。低矮的
店面并不起眼，却是访问牛津时不可错过的人文风景。

布莱克威尔是发家于牛津本地的书商。本杰明·亨利·布莱
克威尔（Benjamin Henry Blackwell）1879 年开的这家书店，只有
12 平方英尺大小。这个"阅读室"当年其实有点宗教色彩，这
源于本杰明的父亲，也就是牛津城第一位图书馆员，积极参与提
倡禁酒运动。而当时鼓励人们阅读被视为禁酒的有效方法。后来
布莱克威尔的店铺扩展到楼上地下，左邻右舍。如今书店最大的
诺宁顿房间（Norrington Room）据说有 10000 平方英尺，书架连
起来五公里长，就是在邻居三一学院的地下开拓出来的空间，并

以三一学院的前校长诺宁顿爵士（Sir Arthur Norrington）命名。

本杰明的儿子巴兹尔（Basil）是家族里第一个上牛津大学的。他从默顿学院毕业后到伦敦学徒，然后接手家族的出版事业。跟荷兰莱顿的出版商、书商一样，布莱克威尔利用大学这一资源，发展起图书销售之外的图书出版这一块，并主攻文史哲经典和学术书籍。如今大学课堂里常用的各种文科参考书籍，很多都是布莱克威尔系列。

6月底的一个晚上，我再次来到布莱克威尔的诺宁顿房间，来听特里·伊格尔顿（Terry Eagleton）在这里的一个演讲。穿过一架一架的英文小说、哲学经典和最新学术专著，沿楼梯下行到由书架围出来的一个四方形开放式的会议空间，就看到一个正脱下夹克衫，穿着普通条格衫的老人。伊格尔顿灰白头发，敦实、中等身材，戴着眼镜的圆脸也不刻薄，全然不是我曾经想象的权威模样。

我上大学时伍晓明翻译的伊格尔顿《西方现代文学理论》被我们这些文科生奉为经典，也是我们接触西方文学理论的入门书。然后我90年代去了北美读书，那时文学系正是理论大行其道之时，所以还是时不时与伊格尔顿的著作兜头碰上。伊格尔顿虽出身贫寒，但教育和生涯是傲视众生的"Oxbridge"：剑桥读书、牛津教书。其学术马克思主义的训练，使他成为七八十年代文艺理论和学术左派的风云人物。不过伊格尔顿的出身决定了他对文化伦理问题的现实关注，在理论界翻云覆雨折腾了几十年后，用小说家大卫·洛奇（David Lodge）的话说，终于"对理论也玩厌了"，于是2003

年改邪归正，写了《理论之外》（*Beyond Theory*）。最近几年更是正本清源，写了几本如何阅读诗歌、如何欣赏文学一类的书。

伊格尔顿这天晚上带来的书是他最新的一本感性的文化随笔集，《大洋彼岸：一个英国人眼中的美国》（*Across the Pond: An Englishman's View of America*）——在英语中，大西洋常常被用"池塘"代指，可见英美之间距离的亦远亦近。读过大卫·洛奇小说的人都知道，英国人喜欢比较英美文化和语言的不同，可能对英国人来说，美式英语、美国文化甚至美国人，都是从自己的传统中"独立"叛逆出去的竖子，横竖是看不上眼的，可能因为藐视，也可能因为嫉妒。不管怎样，总得品头论足一番，然后顺便也把自己挖苦自嘲一顿。

伊格尔顿那天讲的就给我这种印象。他的随笔集听上去就是这些年他自己在美国的经验与观察，充满了逸闻趣事。也许其实不过是前辈英国人早都说过的陈词滥调，但被他用独特的有魅力的语言娓娓道来，就有种睿智和幽默，成了他自己的真理。伊格尔顿在美国教书的时间不短，甚至现任太太也是一个美国人。但说起美国人那种单纯自信的"我们一定行"（We can do it）的乐观态度，还是情不自禁地露出英国人式的冷嘲热讽。

从书店出来，天色还没完全黑。旁边的酒吧 King's Arms 里的学生和教授们正谈笑风生。大学城的各个角落似乎都聚集着人群。世界上最沉思也最活跃、最坚定也最怀疑的头脑就孕育在这样的夜晚，古老而又年轻的夜晚，如流动的盛宴般的夜晚。

跋：一个世界主义者的阅读手记

1

2013 年，哈佛大学出版社出版了斯皮瓦克教授的新书《全球化时代的美学教育》。论文集似乎代表了这位哥伦比亚大学文学教授某种从解构到建设的转向，而价值重建的基石就是作为伦理推动下的美学教育，尤其是文学阅读。斯皮瓦克把文学的讲授当作促人拥有灵魂的途径。她指出在这个变动不居的全球化时代，要好好利用技术资源，并在多元化的社会做出理性正义的选择，就必须有受过良好人文训练的头脑。她援引从席勒《审美教育书简》开始的，在 18、19 世纪的欧洲发展起来的美学教育来表述她的核心观点：美学教育是推进全球正义与民主的最后手段。

"文学或许仍有所作为"，斯皮瓦克这一新的体悟实际上是人文素质教育的一个古老话题。在一个人成长时期奠定厚实的人文基础其实在西方大学教育思想里根深蒂固。比如英国大学牛津和剑桥建校的传统就是古典教育（Classic Education），而美国常见的四年制文理学院，也是强调大学生要经过四年的文理基础教育，有人文艺术修养后才能进入医学院、法学院、商学院等专业研究院。即使在强调专业知识和实用科学的今天，北美的各级大学学位仍然有对文理通识课的要求。哥伦比亚大学和哈佛大学在这方面的课程设计一直可做楷模，里面包括大量的文学、哲学和宗教经典文本，艺术史教育，以及其他文化和文明的入门课。

剑桥大学的李维斯教授说，精神成人比专业成才来得重要。在一个人对艺术的反应能力和人类生存总的适应力之间存在着密切的关系。而文学阅读与艺术欣赏的训练和培养，包括对来自其他文化的文学和艺术的了解，正可提高个体的人文素质、培养我们想象美好生活的能力，并以一个世界公民的角度，想象一个更有人性、伦理秩序和正义的社会。

2

虽然中西方教育制度理念尤其是实践还有很大的差别，但人文素质教育尤其阅读的重要一直是人类文明社会超越种族历史文化的共识。

我个人的经历也许能帮助我说明我们为什么需要故事，为什么广义上的阅读应该成为我们生活不可或缺的部分。对于国内中文系出身，后来又在北美和澳大利亚的大学人文学院里教授文学和电影的我来说，叙述或讲故事是我多年来一直关注和研究的话题，也是照亮我人生旅程的最直接的光源。

我的青少年时期是在八十年代，那个重新开放和文化启蒙的时代。上中学时，我跟很多年轻人一样，如饥似渴地阅读了大量的文学杂志和刚刚翻译出版的西方文学、哲学书籍。每年暑假，我会到父母的图书馆借回一大摞"闲书"；每个周末，我骑车跑到邮局，买上一两本自己最喜欢的文学杂志。正是这些阅读让我在应试教学那种高压狭隘的生活里有一点喘息的机会，而且在贫瘠的现实土壤中依然生长出想象的萌芽。从整个民族来说，那时的中外文学、电影和电视剧唤醒了整整几代人"到外面的世界去看看"的渴望，成为我们那个时代最重要的与世界接触的途径。

九十年代初我到加拿大留学后的第一件事就是到音像店找在北大上电影课时老师推荐但我们又看不到的经典电影，到旧书店寻找我已经烂熟于心的文学原著。它们为我这个独处异乡的年轻人缓解了离家的焦虑和孤独，找到精神的寄托。我至今仍记得当初读到温哥华作家也是"X一代"代言人的道格拉斯·库普兰德的激动，在他的陪伴和指点下，我开始了解并喜爱上这个年轻另类的移民城市，并与它有了精神共振。当我沿着北美西海岸开车，因为《在路上》，因为惠特曼和艾伦·金斯伯格，我看到了大海和蓝天之外的美国人文风景，相信自己会在这片新大陆上寻找到我的精神家园。

从1992年到加拿大留学，1994年第一次去英国旅行，随后的二十多年里，我在北美、欧洲、亚洲和澳大利亚很多地方客居、旅行。每去一个地方，我都在借阅介绍那个地方的旅游书籍的同时，找到与当地有关的电影和艺术家的作品，到书店、美术馆和公共图书馆看看，这不仅让我了解当地的历史和风土人情，也让我和这个世界有了充满热情和有想象力的对话。同时，这种热情让我不断发现新的故事。二十年后回首，自己人生的各个时期，都是由不同的书籍或者故事指引着，我的各种旅行也因为不同故事的陪伴而变得生动丰富。在阅读和观看别人的故事的同时，我也为自己的人生赋予意义。

苗炜在《三联生活周刊》上写过一篇短文《读点小说，听点音乐》（第 700 期，2012/9/10），他说，在中国，看小说、听音乐多被看成年轻人的东西。在商品实用社会的压力下，中外的成人大都放弃没用的阅读和消遣，专门去学习那些致用的东西，什么都是急学现用。

在一个文学式微的年代，我却是无比感激文学、电影、艺术。正是这些看似无用的东西，让我拥有了一个敏于感受、充实丰富的人生，成为一个充满好奇、心胸开放的世界主义者。

3

在这一边行走一边阅读的人生旅途中，我遇到自己的灵魂伴侣，他和我一样，也是一个喜欢阅读的世界主义者。在书和故事的陪伴下，我也逐步认定了自己的职业方向：能够有足够的时间阅读、写作，也有足够的机会让我能同其他人分享我的经验，尤其是向年轻人描述为什么阅读和讲故事是人生最重要的经验。

在国外大学上课之余，我还零星地用中文写下一些书评、影评，在过去的十余年里，它们陆续发在国内的《读书》和《书城》杂志。这些文章的初衷是想向国内读者介绍一些国外文学作品和作家，尤其是加拿大和澳大利亚那些国内读者还不太熟悉地区的作家作品。在写作过程中，我希望能够带入一些叙述学的知识，用自己的学术训练帮助普通读者发现、挖掘文学电影中的丰富和美好，以及其中可以提升我们的想象力和伦理思考的东西。

我的写作还与我这些年的人生旅行相关：它们是分别写在世界不同的地方和我生活的不同时期，我在这些读书观影札记中放入了自己当时特定的生活状态和情感经历下的思考与感悟。我个人的经验，真正的好书是在阅读者的生活中获得生命的。阅读者当时的生活经历与书的内容之间互动才能产生真正的心灵感应。这种心心相印的阅读也是我们需要故事或叙事的原因。就像韦恩·布什所说，好的文学是我们人生旅程中不可或缺的旅伴。我想借每一段具体的旅行经历告诉后来者，文学阅读和艺术欣赏不仅是可有可无、茶余饭后的消遣，它更应该融入我们的生活，帮助我们发现周围的世界，并使我们有能力为自己的人生赋予意义。

感谢我在北大读书时的老师们，是他们引导我走上文学阅读的道路，打开我的眼界。尤其是我的导师乐黛云先生、本科班主任夏晓虹教授和"副班主任"陈平原教授，以自己的榜样，勉励我走万里路、破万卷书。感谢《书城》《读书》杂志编辑，我的前辈李庆西先生和同龄人孟晖女士，他们对我文章的赏识和鼓励，让我这个时时处在"邯郸学步"处境的人没有放弃用母语创作的热情，一次次提起笔。最后感谢我的同窗吴晓东教授、韩敬群先生，三联书店的郑勇先生和李佳女士，是他们的热心引荐和编辑工作，让我这些年学习行路的体会，得以与更多的读者见面。

现在回头整理这些文字，发现它们实际上记录了我成长为一个世界主义者的某种阅读历程，也因此它们拥有了一个共同的主题，那就是故事可以照亮我们的人生旅程，让我们在黑暗和混乱中的摸索有前辈旅伴的指引，让我们与陌生的世界通过各式各样的人物而相识熟悉，最重要的是，让我们借助想象找到通往美好生活的道路。